10|18
12, avenue d'Italie — Paris XIIIe

Du même auteur
dans la collection 10/18

Les enquêtes de Frère Cadfael

TRAFIC DE RELIQUES, n° 1994.
UN CADAVRE DE TROP, n° 1963.
LE CAPUCHON DU MOINE, n° 1993.
LA FOIRE DE SAINT-PIERRE, n° 2043.
LE LÉPREUX DE SAINT-GILLES, n° 2044.
LA VIERGE DANS LA GLACE, n° 2086.
LE MOINEAU DU SANCTUAIRE, n° 2087.
L'APPRENTI DU DIABLE, n° 2136.
LA RANÇON DU MORT, n° 2152.
LE PÈLERIN DE LA HAINE, n° 2177.
UN INSONDABLE MYSTÈRE, n° 2203.
LES AILES DU CORBEAU, n° 2230.
UNE ROSE POUR LOYER, n° 2256.
L'ERMITE DE LA FORÊT D'EYTON, n° 2290.
LA CONFESSION DE FRÈRE HALUIN, n° 2305.
L'HÉRÉTIQUE ET SON COMMIS, n° 2333.
LE CHAMP DU POTIER, n° 2386.
L'ÉTÉ DES DANOIS, n° 2417.
LE VOLEUR DE DIEU, n° 2459.
UN BÉNÉDICTIN PAS ORDINAIRE, n° 2515.
FRÈRE CADFAEL FAIT PÉNITENCE, n° 2619.

Les enquêtes de l'inspecteur Felse

UNE MORT JOYEUSE, n° 2546.
LA COLLINE SECRÈTE, n° 2641.
PRIS AU PIÈGE, n° 2683.
NE TOUCHEZ PAS AUX ÉPITAPHES, n° 2705.
UN AIR DE CORNEMUSE, n° 2731.
UN CŒUR NOIR, n° 2767.
MRS. FELSE JOUE EN SOLO, n° 2831.

CHAPITRE PREMIER

Sans une courte averse et la chute de mottes de glaise du hayon d'un camion, Maggie Tressider aurait roulé sans encombre jusqu'à sa destination, ce jour d'août, et rien ne l'aurait fait regarder par-dessus son épaule, l'arrachant à sa tour d'ivoire, rien ne serait venu faire voler le pare-brise en éclats, rien n'aurait fait peser sur elle une malédiction imprévue et incompréhensible. Elle serait arrivée à Liverpool pour le thé et aurait pu se détendre avant son concert. Après quoi, s'étant habillée avec soin, elle aurait repris sa voiture pour se rendre avec son accompagnateur au Philharmonic Hall, où elle aurait donné comme à son habitude son récital méticuleux de la *Rhapsodie pour contralto* de Brahms, une des choses qu'elle faisait le mieux, et le cycle de Schumann, *l'Amour et la vie d'une femme*, dont, à son avis, elle se sortait moins bien. Le lendemain, elle aurait pris le chemin du retour, toujours en compagnie de Tom Lowell, puis se serait mise à préparer son engagement suivant, une séance d'enregistrement à Londres pour un nouveau et coûteux *Fidelio*. Tout se serait déroulé pour le mieux et sous les meilleurs auspices, exactement comme c'était le cas depuis dix ans, chaque nouvelle entreprise ajoutant une patine supplémentaire à sa réputation et de nouveaux lauriers à sa couronne.

Mais de la terre glaise s'était répandue sur la chaussée, dans les soubresauts d'un chargement mal conçu, là où la route s'incurvait en un virage interminable, mal relevé, près de la briqueterie. Un second camion avait transformé les mottes gluantes en un long toboggan meurtrier, à peine visible sur la surface blanche. Puis il y avait eu la petite averse qui ne fit que passer, trop légère pour mouiller vraiment la route, mais suffisante pour laisser des gouttelettes grasses sur toute la longueur du toboggan et lui donner une viscosité plus traîtresse. Le piège était désormais prêt à happer sa proie.

Maggie, tout en étant bonne conductrice, ne connaissait pas la route, et elle prit conscience de l'aspect de la courbe au moment où elle l'atteignait. Elle s'amorçait sur la droite par une descente raide — danger destiné à être corrigé un jour, quand les fonds du comté le permettraient. Elle n'en finissait plus de s'incurver, leur donnant l'impression de revenir en spirale sur leurs propres traces, mais Maggie continua à épouser avec confiance ses circonvolutions sans modérer beaucoup sa vitesse. Le toboggan de boue les attendait à l'endroit le plus prononcé de la courbe, précisément là où, n'étant pas en dévers, elle s'avéra difficile à négocier.

Ils l'abordèrent à soixante à l'heure et ce fut l'enfer. Les roues dérapèrent obliquement en une longue glissade, tandis que Maggie faisait tout ce qu'il fallait pour rectifier le dérapage et reprendre le contrôle, mais sans résultat. Elle lutta contre le véhicule avec toute son intelligence et tout son sang-froid, mais il poursuivait sa trajectoire obstinée vers l'extérieur, de façon inexorable, gluante et moqueuse, en direction de la bordure de pierre blanche qui délimitait le fossé envahi d'herbe et de broussailles. Ils heurtèrent la bordure, furent projetés en l'air dans une série de soubresauts et elle tira frénétiquement sur le volant pour essayer de retrouver la route avant de toucher à nouveau la bordure, mais ils l'avaient déjà franchie, faisant de folles embardées et bondissant par saccades comme un éléphant déchaîné, pour retomber parmi les touffes d'herbes en direction de la haie vive, en contrebas des souches de trois arbres abattus depuis longtemps.

La terre et le ciel vacillèrent et changèrent de place, grésillèrent et disparurent comme l'image d'un film quand la pellicule se casse. Elle entendit Tom pousser un cri et sentit sa main sur le volant à côté de la sienne, ce qui ne servait à rien. Elle se cramponnait et tournait le volant avec obstination, corrigeant de son mieux les embardées imprévisibles, luttant pour empêcher la voiture de se retourner et pour l'arrêter, mais la pente jouait contre elle. Autant essayer de faire dévier de sa course un projectile en lui donnant une tape de la main. Mais elle ne lâchait pas prise et continuait de s'obstiner.

Elle se rappelait avoir hurlé à Tom de détacher sa ceinture de sécurité et de sauter, alors qu'ils étaient toujours sur l'herbe. Mais parce qu'il avait évidemment refusé, elle se souvenait s'être penchée de son côté pour tenter d'ouvrir sa portière. Une erreur, car il lui avait fallu lâcher le volant d'une main. L'air frais l'avait saisie. Le poids de la portière basculant avait fait tourner la voiture qui manqua de justesse de prendre la haie par le travers, mais son élan fut plus fort que le poids de la portière et l'entraîna violemment dans une culbute au ralenti. La portière battait, comme une aile essayant de les soulever dans les airs, mais aussi impuissante qu'elle à les sauver. Puis il n'y eut plus personne à côté d'elle, et les formes acérées de la haie s'élevaient par vagues pour retomber l'instant d'après, comme pour l'embrocher, et une grosse souche d'arbre trapue, recouverte de mousse, s'élança du ciel pour la plaquer au sol.

Le monde lui explosa au visage, et une bombe à fragmentation, dans le ventre. Puis ce fut l'obscurité, des milliards et des milliards d'années d'obscurité, et la dernière chose qu'elle perçut, se prolongeant *diminuendo* longtemps après que tout le reste eut disparu, ce fut sa propre voix, ou peut-être seulement le fantôme silencieux de sa voix, perdue dans d'inconsolables lamentations : Mon Dieu, qu'ai-je fait ! J'ai tué le pauvre Tom ! Mon Dieu, qu'ai-je fait, j'ai tué Tom, je l'ai tué... tué... tué...

Deux voix discutaient au-dessus de sa tête. Elles ignoraient que les morts entendent. Des voix basses, tout à fait objectives, froides et détendues. Soit elles n'avaient pas de corps, soit les morts ne voient pas. Elle émergeait à peine au niveau de la conscience, se cramponnant à la surface comme la nymphe de l'air de quelque créature aquatique.

— Et belle, avec ça ! dit la première voix d'un ton critique.

— Personne n'est beau sur la table d'opération, rétorqua l'autre voix, cynique.

— Belle, douée et célèbre. Il y a des gens qui ont vraiment tout.

— Sauf l'immortalité.

— Quelles peuvent être ses chances ?

— Oh, plutôt bonnes maintenant. Rien n'est jamais certain, mais... plutôt bonnes. Elle a quand même réussi à nous effrayer ! On aurait dit qu'elle était mourante.

— La balance a penché du bon côté, pour finir.

Ç'aurait été dommage qu'elle nous file entre les doigts. Maggie Tressider... quelle perte !

— « *Maggie disparue. Et c'est toute la musique qui disparaît !* »

— Comment ? demanda la première sans comprendre, sans reconnaître l'hommage désespéré de Byrd à Tallis, son maître et son idole.

Mais Maggie, enchantée et désarmée, le reconnut avec modestie.

— Peu importe, reprit la seconde voix. Elle va s'en tirer, maintenant. En voilà une qui aura la possibilité de recommencer à vivre. Pour peu, je l'envierais.

Quelque chose lui piqua la cuisse. Elle sombra à nouveau, reconnaissante, au fin fond de l'obscurité.

Des visages surgissaient, s'éloignaient et disparaissaient comme des nuages de fumée. Des voix, certaines réelles, d'autres non, murmuraient, aboyaient, hurlaient, se déchargeaient comme des coups de feu de tous les coins de l'irréalité, dans une danse insensée où elle perdait pied. Des mains la soulevaient, des filets d'eau lui coulaient sans cesse dans la bouche. Il y avait des périodes de lumière où elle reprenait connaissance, mais qui l'abandonnaient toujours avant qu'elle ait pu s'orienter ou faire en sorte que quelqu'un la comprenne. La douleur, jamais aiguë mais toujours présente, montait et descendait en une marée capricieuse. À travers des enfers envahis d'ombres, hérissés de haies vives et de verre brisé, à la fois poursuivante et poursuivie, tendant le bras fébrilement à chaque moment de lucidité vers la personne la plus proche : « Tom... s'il vous plaît, trouvez Tom ! Moi, ça n'a pas d'importance, cherchez Tom... il est blessé... » Et, pendant tout ce temps, le mort la talonnait, lui tapotant l'épaule, mais la voix légèrement plaintive qui haletait à son oreille n'était jamais que la sienne propre : Mon Dieu, qu'ai-je fait ? Je l'ai tué... tué...

Puis elle eut mal partout, preuve que la sensibilité revenait, que les nerfs fonctionnaient, que les muscles ne voulaient pas fonctionner. Elle essaya de bouger, bougea effectivement, et cela faisait encore plus mal mais ce n'était pas décourageant pour autant.

Un visage plana au-dessus d'elle, impressionné :

— Ça alors ! vous remuez !

— Tom... demanda-t-elle instamment. S'il vous plaît, il faut que je sache pour Tom...

— Tom ? Qui est Tom ?

— Tom Lowell. Il était avec moi dans la voiture...

— Oh, lui, ça va. Ne vous inquiétez pas pour lui. Il a eu de la chance, il a été éjecté et s'en est tiré avec quelques égratignures dues aux ronces et une commotion cérébrale légère. Il a été autorisé à sortir hier.

Elle ne pouvait en croire ses oreilles.

— Vous voulez dire qu'il n'est pas mort ? Vraiment ? Vous n'essayez pas simplement de me tranquilliser ?

— Non, pas du tout ! Il est tout ce qu'il y a de vivant. Si vous êtes en état d'avoir des visites demain, il doit revenir, comme ça vous jugerez par vous-même. La figure égratignée, c'est tout ce que vous verrez comme dégâts. Il a été éjecté un peu avant la haie. C'est vous qui avez été le plus touchée, et vous allez aussi vous en tirer. Quelque chose à boire ?

— On allait à Liverpool, dit Maggie, cherchant à retrouver des urgences passées qui auraient pu à tout moment être à nouveau fondées. Nous aurions dû être à un concert...

— Mr. Lowell a réglé tout cela dès qu'il a repris connaissance. On leur a téléphoné et ils ont trouvé quelqu'un d'autre. On s'occupe de tout.

Il n'y avait donc, semblait-il, plus rien à demander,

ni à dire. Elle retomba dans un chaos presque dépourvu de sens, désormais moins effrayant. On s'occupait de tout. Tom n'était pas mort. Donc, elle n'aurait jamais à rencontrer sa femme pour tenter de s'excuser de l'accident qui l'avait tué. Il vivait, n'était pas même grièvement blessé.

Alors, s'il ne s'agissait pas de Tom, qui était l'homme qui lui tapotait l'épaule, qui la suivait de près, la harcelant pour lui demander des comptes sur sa vie à lui ?

Ce n'était pas du délire, il était encore là ; même au moment où elle avait été totalement rassurée au sujet de Tom, il était resté là, tout proche et sans visage, se servant de sa voix à elle parce que, étant mort, il n'avait pas de voix propre : Mon Dieu, qu'ai-je fait ? Il est mort et je l'ai tué ! *Mon Dieu, que m'as-tu fait ? Tu m'as tué... tué... tué...*

Comment avait-elle pu le confondre avec Tom ? C'est seulement du fond du passé reculé, où tant de choses étaient oubliées, qu'un souvenir si inquiétant et vague pouvait refaire surface pour la hanter et l'accuser. Quand les eaux sont troublées, les morts se lèvent. Mais tous ses morts étaient enterrés décemment, et elle ne leur avait jamais fait aucun mal.

— Madame ! Il n'y avait personne d'autre, n'est-ce pas ? On n'a pas percuté quelqu'un d'autre, dans l'accident... ?

— Il n'y avait personne d'autre. Rien que vous deux, comme si ce n'était pas suffisant ! Qu'est-ce qui vous inquiète ? Vous deux, ça va aller.

Pas de réponse là non plus. C'était il y a bien plus longtemps, bien plus loin que le virage mal relevé près de la briqueterie. Quelque part, un jour, elle avait fait quelque chose de terrible à quelqu'un, quelque chose qui l'avait détruit. Oh, mon Dieu, qu'était-ce ? Comment pouvait-elle savoir qu'elle était responsable d'une chose sans savoir de quoi ? Le silence qui avait recouvert tout cela ne pouvait être que son silence à elle. Elle avait dû savoir, à un moment donné, et se taire dans l'espoir d'un silence universel ; et peu à peu reprendre son souffle facilement, parce qu'il n'y avait eu aucune rumeur, personne pour se lever et l'accuser, personne pour déterrer ce qui était mort, personne à redouter en fin de compte. Il n'y avait qu'elle, réduite à accepter, parce qu'elle s'était laissé bercer, endormir, soudoyer, persuader, soumettre, mais jamais elle n'avait été convaincue. Il n'y avait qu'elle et ce fantôme réveillé qui s'agrippait à son épaule, et cette douleur, désormais constante et inguérissable en elle, à cause d'une dette non payée et impossible à payer.

— Alors, comment vous vous sentez, ce matin ? demanda l'infirmière de service, venue faire sa ronde quotidienne.

— Beaucoup mieux, merci.

La patiente était pâle, lucide et ahurie sur ses oreillers, ouvrant de grands yeux sur un monde retrouvé qu'elle ne semblait pas du tout reconnaître.

— Je crains de vous avoir causé à tous beaucoup de souci.

— Vous ne vous en sortez pas si mal, tout compte fait. Vous leur en avez donné, du fil à retordre, au bloc opératoire... très vilaines réactions à l'anesthésie. Mais c'est fini, maintenant. Votre température est redevenue normale depuis la nuit dernière, et l'infirmière-chef me dit que vous avez bon appétit ce matin. Continuez comme ça ! Vous pourrez vous lever dans deux jours.

— J'ai l'impression d'avoir eu de la chance, ajouta Maggie, fléchissant les jambes sous les couvertures pour s'exercer. Tout fonctionne. Qu'est-ce que je me suis fait, exactement ?

— Ce n'était pas aussi grave que ça en avait l'air

quand on vous a amenée. Beaucoup de sang, mais pas de casse. Simplement, vous avez des blessures assez sérieuses à la hauteur du bassin, vous allez ressembler à un patchwork victorien quand on vous enlèvera tous ces pansements. Peu importe, les cicatrices ne se verront pas, et, si vous cicatrisez bien, il ne vous en restera pas beaucoup de traces d'ici un an. Il y a eu un tas d'appels pour prendre de vos nouvelles. Votre sœur a téléphoné, et votre frère... votre agent... Dans quelques jours, on vous installera le téléphone dans la chambre, mais pas encore tout de suite. En tout cas, je crois qu'on pourrait vous autoriser à recevoir des visites cet après-midi. Mr. Lowell vous a envoyé les roses et a dit qu'il passerait vous voir dès qu'on le lui permettrait.

— N'étais-je pas dans une salle commune ? J'ai cru... Il me semble me rappeler davantage de lits... une grande chambre et plein de gens endormis...

— Votre agent nous a demandé de vous installer dans une chambre particulière, dès qu'il a su ce qui était arrivé.

— Oh, je vois ! Il... bien sûr, pour lui, c'est une question de première importance. Ça paraît bête, mais je ne sais même pas dans quel hôpital je suis. Je n'avais jamais pris cette route auparavant.

— Vous êtes au Royal, à Comerbourne. Nous sommes l'hôpital général le plus proche de cet affreux virage où vous avez eu l'accident. Vous n'êtes pas la première qu'on nous ait amenée de là, et je crains que vous ne soyez pas la dernière. Prenez les choses du bon côté et ne vous inquiétez de rien maintenant, tout va bien.

— Tout le monde est très gentil. Je suis désolée de vous causer des ennuis.

— On est là pour ça.

L'infirmière de service se retourna sur le seuil de la chambre et vit les yeux bleu nuit grands ouverts qui la suivaient fixement depuis l'oreiller, mais sans avoir réellement conscience de sa présence. Ils lui donnaient l'étrange impression de regarder vers l'intérieur plutôt que l'extérieur.

— Il n'y a rien qui vous tracasse, n'est-ce pas ? Si vous avez besoin de quelque chose, quelque chose que nous puissions faire pour vous, vous avez une sonnette là près du lit.

— Merci, vous ne pouvez vraiment rien faire de plus pour moi.

Personne ne pouvait plus rien pour elle. Ni la responsable du service, ni la petite infirmière maigrichonne, avec son tablier plein d'épingles, ni la grande débutante jamaïcaine aux pieds plats venue de Port-Royal, qui traversait la salle en canard comme un skieur remontant une pente et réchauffait l'atmosphère de son sourire jusqu'aux oreilles et ses grands yeux, gais et innocents ; ni le jeune interne qui faisait les visites quotidiennes, ni le chirurgien qui avait cousu ses cuisses déchirées pour leur redonner forme, ni l'anesthésiste qui avait entretenu sa respiration sur la table d'opération quand elle semblait avoir renoncé à lutter. Ni ses visiteurs, qui vinrent avec des fleurs et des chocolats dès qu'ils furent autorisés à entrer : Tom Lowell, rendu muet par une joie évidente en la voyant revenir à la vie, et presque prêt à se donner tort, Dieu sait pourquoi, pour ce qui s'était passé ; son agent, déboulant de Londres chargé de roses et de paroles réconfortantes ; un jeune chef d'orchestre passant par Comerbourne pour un rendez-vous à Chester ; un ténor célèbre qui avait fait un enregistrement avec elle quelques mois plus tôt ; un violoniste de concert, et d'autres qui avaient partagé des estrades avec elle. Ils s'asseyaient près de son lit une heure ou deux, heureux et soulagés de découvrir qu'elle était toujours la même

Maggie, avec un pouls régulier, une tension artérielle satisfaisante et une voix intacte. Ils s'en allaient avec l'impression rassurante d'avoir rendu visite et apporté un peu de consolation à quelqu'un de pas si malade que cela. Elle ne pouvait rien faire de plus pour eux, ni eux pour elle.

Ce n'était pas tant que le visiteur non identifié et sans visage revenait après leur départ, mais plutôt qu'il restait avec elle en silence pendant toute leur visite, patient, à l'écart, et s'installait dans son cœur lorsqu'ils s'en allaient. Souvent, alors, elle tournait brusquement toute son attention vers lui, s'efforçant de l'amener par surprise à laisser voir quelque trait lui permettant de le reconnaître, avant qu'un tourbillon de brumes opaques ne vienne le dérober à sa vue ; mais il était toujours trop rapide pour elle. Elle ne voulait pas abandonner la recherche, lui ne voulait pas se laisser découvrir.

Pourtant, les visiteurs repartaient satisfaits, la trouvant telle qu'ils l'avaient toujours connue, alors qu'elle ne serait plus jamais la même. Il est vrai qu'elle avait survécu, elle était physiquement intacte, à présent qu'elle avait surmonté les risques inattendus de l'anesthésie. Nous ne mourrons pas tous, mais nous serons tous changés, se disait-elle, alors qu'elle se retrouvait seule pendant l'heure de détente qui précédait le dîner. En un instant, en un clin d'œil. À peu près le temps qu'il faut à une voiture qui fait des tonneaux pour s'écraser contre une souche, et vous éjecter sur l'herbe au milieu des débris de verre et du métal tordu. Et, sans doute, à peu près le temps qu'il faut pour lancer le mot ou le geste décisif qui semble presque excusable sur le moment, et qui, plus tard seulement, longtemps, très longtemps après, se révèle avoir été votre damnation.

Elle se réveilla d'un sommeil agité en milieu d'après-midi, pour découvrir un homme d'un certain âge assis près de son lit, un homme petit, aux cheveux en broussaille, vêtu d'une blouse blanche. Elle l'avait vu faire ses visites officielles deux fois depuis son admission, et elle savait que c'était le chirurgien qui avait recousu avec persévérance les morceaux de Humpty Dumpty[1]. Mais, jusque-là, elle ne l'avait jamais vu s'arrêter, et jamais sans son escorte.

— Bon, dit-il, j'attendais l'occasion de vous parler. Vous m'inquiétez.

— Moi ? J'en suis désolée ! répondit-elle, surprise, et sa mémoire replaça un détail au moins, à sa bonne place. Je vous reconnais à présent, dit-elle de façon mystérieuse, vous êtes la personne qui a déclaré que j'avais la possibilité de recommencer à vivre.

— Vraiment ? Je ne m'en souviens pas. Mais vous l'avez, c'est vrai. Qu'allez-vous en faire ?

— M'en servir, j'espère.

— Je l'espère aussi, mais je n'en suis pas aussi sûr qu'il y a trois jours. Vous êtes mon placement, je veux vous voir prospérer. Après un départ délicat, vous avez surmonté à merveille vos difficultés physiques et, croyez-moi, vous pouvez vous estimer heureuse d'avoir une constitution comme la vôtre. Votre pouls est régulier, votre tension artérielle satisfaisante et votre corps fonctionne comme une machine de première classe. Mais l'infirmière me dit que vous avez perdu du poids et que vous êtes en train de perdre l'appétit. Pourquoi ? Pourquoi avez-vous moins d'énergie que vous n'en aviez il y a deux ou trois jours ? Pourquoi n'avez-vous rien à dire à personne à moins d'y être obligée par politesse ? Et pourquoi n'utilisez-vous

1. Allusion à la célèbre comptine anglaise. *(N.d.T.)*

jamais ce téléphone que nous avons mis à votre disposition ?

Ses yeux, du bleu le plus sombre et le plus profond qu'il eût jamais vu, et qui auraient semblé noirs dans un éclairage moins agressif, s'agrandirent sous l'effet de l'inquiétude, de la surprise et du regret.

— Je ne m'en étais pas rendu compte. Je suis désolée !

— Et laissez-moi vous dire qu'il n'y a pas la moindre raison physiologique à tout cela. Votre corps fait son travail. Fait tout ce qu'il peut pour aller bien. Aussi, puisqu'il doit y avoir une raison qui explique pourquoi vous vous êtes interrompue, et peut-être même pourquoi vous avez commencé à perdre du terrain, cette raison doit se trouver dans votre esprit. Or, vous allez sans doute me dire que ce que vous avez en tête ne me regarde pas, ajouta-t-il sèchement, mais du moins ne me dites pas qu'il n'y a rien là de préjudiciable, car je ne vous croirai pas.

— Non, se défendit Maggie, en se redressant vigoureusement sur son oreiller pour le regarder droit dans les yeux. Non, je me rends bien compte... C'est vous qui m'avez raccommodée.

Il comprenait ce qu'elle voulait dire ; cela lui donnait des droits sur elle. Tout artiste, tout artisan est en droit d'exiger que son travail ne soit pas gâché par l'irresponsabilité gratuite de quelqu'un d'autre.

— J'ai vraiment envie d'aller bien. J'ai envie de continuer à chanter — à quoi bon, sinon, pour moi ? Et j'ai envie de vous croire, aussi. C'est une note que je dois régler en priorité pour trouver la paix, quelle qu'elle soit. Mais, mon Dieu, vous ne pensez pas que j'ai essayé ?

— Je sais, oui. Avec succès, même, jusqu'à ce que quelque chose d'autre détourne votre attention. Quelque chose dont la priorité est plus grande.

Elle laissa sa tête retomber sur l'oreiller. Ses yeux se fermèrent un instant, mais se rouvrirent résolument pour le tenir à distance. Il y avait là des défenses que seul un homme âgé, doté de privilèges, pouvait espérer briser, et même dans son cas, seulement lorsque le vent, l'heure et l'humeur étaient favorables. Il avait devant lui une femme de trente et un ans, courageuse, en forme, une des merveilles du monde, même si elle ne le savait pas, et il avait tendance à croire qu'elle le savait. Or, à moins que quelqu'un ne trouvât le moyen de l'encourager à retrouver goût à la vie, elle se retirerait en elle-même et mourrait hors du réel. Littéralement, hors du réel, car toute son énergie, sa volonté et sa passion étaient engagées ailleurs et son corps, aussi robuste et héroïque fût-il, ne pourrait survivre si on ne lui venait pas en aide.

— Non, ne me dites rien encore. Écoutez-moi. Je sais que vous aimez ce que vous faites. Je sais que vous avez conscience de ce que vous possédez, une voix rare. Vous ne pourriez pas vous en servir comme vous le faites, si vous ignoriez ce qu'elle vaut. Je suis votre chirurgien, il est dans mon propre intérêt de m'assurer que ce que je fais ne soit pas gommé par une autre force, qu'elle soit extérieure à mon domaine ou pas. Mais je suis aussi fou de musique, à un point que vous ne soupçonnez peut-être pas. Seriez-vous surprise d'entendre que je possède tous les enregistrements jamais réalisés par Maggie Tressider ? Vous vivez grâce à moi, je vis grâce à vous. J'ai besoin de vous, j'ai besoin que vous soyez totalement vous-même et toute à votre art, j'ai besoin de vous parce que vous excellez et que votre excellence m'appartient, comme elle appartient à tous ceux qui la ressentent et la comprennent. Si je puis vous être de quelque utilité, n'hésitez pas. Je suis là pour cela. Il se peut qu'il ne s'agisse pas de chirurgie, mais cela fait aussi partie des soins à donner et c'est mon domaine. Et vous êtes ici dans une sorte de confessionnal. Je suis ici pour oublier et être oublié ensuite.

Elle resta longtemps silencieuse et immobile, sur la défensive, ses yeux bleus grands ouverts le dévisageant sans ciller.

— Il va falloir que, vous aussi, vous ayez confiance en moi, l'avertit-elle, ou alors vous choisirez l'explication la plus facile et ferez de moi un cas mental.

Sa voix, dont elle usait à présent comme d'une arme, avait retrouvé l'essentiel de sa tonalité d'alto ; il n'avait jamais entendu personne parler de façon plus sensée.

— *Je suis hantée par quelqu'un que j'ai tué.* Une priorité plus grande... c'est ce que vous avez dit, n'est-ce pas ? C'est exactement mon cas. Je suis possédée. Je me dois, pour vous et pour tout le monde ici, de faire fructifier votre placement, je dois au monde ma contribution, quelle qu'elle soit. Mais je dois une vie à mon fantôme. On ne peut pas faire l'impasse là-dessus, n'est-ce pas ? Je crains fort que mes dettes envers vous soient difficiles à payer. Parce qu'une fois que j'aurai payé le fantôme, je serai ruinée.

Soudain le regard bleu nuit le transperça : il était épouvanté et plein de compassion, exactement comme elle l'avait prévu.

— Je vous ai dit que vous alliez penser que j'étais folle. C'est ça, je comprends parfaitement. C'est aussi mon avis, parfois. Quand je perds pied. Mais si vous voulez vraiment me retrouver, dit-elle, vous feriez mieux de me croire saine d'esprit et de continuer à m'écouter. Vous avez dit que c'était un confessionnal ici, vous vous souvenez ?

— Oui. Je ne répéterai jamais ce que vous dites maintenant. Jamais, pour l'éternité. Et je le pense.

— J'ai fait quelque chose de terrible. Je ne sais

même pas ce que c'est, ni quand c'est arrivé, mais j'ai entraîné un homme à la mort. Je l'ai compris quand j'ai repris connaissance dans la nuit, après l'accident. Il était là, je sentais sa respiration dans mon cou, et il me murmurait que je l'avais tué. Il n'était pas du tout vague ou lointain, mais absolument réel et présent, or quand je me retourne pour chercher les détails, je ne trouve rien. Rien que ce sentiment de culpabilité. Ce que je ressens, c'est que, quelque part, à un moment donné, j'ai manqué à mes engagements envers quelqu'un, ou que j'ai trahi quelqu'un... quelque chose d'impardonnable... Un acte criminel ? Je ne sais pas, peut-être, ne serait-ce qu'en gardant le silence sur quelque chose que je savais. Quelqu'un avait confiance en moi, et je lui ai tourné le dos, et je l'ai laissé tomber. Ce qui est grave, dit-elle, les yeux obstinément fixés sur l'éclat bleu et blanc de la lumière qui se réfléchissait sur le plafond au-dessus de sa tête, c'est qu'il est mort et que je l'ai tué.

Elle attendit, prête à accueillir avec un certain mépris les accents pleins de douceur et de ménagement que le corps médical réserve aux personnes mentalement instables.

— Et avez-vous réussi, demanda-t-il d'un ton calme et prévenant, à trouver quoi que ce soit dans votre mémoire qui prête quelque consistance à cette croyance ?

— Non, je n'ai pas arrêté d'essayer et je n'arrive pas à retrouver le moindre incident de ce genre. Mais j'y pense sans cesse. Il n'arrête pas de marcher sur mes talons.

— Mais il n'y a aucun fondement connu à cette obsession. N'oubliez pas que vous avez subi une opération chirurgicale assez radicale et que vous avez été profondément choquée. Il n'est pas du tout rare que le genre d'expérience par lequel vous êtes passée laisse des traces sous forme d'un cauchemar, qui peut refaire surface au moment où on s'y attend le moins. Les détails sont enfouis et il reste un sentiment d'horreur, quelque chose qu'on ne peut identifier. Quelque chose qui s'atténue peu à peu, si on se concentre sur le monde vivant et si on le laisse s'atténuer.

— Non, répondit-elle aussitôt, d'une voix glaciale. Vous oubliez qu'une semaine s'est presque écoulée maintenant, que j'ai attendu et retenu mon souffle, et que cela ne s'atténue pas. Parce que c'est réel, ce n'est pas du tout un rêve, pas un résidu qui remonterait par hasard à la surface. *C'est là !* J'ai cela en permanence au fond des yeux, et quand je me retourne pour le regarder, il est partout sauf là où je le regarde. Je ne sais pas quand, je ne sais pas comment, mais c'est quelque chose que j'ai fait, et je ne peux pas m'en libérer.

— Vous vous rendez compte, n'est-ce pas, que même s'il y a un fondement concret à ce que vous dites, cela peut s'avérer lié à un incident dérisoire, totalement disproportionné par rapport au sentiment que vous en avez ?

— Peut-être, admit-elle.

Mais il comprit, à son expression, qu'elle ne croyait en rien à cette possibilité.

— Mais alors, si cela existe dans votre passé, même de façon tant soit peu imparfaite, alors il devrait être possible de le faire resurgir.

— Voilà des jours que j'essaie. J'ai examiné en tous sens ma vie passée, j'ai retourné toutes les pierres que j'ai pu trouver. Au début, j'ai cru qu'il s'agissait de Tom, voyez-vous... que je l'avais tué quand la voiture s'est écrasée. Mais on m'a tout de suite dit qu'il était sain et sauf. Alors j'ai pensé qu'il y avait peut-être une autre personne impliquée dans l'accident, mais non. Ce n'est pas aussi simple que cela, ni aussi récent. La connaissance que j'en ai semblait venir de très loin, comme si un tremblement de terre avait crevassé le sol et rejeté quelque chose de profondément enfoui. Plus rien n'est de niveau, tout est défoncé et dispersé, et tout doit reprendre sa place après, afin qu'on puisse marcher sur une surface nouvelle. Les premiers pas sont peut-être mal assurés. Et des choses enterrées peuvent réapparaître et se mettre en travers de votre chemin.

Il vit que sa poitrine se gonflait, qu'elle respirait plus vite et qu'une rougeur de fatigue lui montait aux pommettes.

— Je vous fatigue.

— Non, ne partez pas ! Non, vous m'aidez. Après avoir exhumé tous les souvenirs que j'ai pu retrouver, en remontant jusqu'au temps où j'étais écolière, j'ai vraiment essayé, voyez-vous, de me libérer l'esprit. Je me suis dit que c'était une de ces aberrations, le choc, la peur et la douleur choisissant de m'atteindre ainsi après l'événement. Rien d'autre. Mais je n'ai pas pu m'en convaincre, et je crains que vous n'y parveniez pas davantage. Je n'ai pas de fièvre, je ne suis pas en état de choc, je n'ai aucun souci, ma carrière m'attendra le peu de temps qu'il lui faudra attendre, et tout ce que j'ai à faire, c'est de me reposer et de me distraire pendant ma convalescence. Il n'y a tout simplement pas la moindre raison — n'est-ce pas ? — que ce terrible sentiment de culpabilité me hante toujours. Ou alors une seule. Que ce soit vrai, que ce soit justifié.

— Mais s'il existait la moindre origine réelle à votre obsession, vous l'auriez trouvée !

Cet argument ne le convainquait pas, et il sut, dès qu'il l'eut prononcé, qu'il ne la convaincrait pas, elle non plus.

— Non, parce que je ne suis pas la mieux placée pour entreprendre cette recherche. Oh ! bien sûr, je *crois sincèrement* que je veux trouver, mais comment puis-je en être *certaine* ? Et si une part de moi, aussi forte, essayait d'enterrer à nouveau ce souvenir, très vite, avant que je n'arrive jamais à vraiment le voir ? N'est-ce pas là la raison la plus plausible qui expliquerait pourquoi je l'entrevois toujours du coin de l'œil ?

— Mais ne vous êtes-vous jamais dit qu'aucun de vos parents, de vos amis, ou toute autre personne intimement mêlée à votre vie depuis des années, qu'aucun d'entre eux ne vous accuse de quoi que ce soit ? Croyez-vous réellement que vous ayez pu commettre une erreur fatale envers une autre personne, sans qu'une seule de vos relations soit au courant ? Y a-t-il quelque part dans votre vie un vide où vous auriez même pu accomplir cette chose hypothétique absolument à l'insu de tout témoin ? Cela exclurait tout sauf l'éventualité la plus sommaire, telle que le meurtre pur et simple, prémédité qui, lui, *doit* rester secret. Et cela entraînerait d'autres complications, comme des aptitudes que je doute franchement que vous possédiez.

Il poussa son argument jusqu'à l'absurde.

— Et un cadavre ? Il n'y a jamais eu de cadavre dans les divers événements de votre vie, je présume ?

— Non, pas de cadavre.

Elle frissonna et se passa le dos de la main sur les paupières.

— Cela ne prendrait pas cette forme. Il y a des façons plus indirectes de tuer. Même sans le vouloir. Mais vous voyez, c'est juste parce que j'ai été morte moi-même, en un sens, que je *dois savoir*. Après être revenue à la vie comme je l'ai fait, ce doit être pour moi un nouveau commencement, sinon ce sera insupportable. S'il y a quelque chose de honteux enterré quelque part dans mon passé, alors je veux savoir ce que c'est. Je veux régler les comptes, si possible. Je veux m'acquitter de ma dette.

— Et vous n'avez rien dit de tout cela à personne d'autre ? À votre agent ? À votre famille ?

Le regard qu'elle lui lança, amorcé dans une incompréhension ébahie et se consumant dans un dégoût horrifié, fut plus qu'une réponse à cette question. Il lui aurait été manifestement impensable de se confier à aucun de ces satellites qui gravitaient autour d'elle. Rassurée par la distance qui les séparait, elle s'en était ouverte à lui, seulement parce que c'était un professionnel qui prenait un intérêt légitime et impersonnel à sa guérison. Un instant plus tôt à peine, il avait été sur le point de lui effleurer la main, comme pour établir un contact plus étroit ! S'il l'avait fait, il l'aurait perdue irrémédiablement.

— Eh bien, supposons maintenant, risqua-t-il prudemment, que quelqu'un d'autre, quelqu'un de complètement détaché, se charge de cette recherche pour vous ?

Il était réticent à la confier aux psychiatres, mais il se pouvait bien qu'ils fussent la réponse qui s'imposait, si on parvenait à la persuader de coopérer. Harlingford était un brave homme, et suffisamment âgé pour la considérer d'un œil sans illusion. À supposer, pensa-t-il avec une ironie désabusée, qu'aucun homme vivant soit assez vieux pour cela. Aimer Maggie Tressider, ce serait être impuissant à l'aider, c'était clair : à peine effleurée — une simple rencontre des regards même —, elle reculerait, hors d'atteinte, se retirerait dans son château et barricaderait les portes. Mais bon, se dit-il, je me demande, je me demande vraiment bien pourquoi.

— À supposer que quelqu'un d'autre, quelqu'un dont c'est le métier, retourne les pierres à votre place ? S'il découvrait quelque détail perdu — très vraisemblablement tout à fait innocent — qui explique que ce cancer se soit installé en vous, cela vous satisferaitil ? Il vous faudrait bien sûr avoir confiance en cette personne. Mais il existe des gens, vous savez, qui ont l'expérience de ces techniques, des professionnels talentueux qui considèrent ce genre de chose comme leur domaine spécifique.

Il ignorait qu'il avait adopté cette approche oblique bien trop doucement ; ils étaient sur des longueurs d'ondes différentes et la communication, comme il l'entendait, s'était interrompue, même si, aux yeux de Maggie, il venait de commencer à faire preuve d'un vif sens pratique. Elle se redressa, l'esprit en alerte. Le mot « professionnels » sonnait de façon rassurante à ses oreilles. Pourquoi pas ? Il avait raison, ce dont elle avait besoin, c'était de quelqu'un qui sache comment s'y prendre pour déterrer les événements perdus, quelqu'un qui mette ses talents sur le marché à un juste prix et qu'on puisse engager pour faire un travail spécifique sur des bases contractuelles. Dans une relation de ce genre, acceptée par les deux parties, il n'y aurait pas de violation d'intimité.

— Accepteriez-vous que je confie votre cas aux mains de quelqu'un de ce genre et le charge de cette recherche comme il l'entend ? Et si le spécialiste ne réussit pas à déterrer quoi que ce soit d'indigne, serez-vous alors convaincue ?

— Oui, dit-elle avec enthousiasme, oh oui ! Voilà ce dont j'ai besoin, quelqu'un qui soit entièrement objectif. Mais je ne saurais pas où chercher la personne adéquate et je ne veux demander à personne de... de me servir d'intermédiaire. Trouvez-moi un bon détective privé, je lui confierai tout ce cauchemar et m'en remettrai à ce qu'il découvrira.

CHAPITRE II

Il s'appelait Francis Killian et avait quarante et un ans. Il ne correspondait pas du tout à l'image conventionnelle du détective privé et il ne s'était jamais désigné comme tel. La petite plaque à la porte de son bureau, au-dessus de la librairie de Market Street, à Comerbourne, indiquait juste : « Enquêtes confidentielles ». Il n'assurait pas les affaires de divorce ni l'espionnage commercial ; parfois il se demandait pourquoi, étant donné qu'il n'avait pas une trop haute idée de sa propre sainteté, et il y avait plus d'argent à gagner dans ces domaines que dans les recherches froides et solitaires qu'il entreprenait. Une vie mouvementée, qui avait démarré avec l'âge adulte par le service militaire en Corée, ne pouvait guère lui avoir laissé beaucoup d'illusions ; et même après que ce piège d'une indicible horreur se fut ouvert pour le relâcher, marqué à vie, il s'était vaguement laissé aller à choisir des situations et des tâches peu faites pour les âmes sensibles. Peut-être essayait-il ainsi de redécouvrir le dégoût comme le ressentent les gens propres, un luxe hors d'atteinte pour ceux qui sont déjà souillés.

Aussi ne pouvait-il se vanter d'avoir obtenu, grâce à Dieu sait quelle pureté morale, une recommandation d'un des plus respectables avocats de Comerbourne auprès d'un des plus éminents chirurgiens de cette ville, à la recherche improbable d'un détective privé, « pour une amie », évidemment ! Tout ce qui rendait Francis acceptable aux yeux de tels clients était un sens méticuleux de la propreté, une répugnance froide pour toute souillure. S'il avait encore des scrupules moraux, c'était par habitude ancienne, et ils n'étaient en aucun cas clairement définis.

Il était célibataire et vivait seul. Il n'avait pas toujours vécu seul. Il se souvenait des femmes qu'il avait connues, en trop grand nombre et trop intimement, mais c'était de l'histoire ancienne. Il comptait bien continuer seul à présent. On ne peut endurer qu'une certaine part de risque et de partage de soi — très limitée dans son cas, la divinité qui l'habitait étant un dieu jaloux. Il était clair pour lui depuis cinq ans qu'il ne voulait plus qu'aucune femme vienne ronger les murailles de son intégrité. Ce n'était pas le Pérou, bien sûr, mais c'était son Pérou à lui et il l'estimait à sa juste valeur.

Ainsi, Francis Killian était un homme solitaire, au sens large qui exclut que la solitude puisse être source de souffrance. Il travaillait dur, comme le font les hommes seuls, d'une manière aride, précise et minutieuse qui le faisait apprécier notamment par les professions juridiques. Il travaillait surtout pour les hommes de loi (rechercher des témoins d'accidents, passer au peigne fin d'anciens registres paroissiaux, rédiger des résumés de documents ennuyeux) et pour les chercheurs et les écrivains (réussir à mettre la main sur des œuvres de référence réputées introuvables, établir des résumés d'actes et de réglementations, éplucher des archives en quête de détails perdus). Parfois aussi, il recherchait des personnes disparues, et même des ancêtres oubliés, dont certains auraient mieux fait de le rester à jamais. Il lui arrivait de consentir à entreprendre un boulot de filature, quand un témoin était susceptible de s'enfuir ou que des parents inquiets souhaitaient garder un œil attentif sur les relations suspectes d'un jeune fils.

S'occuper de documents était un travail propre, stérile et agréable qui ne l'émouvait ni ne le troublait, et c'était là l'essentiel. Cela lui rapportait des revenus modestes et l'argent pour l'argent ne l'intéressait guère. Il avait certes atteint un palier, à mi-parcours de la vie, où il pouvait considérer toute chose de haut, et ce qui lui importait le plus, c'était que le terrain soit dégagé de toutes passions encombrantes et de tous imbroglios humains, tel un homme qui éprouve le besoin de jeter tout son bien pour se sentir libre.

Il y avait néanmoins toujours des choses, dans l'existence, qui lui procuraient un réel plaisir, profond et irrésistible, lui imposant de regarder à nouveau des humains à qui il arrivait parfois d'engendrer la perfection. La première et la plus importante de ces relations forcées, c'était avec la musique. Il reconnaissait à contrecœur qu'on ne peut pas désespérer d'une espèce qui a produit Mozart.

Aussi accepta-t-il d'agir contre sa nature pour rendre service à Maggie Tressider. Il pensait à elle davantage comme à une voix qu'à une femme, mais la voix avait besoin d'être humainement incarnée et, d'après le vieil homme, ce véhicule, ce mécanisme superbe qui produisait ce son inimitable, était gravement menacé. Sa guérison, disait-il, était compromise par une obsession.

Pour n'importe quel autre nom, Francis Killian aurait étonné et offensé son visiteur par son refus. Les obsessions n'étaient pas son affaire.

Le vieil homme ne trouvait pas sa mission agréable. Il aurait de beaucoup préféré la remettre entre les mains des psys, évidemment, et la garder, pour ainsi dire, dans la famille. Il était entré dans le bureau avec la délicatesse d'une duchesse qui s'encanaille, et avait été curieusement désarmé, rassuré même, par la pièce claire, austère et ordonnée, aussi clinique à sa manière que sa propre salle de consultation. Lui aussi savait apprécier le professionnalisme. Mais l'homme installé au bureau avait neutralisé l'effet apaisant de son environnement. Il y avait toujours quelque chose d'ambivalent à propos de Francis, quel que soit le sérieux avec lequel il se comportait, une aura légère d'autocaricature, comme si, en méprisant l'humanité, il n'avait jamais pu dissimuler totalement le mépris qu'il nourrissait envers lui-même.

Si Gilbert Rice avait pu alors battre en retraite, il l'aurait fait ; mais Rattray, Rattray, Bell et Rattray — tous les quatre — avaient affirmé que cet homme était discret, fiable et consciencieux, et présenter l'affaire à un autre détective était impensable. Et puis, Francis se racheta. En entendant mentionner le nom de Maggie, il se figea, renonçant à tout ce qu'il s'apprêtait à dire, et réfléchit une bonne minute, considérant son visiteur dans les yeux, avec beaucoup de droiture. Puis il dit :

— Racontez-moi. Si je peux venir en aide à Miss Tressider, je le ferai.

— Comprenez-moi bien. C'est elle qui insiste pour engager un détective privé. Je... C'était un malentendu. J'aurais préféré la recommander à un psychiatre. Mais Miss Tressider est une femme obstinée, très lucide sur elle-même. Qu'elle ait besoin d'un psychiatre ou d'un détective, il n'en reste pas moins qu'on ne peut lui venir en aide sans sa coopération et elle refuse énergiquement de voir un psychiatre.

Francis réajusta aussitôt l'image qu'il se faisait d'elle ; il n'était pas exclu, évidemment, qu'elle rejette ce dont elle avait le plus grand besoin, mais une femme si déterminée pouvait bien être un témoin fiable. Sa propre réaction, si on s'était proposé de fouiller dans son esprit, aurait été de défendre bec et ongles son intimité troublée. La femme inconnue qui était Orphée, qui était Eboli, qui était une beauté désincarnée enfermée dans un corps par quelque prodigieux paradoxe, se rapprocha un peu de lui.

— Et vous pensez, dit habilement Francis, que la première chose à faire pour la guérir consiste à agir comme si on prenait ses préoccupations au sérieux. En bref, je remplirai utilement mon rôle uniquement en feignant de rechercher ce qui la tourmente. Dans ce cas, la réponse est non. Si j'entre à son service, je ferai tout ce que je peux pour elle, et c'est à elle seule que j'obéirai. Si elle veut que je cherche un squelette dans son placard, je le ferai. Il se peut même que je le trouve. Mais je ne peux être employé pour l'enjôler jusqu'à ce qu'elle guérisse en faisant *semblant* de le chercher. Vous, par exemple, vous ne croyez pas, dit-il poussé par la curiosité, qu'il y ait réellement quelque chose à trouver, n'est-ce pas ?

Luttant contre sa méfiance et sa répugnance à parler, Gilbert Rice le surprit.

— Si, déclara-t-il tout net, il y a bien quelque chose. C'est à peu près certain. Je vais être très franc avec vous, Mr. Killian. À mon avis, Miss Tressider est d'une générosité et d'une intégrité tout à fait exceptionnelles, et elle n'a pas eu beaucoup de chance dans ses relations personnelles. Elle est issue du peuple, une famille tout ce qu'il y a de plus ordinaire — vous comprenez, j'utilise des termes courants simplement parce qu'ils sont utiles pour établir un portrait — qui a vécu sur son dos, sans honte ni gratitude, dès qu'elle a connu la célébrité, et se montre jalouse en secret de sa supériorité autant qu'elle s'en réjouit en public. Elle s'est certainement comportée envers tous ses proches avec une grande loyauté, mais, au fond d'elle-même, elle sait très bien que ce comportement n'a pas été compris. Je crois tout à fait possible qu'une fois, une seule, elle se soit rebellée et ait refusé de les aider, qu'une seule fois elle ait repoussé et rejeté quelqu'un, en signe de protestation tardive. Je suppose même que le résultat a pu être désastreux pour quelqu'un qui ne mérite sûrement pas beaucoup de sympathie. Elle est véritablement incapable de méchanceté ou de mesquinerie. Mais elle est très exigeante. Je pense que, de son point de vue, il peut très bien y avoir quelque chose à regretter. Sans doute serait-il préférable qu'elle sache à quoi s'en tenir et soit contrainte de l'accepter. Vous ne devez pas avoir peur du résultat, si vous trouvez de quoi il retourne. Elle a le sens de ses responsabilités envers nous tous, également. Quoi que vous trouviez, vous ne la détruirez pas, vous ne pouvez que la libérer. Elle sait de quelle merveille elle est la gardienne.

Fantastique, se dit Francis, perdant littéralement toute objectivité. Cet antique pilier de la société, établi depuis trente ans, père et grand-père, voilà qu'il ouvrait brusquement son cœur à propos d'une jeune femme névrotique qu'il n'avait jamais vue auparavant, parce que la nature lui avait donné par hasard une voix d'archange. Et s'il avait raison ? Si elle avait réellement besoin d'être débarrassée d'un incube susceptible de la tuer ? Il n'y aurait plus d'Orphée immortel, seule resterait cette lamentation sur un enregistrement, qui pâlirait lentement, faute d'un nouveau souffle de vie. Le chirurgien de Maggie Tressider, tout petit, tout gris, tout empesé qu'il fût, avait le courage de ses convictions.

— Je suppose, dit Francis avec prudence, dessinant le classique portrait d'Orphée sur la feuille à moitié couverte de notes qui était devant lui, que ce que j'ai de mieux à faire est d'aller bavarder avec Miss Tressider aux heures des visites habituelles... Cet après-midi ?

Il rentra chez lui et mit les disques de Gluck. Elle était encore plus extraordinaire que dans son souvenir. Ce n'était pas une voix de contralto sombre, pesante et veloutée, mais agile, exaltante et vraie, une qualité de timbre qui fendait le cœur comme la douleur pure, comme l'amour même, supprimant tout ce qui ne présentait pas la même urgence. C'était d'elle que le vieil homme était amoureux, évidemment : aucun visage ne pouvait être à la hauteur de cette voix, et encore bien moins le cœur et l'être qui allaient avec ce visage.

Sur les photographies, elle avait la bouche de travers, de grands yeux inquiets, comme ceux d'un enfant, et un visage plus asymétrique que la normale, plus grand du côté droit.

Tant pis, il fallait sauver la voix.

Elle était assise dans son lit quand il arriva, semblable en tous points aux autres femmes dans la salle d'à côté, maquillée, coiffée, le lit soigneusement refait pour les visites. Elle avait le même air mi-craintif mi-confiant aussi, et ses yeux, agrandis comme les leurs, dans un visage pâli et émacié jusqu'à la transparence par l'expérience de la souffrance, se tournèrent vers le seuil de la chambre dès que sa main toucha la poignée et le transpercèrent de leur bleu intense quand il entra. Elle avait l'air content, impatient et effrayé, comme s'il s'était agi d'une relation personnelle, quelqu'un qu'elle aurait attendu depuis longtemps.

— Miss Tressider ? Je m'appelle Killian.

— C'est très gentil à vous de venir si vite.

Sa voix parlée était grave, chaude et vibrante.

— Asseyez-vous, je vous en prie. Je crois que

Mr. Rice vous a expliqué ce qui me tracasse... ce que je veux que vous découvriez pour moi.

Il semblait que tout dût se dérouler avec promptitude, d'une manière pratique, comme entre des associés en affaires, sans le moindre soupçon d'angoisse. À moins, se dit-il un moment plus tard, de regarder de trop près les fines rides de son visage, encore marqué par la brutalité du choc, par l'image réfléchie, mais encore sensible, de la mort qui avait manqué sa proie ; ou de plonger dans le regard immense, empreint d'un éclat insensé, pour y découvrir, derrière le bleu franc et bien élevé, une lueur d'effroi, figée et métallique. Elle était résolue à trouver ce qui lui manquait, avec la sincérité d'un enfant, mais il n'y avait rien d'enfantin dans ce désir.

Le fait que les livres de poche qu'il avait apportés la troublèrent et la mirent dans l'embarras était également révélateur. Quand il les déposa sur le lit à portée de sa main, elle les toucha d'un air absent et ne sut que faire ni que dire. Elle remercia de façon machinale et ses pensées véritables ne trouvèrent pas les mots pour s'exprimer. Comme il avait eu raison de laisser tomber les roses ! À moins, bien sûr, qu'il ne souhaitât qu'elle renonçât à lui proposer ce travail ? Il ne savait toujours pas très bien, mais s'il l'avait voulu, les roses auraient été un moyen comme un autre pour le savoir. Il n'était pas là pour avoir une quelconque relation personnelle avec elle, il ne devait pas la toucher. Tout ce qu'il allait inévitablement découvrir à son sujet, elle l'admettrait, facilitant même ses recherches, comme autant d'éléments du dossier nécessaire à l'enquête, mais jamais comme la toile impalpable tissée par une intelligence humaine. Tout devrait rester strictement clinique. Tant mieux ! Cela convenait à Francis.

— Il m'a paru prudent d'être un visiteur aussi convaincant que possible, dit-il sèchement, et vous avez remarqué qu'ils ne viennent jamais les mains vides. Les femmes de la salle commune ne le remarqueraient peut-être pas, mais la direction, si. Je suppose que j'ai raison de penser que *seul* Mr. Rice a votre confiance ?

— Oh, dit-elle en rougissant, je vois ! Oui, bien sûr, c'était gentil de votre part. Je pensais... J'avais plutôt peur que vous soyez trop connu pour passer inaperçu, de toute façon.

— Je suis loin d'être une célébrité, comme détective, l'assura-t-il, amusé et désarmé. À dire vrai, peu d'entre nous le sont. Personne ici n'est susceptible de savoir qui je suis ni ce que je fais, et votre intimité ne sera pas compromise.

— Je préférerais, si possible. Mais, bien entendu, incluez les livres et le reste dans vos frais.

Le ton était peut-être un rien arrogant, mais très vraisemblablement, le sien l'avait été aussi.

— Nous pourrons nous entendre là-dessus plus tard. Puisque notre temps est limité, je crois que vous devriez à présent vous allonger et vous détendre, tout en me parlant de cette expérience pour laquelle vous m'avez fait venir. J'imagine que vous avez trouvé maintenant un moyen de vous en remettre aux médecins quand c'est nécessaire. Considérez-moi comme entrant dans la même catégorie, un de plus. Fermez les yeux et oubliez-moi si cela rend les choses plus faciles. C'est ce que la plupart d'entre nous faisons avec les médecins, quand le traitement commence.

— Et avec les dentistes, ajouta Maggie en souriant, de façon inattendue.

— Et avec les dentistes, en effet.

C'était peut-être, reconnut-il tristement, une meilleure analogie.

— Je vais devoir prendre des notes, cela ne vous ennuie pas ? Tout sera détruit, après.

— Oui, je comprends.

Elle laissa retomber sa tête sur l'oreiller.

— Je veux faire tout ce qui pourra vous aider à découvrir... ce qui me hante. Vous comprenez, il faut que je sache. Je ne trouverai pas la paix, je ne pourrai pas vivre normalement, tant que je ne saurai pas. *Lui*, il voulait que je m'ôte cela de l'esprit, mais je ne peux pas. Si j'ai causé un tort affreux à quelqu'un, et qu'à présent, pour la première fois, je *ressente* ce que j'ai fait, comment puis-je me contenter de l'oublier et de faire comme si je n'en savais rien ? Alors, il a voulu que je m'en remette à un psychiatre. Pourquoi ? Je ne veux pas que cela soit supprimé par des explications rationnelles, si cela existe vraiment, *je veux redresser mes torts*. Je suis désolée dit-elle, fixant soudain ses yeux troublants sur le visage attentif du détective, si vous trouvez tout cela peu équilibré. La seule chose dont je sois consciente, c'est ma culpabilité. C'est parce que je n'arrive pas à donner un compte rendu rationnel de ce qui s'est passé que j'ai besoin de vous. Est-ce que *vous*, vous croyez que j'ai perdu la tête ?

— Oh non, je pense que vous avez vraiment toute votre tête ! Racontez-moi !

Elle lui raconta lentement, avec soin, choisissant ses mots avec concentration et précision, comme lorsque, au cours d'un procès, vient le moment décisif de faire une bonne impression. Au bout de quelques instants, elle ferma les yeux, l'excluant ainsi de sa quête, sauf en tant que confesseur désincarné, pour mieux atteindre à l'objectivité. Il semblait que sa passion pour la vérité et la justice était assez grande pour entraîner une franchise absolue, comme si elle sentait qu'elle s'adressait à Dieu. Aux yeux de Francis, d'après son expérience, les femmes pouvaient être retorses jusque dans leurs prières, mais il aurait parié sa réputation que celle-là ne l'était pas.

Maggie parlait et Francis écoutait, prenait des notes et l'observait : un visage à l'ovale pur dont les irrégularités étaient à peine discernables sur l'original. Les photographies exagèrent toujours la moindre disproportion des traits, mais celles de Maggie étaient presque des caricatures tant elles étaient loin de lui rendre justice. C'était en grande partie une question de couleurs. Ces yeux si sombres, on se serait attendu à ce qu'ils soient du même violet velouté qu'une pensée, mais ils avaient au contraire le bleu intense et saisissant des gentianes de haute altitude, aussi éclatants que la lumière de midi dans leur profondeur de minuit. Et à bien y réfléchir, c'était exactement la nuance de sa voix si profonde. Quant à ses cheveux, qui paraissaient d'un brun taupe au raffinement typiquement anglais sur les photographies, qui aurait pu deviner qu'il s'agissait de cette nuance incroyable entre le doré foncé et le roux orangé, avec des reflets d'un vert tendre dans l'ombre, la couleur du feuillage bourgeonnant d'un chêne au printemps ? Elle était plus mince que sur les photographies qu'il avait vues d'elle. D'évidence son obsession la rongeait et elle avait sans doute également maigri après l'importante opération qu'elle avait subie quelques semaines plus tôt.

Il fit la même découverte que l'anesthésiste, lorsqu'il était venu la voir à minuit dans le service pour s'assurer qu'elle avait bien décidé de se remettre à respirer. Elle était belle. Très belle. Comme si certaines personnes *pouvaient* tout avoir. Sauf, bien entendu, la paix de l'âme et une conscience sereine.

C'est à peu près à ce moment-là qu'il remarqua le premier détail intéressant de son récit. Il ne le nota pas, ce n'était pas la peine.

— Merci, dit-il quand elle sombra dans le silence. C'était très complet et je ne pense pas avoir beaucoup de questions à vous poser. Si vous aviez eu quelque indice quant à l'époque et à l'endroit, vous l'auriez dit. J'en déduis donc que nous ne pouvons absolument pas limiter les possibilités, sauf exclure les dernières années. Il est mortellement facile d'oublier, plus facile que de se souvenir, mais cela prend tout de même un petit peu de temps. En admettant que cette obsession soit liée à un fait précis, si ce fait avait été récent, il aurait émergé complètement, avec tous les détails.

— Mais est-il vraiment possible, demanda-t-elle en ouvrant grand les yeux, d'oublier quelque chose d'aussi important ? Même après des années ?

— C'est possible, tout à fait. Ce que nous gardons en mémoire d'une vie entière n'est qu'une proportion infinitésimale de l'ensemble. Pensez au nombre de sensations qui se succèdent pour nous en une heure, et au nombre de brèves rencontres que l'on vit en une année. La mémoire la plus phénoménale ne peut contenir un dixième du total.

— Mais une chose comme celle-là... une question de vie ou de mort... cela devrait inévitablement rester gravé en nous, même si on oublie quantité de choses.

— Nous ne savons pas encore si cela semblait tellement important à l'époque, comme une question de vie ou de mort. C'est peut-être purement rétrospectif. Je ne suggère pas que votre état ait fait apparaître un spectre totalement illusoire, mais je crois sincèrement qu'il a pu exagérer et déformer un incident relativement anodin. Attendez de savoir, ajouta-t-il raisonnablement.

— Vous oubliez, intervint Maggie avec douceur, que j'ai échappé de justesse aux griffes de la mort. Quand vous êtes confronté de près au jour du Jugement dernier, vous prenez conscience des vraies valeurs.

— Pas forcément. À moins que vous ne pensiez que la peur est la meilleure approche de la vérité.

Même les justes risquent de ne pas se sentir très sûrs d'eux le jour du Jugement dernier.

— Oh non, dit bizarrement Maggie, je n'avais pas peur. On est au-delà de cela, vous savez. Ce n'est plus valable. Même maintenant, ce n'est pas comme d'avoir peur, c'est juste qu'il est impossible de vivre sans *savoir*. Comme Œdipe. Il n'y a aucun moyen de rebrousser chemin et de laisser tout cela tranquille. Je sentirais le sol se dérober sous mes pieds. On ne peut pas chanter sans connaître la vérité !

Non, elle, elle ne le pouvait pas, il s'en rendait bien compte. C'était dur à croire, dans un monde aussi factice, mais cette femme n'avait jamais rompu son lien d'enfant avec la réalité, et tant qu'elle penserait que la vérité était compromise, tout serait dévalorisé à ses yeux, même son art. Il sut alors qu'il s'engageait, non seulement à accepter sa mission, mais aussi à l'amener à une conclusion heureuse.

— On a encore une demi-heure. Si vous n'êtes pas trop fatiguée, j'aimerais que vous commenciez à me parler de vous. Depuis le tout début, votre famille, votre enfance, les choses et les noms dont vous vous souvenez. Ne vous préoccupez pas de rechercher les germes de ces problèmes actuels. Oubliez tout cela à présent. La lumière se fera sans doute d'elle-même, mais pas si vous essayez de la traquer. Dites-moi qui jouait avec vous, qui étaient vos amis, vos camarades d'études...

Bien que peut-être elle ne pût même pas reconnaître le nom qui importait, elle était presque certaine désormais de l'avoir supprimé de sa mémoire pour une bonne raison, et pour l'éternité, à moins qu'un geste de Dieu ou de Francis Killian ne vînt le faire resurgir pour le confronter avec elle. Entre les besoins et les manques qui déchiraient les deux moitiés de sa personne, qu'était censé faire un homme engagé à son service ?

Mais elle ne pouvait chanter sans connaître la vérité ; c'est elle qui l'avait dit, pas lui. Et elle ne pouvait vivre sans chanter.

— Faites simplement comme si vous vous parliez à vous-même, et je ne dirai pas un mot.

Alors elle se mit à parler et il ne dit pas le moindre mot. Ses lèvres bougeaient lentement et de façon réfléchie, déroulant devant lui, d'une voix impersonnelle, froide et dénuée de nostalgie, le film de la famille ordinaire qui était la sienne, des petits tableaux décousus de sa scolarité. Il lui avait fallu quitter les gens de sa famille pour trouver ceux de son espèce, comme tant d'autres. Ce n'était pas du tout une question de classe, mais une question de qualité, ce qui est une chose différente et mystérieuse. Elle cita des noms avec exactitude. Pour la plupart, il ne prit pas la peine de les noter, mais certains d'entre eux restèrent vifs dans son souvenir. Il était sensible aux intonations, à présent. Puis elle en vint à ses débuts dans le chant, les petits succès locaux, l'audition qui lui valut d'être prise dans la classe du Pr Paul Fredericks, l'amorce des études sérieuses. Nul doute qu'il était urgent de prendre des notes maintenant : son stylo griffonnait fébrilement les noms qui, aux yeux de Maggie, comptaient presque autant que le sien propre.

Elle en était encore à une douzaine d'années en arrière dans son récit quand la cloche annonça la fin des visites. Elle ouvrit des yeux hébétés. Elle avait le front moite, mais le visage détendu et serein.

— Je reviendrai après-demain dans l'après-midi, annonça-t-il en rangeant son calepin, si vous parvenez à dissuader tous vos autres visiteurs de venir. Je vous ai épuisée... j'en suis désolé !

— Oh non ! s'empressa-t-elle de répondre. Je suis

contente ! Le seul fait de s'occuper du problème vaut mieux que tout. Je me sens plus heureuse maintenant. J'ai confiance en vous.

Bon, se disait-il amèrement, se frayant un chemin sur le parking jusqu'à sa Riley de troisième main, voilà bien la chose la plus injuste et la plus terrifiante qu'un être humain puisse dire à un autre ! Elle me fait confiance ! Pour trouver des miracles, pour l'arracher à son petit enfer intime. Dans quelle mauvaise posture tout cela me met-il ? Mais, évidemment, elle me paie mon salaire quotidien et toutes les dépenses... y compris les livres de poche ! Voilà qui rend les choses toutes différentes pour elle, tout ce qu'elle demande, c'est du bon travail en échange d'un bon salaire. Mais qu'est-ce que cela implique pour moi ? Il se peut que lui dénicher l'inconnu et lui ôter l'épine de la chair demande plus de travail qu'une petite investigation patiente, plus que des déplacements, plus que ce qu'on peut acheter avec un acompte quotidien.

Pourtant, se disait-il en revenant en voiture chez lui dans Market Street, un appartement vide comme un ermitage, il avait retiré quelque chose de positif de cette première séance. Tous les noms féminins qu'il avait notés étaient mémorisés seulement comme des sources possibles d'information ; sinon, il pouvait aussi bien les barrer sur-le-champ. Maggie Tressider était sûrement sincère quand elle prétendait qu'elle ne pouvait retrouver le moindre fait qui permît de mieux cerner l'identité de l'inconnu. Mais chaque fois qu'elle désignait la personne qui était à la fois sa victime et son persécuteur, elle disait « il ».

Il se donna la peine d'enquêter sur sa famille, encore qu'il eût le sentiment qu'elle ne présentait aucun intérêt, et il put le vérifier. Ses parents étaient morts, son père depuis longtemps, quand Maggie était encore à l'école, sa mère quatre ans plus tôt, d'une maladie cardiaque. Il restait une sœur et un frère, Alec, tous deux plus âgés que Maggie. Le frère jouait du cor dans un orchestre des Midlands, assez bien pour conserver son poste, pas assez toutefois pour aller jamais plus loin. Une petite recherche fournit un tableau qui n'avait rien d'inattendu ; il s'était servi de la réputation de sa sœur dès qu'elle avait connu la célébrité. Il lui avait fait une visite éclair à l'hôpital, puisque ce n'était pas trop loin de chez lui. Rice pensait qu'il était venu réclamer de l'argent et n'était pas reparti les mains vides, mais il se montra du moins agréable, affectueux et réconfortant le temps de sa visite.

La sœur, l'aînée des trois, vivait dans le Hertfordshire avec son mari, un agent d'assurances, et leurs deux enfants. Elle n'était pas venue la voir. On avait noté des coups de téléphone de sa part, demandant des nouvelles dès le premier soir avec des lamentations inquiètes, alors que Maggie était toujours dans la salle d'opération, exprimant son total dévouement et sa ferme intention de tout quitter pour se précipiter à son chevet ; mais le ton s'était refroidi une fois qu'il devint clair que le lit de Maggie n'allait pas devenir son lit de mort. Mrs. Chalmers était toujours affectueuse quand elle appelait, mais elle ne laissait plus entendre qu'elle allait venir. Francis glana ces détails auprès de Rice qui les tenait de la responsable du service, par qui étaient passés tous les premiers appels téléphoniques.

Il commençait à apparaître que tous ceux qui lui manifestaient de l'affection nourrissaient aussi en secret un ressentiment corrosif. Pourtant tout concourait à prouver qu'elle était restée loyale et généreuse envers sa famille et l'entourage immédiat de ses premières années. Peut-être était-ce là le mérite qu'on ne pouvait lui pardonner. Si elle s'était débarrassée d'eux et qu'elle ait poursuivi son chemin sans contrainte, ils auraient au moins pu sentir qu'elle ne leur était pas, après tout, si supérieure et auraient pu trouver une certaine satisfaction dans ses faiblesses. Les gens qui ont tout pour eux éveillent chez les simples mortels l'ambition venimeuse de tout leur retirer, ou si cela s'avère impossible, de leur gâcher ce qui peut l'être. Non, aucun membre de sa tribu n'était venu pleurer la nuit sur son épaule. Ils étaient bien plus susceptibles, l'occasion se présentant, de la dépouiller et de la détruire.

Ensuite, il y avait les autres, collègues, chanteurs comme elle, accompagnateurs, chefs d'orchestre, admirateurs. Des amoureux potentiels, pour la plupart, qu'ils en eussent ou non conscience, bien que quelques-uns eussent en plus l'intégrité et le détachement d'être pour elle des amis désintéressés. Dieu sait si elle avait besoin de ceux-là, mais ils semblaient avoir été très peu nombreux dans sa vie. Le professeur de musique de son école de quartier, peut-être, qui, le premier, s'était rendu compte du merveilleux instrument qu'elle possédait et avait fait de son mieux pour l'aider à développer ses aptitudes. Et puis ce vieux génie riche et excentrique, Paul Fredericks, qui avait passé les dernières années de sa vie à dilapider les bénéfices de sa propre carrière musicale au profit des musiciens de l'avenir. Mais combien d'autres ?

Quantité d'amoureux potentiels, cependant, depuis les admirateurs modestes de son adolescence jusqu'aux célébrités qui l'entouraient actuellement, en passant par le défilé ininterrompu de ses camarades d'université. Et n'y avait-il pas aussi, dans le chœur harmonieux de leur dévotion, une légère fausse note ? Le mâle qui fait sa cour connaît sa valeur et s'attend à produire de l'effet, mais Maggie Tressider était toujours restée inaccessible. Il continue à louer et à poursuivre de ses assiduités l'objet élu, quand celui-ci est une image culte précieuse et un symbole de prestige ; mais au bout d'un certain temps, une légère aigreur surgit, le cœur s'extrait de cette comédie et quelque chose d'étranger s'installe à sa place. Du dépit ?

Il ne s'était pas rendu compte avant de frapper à la porte de sa chambre pour la seconde fois et de la voir, adossée à ses oreillers, le visage délicatement maquillé et les cheveux bien coiffés pour le recevoir, de ce qui, chez elle, le troublait le plus. Il entra, cochant dans sa mémoire les uns après les autres comme les grains d'un chapelet les noms de ses adorateurs, qui étaient légion ; et là, sur le lit blanc de la chambre blanche, était assise, tendue et immobile, cette créature unique, gracieuse et solitaire, attendant qu'une image humaine vienne la peupler en se réfléchissant dans les miroirs de cobalt de ses yeux. Il n'avait jamais rencontré personne qui, entourée d'un tel ballet d'adorateurs, fût aussi intensément, aussi terriblement seule.

C'était une bonne cliente, patiente et modeste. Elle était prête à reprendre son autobiographie là où elle l'avait laissée deux jours plus tôt, et elle lui fit même le plaisir de suivre sa méthode de relaxation tandis qu'elle égrenait ses souvenirs, comme s'il était simplement un médecin de plus ayant provisoirement autorité sur elle. Les yeux clos, se laissant aller au creux des oreillers, elle évoquait les événements dont elle avait été témoin ; et pendant les pauses, fréquentes mais brèves, suffisantes pour permettre la réflexion mais non la dissimulation, il observait son impassibilité de marbre — elle retenait jusqu'à son souffle — et il se demandait ce qu'il arriverait si quelqu'un venait à embrasser cette Belle au bois dormant. Se réveillerait-elle ? Elle se retirerait plutôt dans un sommeil de mort de cent ans, au moindre contact. Et il faudrait beaucoup de chance pour ne pas se piquer aux épines avant d'avoir atteint sa bouche.

— Le Pr Fredericks avait coutume de sélectionner un petit groupe de ses élèves au printemps et à l'automne, qu'il emmenait sur le Continent. Il avait de bonnes relations un peu partout et c'était sa façon de nous donner une véritable expérience des concerts avant que nous nous attaquions aux choses sérieuses. On avait baptisé cette entreprise le « Freddy's Circus ». On participait à quelques petits festivals, et on bouchait les trous dans des concerts à travers la Suisse et l'Autriche, ainsi qu'une partie de l'Allemagne. Il y avait deux ou trois chanteurs solo, et peut-être deux instrumentistes, généralement un pianiste — un des accompagnateurs était toujours capable de donner un concerto ou deux —, parfois un violoniste, et un petit orchestre. Ça lui coûtait les yeux de la tête de tout organiser, mais il lui arrivait même, de temps en temps, de faire un bénéfice. J'y suis allée trois fois. Une fois en 1954, à l'automne. J'avais dix-huit ans. Et puis les deux tours de 1955. Après quoi, j'ai eu ma première grande chance, on m'a demandé de chanter Chérubin. Il m'a laissée accepter le rôle, alors j'ai su que j'étais prête. Je ne suis plus jamais retournée à l'étranger avec lui, il y avait les concerts, les engagements, les enregistrements... les choses se sont mises à aller très vite. Deux ans plus tard, Freddy est mort. À Bregenz, pendant le festival. Le Circus, c'était terminé.

— Et qui vous accompagnait dans ces voyages ? Vous vous rappelez ?

Elle cita plusieurs noms. Deux d'entre eux avaient suivi la même ascension, mais moins rapidement. L'un s'était tué dans une catastrophe aérienne. D'autres demeuraient, et vraisemblablement à jamais, perdus dans l'obscurité.

— Je ne me souviens pas des autres. Oh, si ! la dernière fois il y a eu un changement, parce que la sœur de Freddy, qui nous accompagnait toujours et servait de chaperon aux filles, avait dû être hospitalisée juste avant notre départ, et une des anciennes élèves de Freddy est venue avec nous à la place. Elle s'appelait Bernarda Elliot, de son nom de concertiste. Je crois que c'était son nom de jeune fille. Elle était contralto... elle avait du talent, mais elle était mariée, depuis un certain temps, à un dénommé Felse. Elle vivait quelque part dans les West Midlands, je me rappelle. Elle nous a accompagnés juste pour rendre service à Freddy, et seulement cette fois-là. C'était la seule excursion que Miss Fredericks a manquée. Elle est morte, elle aussi, à peine quelques mois après Freddy. De mort volontaire, me semble-t-il. Vous comprenez, ils avaient toujours travaillé ensemble, sans lui la vie ne valait pas la peine d'être vécue.

— Je vois, dit Francis. Ce Chérubin... C'était à Covent Garden, n'est-ce pas ?

— Oui, j'ai eu beaucoup de chance. Après, on a enregistré avec la même distribution. Ce n'était pas le meilleur *Figaro* du siècle, mais il a eu beaucoup de succès.

À partir de ce moment, ç'avait été une simple ascension d'un sommet à un autre, elle élargissait peu à peu son répertoire, dans l'attente toujours de quelques années supplémentaires, susceptibles de lui apporter de nouvelles œuvres et des rôles à sa portée, d'une plus grande maturité. Elle lui raconta cela exactement comme elle en avait fait l'expérience, sans orgueil ni modestie, et il comprit soudain qu'elle n'était pas tout à fait l'enfant douée à laquelle il avait commencé à l'assimiler, que cette simplicité et cette franchise totales n'étaient pas une marque d'innocence, mais le choix délibéré d'un esprit adulte, l'arme d'une femme qui a quantité de projets et une seule vie pour les réaliser. Maggie Tressider n'avait pas de temps à perdre en circonlocutions. C'était là au moins, semblait-il, une qualité qui risquait bien de la détruire, elle ou toute personne qui se trouverait sur son chemin. Généreuse, scrupuleuse, loyale, elle était sans doute tout cela, mais elle était certainement ambitieuse. Non tant pour elle-même que pour la voix dont elle était la grande prêtresse. Si jamais il y avait un conflit d'intérêts, elle sacrifierait tout, les choses, les gens, à cette divinité, y compris Maggie Tressider.

Au moment où la cloche signala la fin de la visite, elle avait rejoint le présent. Ses yeux cernés, aux paupières semi-transparentes veinées comme des perce-neige, restèrent clos après qu'elle se fut tue. Les longs cils sur ses joues étaient du même ton de bronze doré que ses cheveux. Quand ils se relevèrent, découvrant l'immense regard rivé à son visage, Francis fut aveuglé par le bleu de ses yeux.

C'est alors qu'il fut touché, de façon aussi vive et nette qu'un coup de poignard, au point que pendant l'heure qui suivit, il ne sentit pas la douleur.

— Je vous contacterai, dit-il, dès que j'aurai quelque chose à vous signaler. Cela prendra peut-être plusieurs jours, mais je vous appellerai.

— Oui...

Elle voulait lui demander ce qu'il pensait, s'il avait tiré quelque chose de son examen de conscience, mais elle se retint. Elle lui avait dit qu'elle avait confiance en lui et, désormais, la balle était dans son camp.

— Je me sens mieux, dit-elle, lui offrant le seul encouragement, le seul éloge qu'elle avait à donner. Depuis que vous êtes venu, je n'ai plus perdu de poids. Et je *dors*, maintenant. Je vais aller mieux.

— Bien sûr !

— Et mettre tout cela en ordre...

Elle lui sourit d'un sourire grave, reconnaissant et impersonnel. Le poids de la confiance qu'elle lui accordait pesait lourdement sur le cœur de Francis, et, au fond de lui, en secret, lentement, la blessure mortelle se mit à saigner.

La moitié de la soirée s'écoula avant que sa torpeur ne se dissipe, et l'injustice, l'indignité, la colère et la douleur, le désespoir raisonné et l'espoir irrationnel, tout cela fondit sur lui en même temps.

Il était assis et considérait son calepin, un cendrier plein à côté de lui, compilant de façon méthodique des listes de noms et examinant le sens des périodes correspondantes de sa vie. On gagne toujours à rester assis pour réfléchir et évaluer les données dont on dispose plutôt qu'à se précipiter pour interroger des gens, et il tenait déjà son point de départ.

« J'ai fait quelque chose d'affreux... je l'ai tué... » « *Il* est toujours avec moi, *il* ne me quitte jamais. » « Ce serait mieux si je pouvais *le* voir clairement. » Là où il n'y a pas d'identification précise, le pronom masculin peut englober le féminin, aussi, bien sûr. Peut-être ! Mais ce n'était en aucun cas l'effet produit par ce « il » qu'elle répétait. Elle ne connaissait même pas le sexe de son ennemi, non, mais quelque étincelle de son subconscient le connaissait parfaitement. Il en aurait mis sa main à couper : l'inconnu était un homme.

Quelle sorte d'homme ? Pas un membre de sa famille ; ceux-là, elle les supportait, leur rendait visite de temps à autre, leur venait en aide tout naturellement. Rice avait suggéré l'existence d'un parasite de ce genre qui, ayant mal choisi son moment ou sa tactique d'approche, aurait suscité en elle un sursaut de dégoût la poussant à se rebeller avec violence contre son rôle. Mais est-ce qu'aucun d'entre eux lui importait assez pour rendre cette interprétation probable ? Francis n'en croyait rien. Et celui qui pouvait la pousser à la cruauté devait compter pour elle de façon vraiment fondamentale.

Plus il y pensait, plus l'inconnu se confondait clairement avec l'unique personne qui brillait par son absence dans la vie de Maggie. Un visage rayé si totalement de la mémoire pouvait bien appartenir au seul homme qui était absent.

Quantité d'hommes avaient aimé Maggie, mais Maggie, d'après son propre témoignage et ceux du monde, n'en avait jamais aimé aucun. Elle n'avait pas prononcé une seule fois le mot « amour ». Et cette omission était en elle-même suffisamment remarquable pour attirer l'attention. Il y avait là une femme douée, belle, qui protégeait toujours sa solitude à l'âge de trente-deux ans ! Au premier abord, c'était, en ce qui la concernait, la chose la plus mystérieuse. Pourquoi ne s'était-elle jamais mariée ? Parce qu'elle avait épousé son art ? Même dans ce cas, pourquoi n'avait-elle apparemment jamais envisagé de prendre un époux ou un amant, jamais laissé aucun des candidats l'approcher ? Si on faisait un pas dans sa direction, elle en faisait trois en arrière, puis continuait à battre en retraite jusqu'à disparaître. Il en avait fait lui-même l'expérience tout comme, sauf erreur, Gilbert Rice. Alors, quel était son problème ? Quel obstacle barrait sa route aux hommes ? Le même que celui qui masquait le visage de l'inconnu ?

Et si la traque de l'inconnu était la traque de l'invisible, de l'amant inexistant, du seul qui eût trompé sa vigilance, où était-on le plus susceptible de le trouver ? Sans doute assez loin en arrière, sinon elle n'aurait pu l'anéantir aussi complètement et depuis si longtemps. Quelqu'un qui n'était pas aux yeux du monde, peut-être, un personnage marquant de sa vie, sinon, là encore, elle n'aurait pu réussir à l'oublier totalement ; et pourtant, un personnage assez important, rétrospectivement, pour avoir ensuite rendu toute sa vie stérile. *Que lui avait-elle donc fait ?*

Inutile, non plus, de remonter jusqu'à son enfance ou au début de son adolescence, parce qu'il s'agissait de quelque chose qui avait planté ses griffes dans sa chair d'adulte et avait pénétré profond. Au moment de l'éclosion de la femme, disons à dix-huit ou dix-neuf ans, lorsque sa carrière s'était soudain épanouie devant elle et qu'elle avait su qu'elle allait devenir une grande cantatrice, quand elle avait été grisée et éblouie par la musique, et que les hommes s'étaient peut-être estompés à l'arrière-plan, alors qu'ils auraient dû prendre de la netteté et de l'importance. Douze ou treize ans plus tôt. En douze ans, elle avait dû avoir le temps d'effacer quantité de regrets, d'oublier vraiment quantité de gens qui avaient naguère compté pour elle.

Il se livra, comme pour passer le temps, au même petit exercice qui consistait à regarder douze ans en arrière dans sa propre existence. Où était-il alors ? Plus précisément, avec qui ? Il voyait un bateau étroit sur un canal des Midlands, un été gaspillé pour une affaire d'antiquités qui avait échoué par sa faute parce qu'il ne s'en était pas occupé, et une femme qui avait été cause de son manque d'application ; mais quand il en vint à évoquer cette femme, il ne vit rien qu'une petite silhouette vide, sans visage et sans nom. Rien qu'une forme vide et un goût amer, sans culpabilité si ce n'est qu'il se sentait coupable du gaspillage de toutes ses espérances, et là il n'y avait aucun mystère.

Et puis, soudain, tel un bouton de rose qui s'ouvre de façon magique sous l'œil de la caméra, le souvenir qui n'en était pas un se mit à prendre forme, vie et couleur, la tête adopta la couleur incroyable du feuillage des chênes au printemps, les yeux d'un bleu incandescent le transpercèrent comme ils l'avaient fait une heure plus tôt, et la prise de conscience fulgurante de sa situation finit par jaillir comme du sang : il sut qu'il était perdu. Qui croyait-il être pour annuler ainsi l'existence des femmes avec tant d'assurance ? Qui croyait-elle être pour ignorer ainsi celle des hommes ?

Pour la première fois de sa vie, il n'avait rien vu venir, n'avait rien pu contrôler, ni le moment, ni les termes dans lesquels il accepterait. Il était maintenant trop tard pour faire quoi que ce fût, à part arrêter l'écoulement de sang par la force de la volonté, et s'agripper péniblement au travail en cours. Parce qu'il venait d'établir, à son entière satisfaction, qu'aucun homme en vie n'avait la moindre chance de tromper la vigilance de Maggie Tressider. Il pouvait bien la désirer de toutes ses forces, son désir serait son maître, comme il l'avait été de tant d'autres.

Mais le serait-il vraiment ? S'il jouait ses cartes intelligemment, n'avait-il pas certains avantages ?

Elle avait confiance en lui ! Elle l'avait dit et elle le pensait. Qui d'autre écoutait-elle à part lui ? Qui d'autre avait accès à elle comme lui ? Il pouvait continuer à rechercher l'inconnu jusqu'à ce que sa situation soit assurée, et la révélation de son identité pourrait être menée — à supposer qu'il la découvre et quelles que soient les circonstances — de façon à servir ses propres intérêts tout autant que ceux de Maggie Tressider. Oui, il avait des avantages uniques...

Et des désavantages uniques, lui répondait aigrement la voix de la raison. Tu prends son argent pour accomplir une besogne pour elle, la seule confiance qu'elle ait en toi est celle que les gens intelligents mettent dans des professionnels compétents liés à eux par contrat. Fais un seul pas de travers, demain, la semaine prochaine, n'importe quand, et elle aura disparu. Et tu seras un individu plus méprisable que tu l'as jamais été auparavant. Au moins, jusqu'à maintenant, tu n'as rien à te reprocher dans ton boulot.

Je vais quand même essayer, insistait-il vigoureusement, sans tenir compte de ses réflexions plus sensées. Je n'ai pas l'intention de tricher avec elle. Je finirai le travail que j'ai entrepris pour elle, si je peux le faire. Mais, tant que ça dure, elle m'écoute, elle a en moi une certaine confiance, qui grandira. Je ne fais de tort à personne si je mène ma propre campagne parallèlement à la sienne.

Et tu penses que tu as l'ombre d'une chance ? demanda son *doppelgänger* d'un ton venimeux. Tu sais qui est cette femme : une célébrité, une splendeur, une fantastique artiste. Faut-il te le rappeler ? Et tu sais ce que tu es, n'est-ce pas ? À moins que tu ne l'aies oublié. Il y a longtemps que tu ne t'es pas regardé dans un miroir !

Il n'y avait pas de miroir dans la pièce, ni dans l'appartement, à part celui de la salle de bains. Mais il n'en avait pas besoin, il savait à quoi il ressemblait et ce qu'il était. Un homme de quarante et un ans, de taille moyenne, plutôt svelte, pas plus désagréable à regarder que la moyenne des hommes, s'il n'avait pas passé toute sa vie adulte malmené par les circonstances, ou se malmenant tout seul quand les circonstances lui laissaient un peu de répit. Tout ce qui l'empêchait d'être minable et de le paraître était l'étrange veine d'austérité, héritage d'une éducation non conformiste, toujours indomptée, malgré une lutte de tous les instants contre le chaos et la complaisance, et ce dégoût fondamental de la saleté qu'il aurait aimé croire vertu, mais dont il se rendait tristement compte qu'il n'était rien d'autre que faiblesse.

Oui, acquiesça son démon qui lisait dans ses pensées, tu as remis en ordre tes affaires ces cinq dernières années, passant de la misère artistique à l'ordre monastique, ça t'a coûté cher de le faire, et tu sais fichtre bien la valeur que tu y attaches. Ça ne devait plus jamais recommencer ! Qu'est-ce qu'il te restera de ton âme si tu laisses l'amour entrer maintenant par effraction ? Tu ne sais donc pas reconnaître un désastre quand tu en vois un se profiler ? Jette un coup d'œil à ta cellule. C'est bien plus que ça en a l'air, ça représente la seule sécurité que tu aies, parce que c'est le seul ordre, c'est ce qui reste de ta moralité, c'est ton identité. Ouvre la porte et laisse l'amour entrer, et ça va fiche en l'air tout l'édifice avant que tu aies eu le temps de dire : « Maggie ! »

Il savait que c'était vrai. Seul un idiot pouvait bien accueillir l'envahisseur qui assiégeait son intimité douloureusement gagnée, et courir à la rencontre de la puissance qui humiliait et outrageait ce qu'il lui avait tant coûté de faire de lui-même. Et pour un espoir si vain ! Il était mieux placé que quiconque pour savoir qu'il ne gagnerait jamais le cœur de Maggie. S'il regroupait ses défenses à présent, quand il était encore temps...

Mais il n'était plus temps. Il était déjà trop tard.

Très bien, dit-il d'un ton de défi à son double, cale-toi bien et observe. Un brin de patience, un brin de métier, un savant mélange de chantage et de reconnaissance, et tu vas être surpris de ce que je sais faire quand je veux vraiment quelque chose. Qu'est-ce que tu paries que je réussis à la séduire en fin de compte ?

Si tu y parviens, répondit le démon, du ton irrévocable de la vérité ultime et sans réplique, ce que tu obtiendras ne sera pas ce que tu désires. Ce sera seulement la possession et la jouissance, tu sais ça, hein ? Et un beau gâchis ! Ce ne sera jamais une union.

Ça va, tu m'énerves ! dit Francis agacé. Eh bien, je me contenterai de cela !

CHAPITRE III

Dès lors, il eut à servir les intérêts de deux personnes : ceux de Maggie et les siens, et pour l'instant, ils se confondaient. Si leurs intérêts venaient à diverger, Dieu seul savait ce qu'il ferait, ou quel parti il privilégierait. À quoi bon essayer de prévoir l'événement ? Il n'en tirerait de toute façon aucun réconfort.

Retour à l'affaire en cours, donc. Si l'inconnu était un amoureux blessé, il devait se situer au seuil de la gloire. Depuis l'âge de vingt ans, Maggie avait vécu sous le feu des projecteurs, sachant exactement où elle allait, et n'avait pas eu besoin de sortir ses griffes. Plus il y réfléchissait, plus il en restait à ces deux années de formation, les deux dernières qu'elle avait passées sous la direction de Paul Fredericks.

Que n'aurait-il pas donné pour pouvoir interroger le vieil homme, ou même sa sœur qui avait travaillé avec lui ! Peut-être sa sœur surtout, car une femme âgée perce davantage à jour le cœur des jeunes filles de génie pleines d'ambition, que ne le fait un vieillard un peu gâteux dont elles sont les protégées. Mais il y avait belle lurette qu'ils étaient morts. Francis possédait néanmoins la liste des noms de ceux qui avaient accompagné Maggie lors de ses trois voyages avec le

Freddy's Circus. Il commença par le dernier, à l'automne 1955. Le dernier pour une excellente raison, parce que, après ce voyage, elle avait été invitée à chanter Chérubin à Covent Garden et que Freddy avait reconnu qu'elle était prête. C'était là aussi une raison suffisante pour Francis de l'examiner en premier.

Là, sur la liste, puisqu'il ne pouvait rencontrer Esther Fredericks, figurait le nom de la femme qui l'avait remplacée pendant le voyage, Bernarda Elliot. À présent, Bernarda Felse. Si Freddy avait fait appel à elle dans un moment de crise, elle devait avoir la tête sur les épaules, et une voix de contralto dans la gorge. Maggie n'avait-elle pas dit qu'elle vivait — ou avait vécu — par ici, dans les Midlands ? Felse n'est pas un nom si courant.

Il éplucha l'annuaire du téléphone régional. Felse n'est pas un nom courant du tout, découvrit-il. Il n'y en avait qu'un pour l'ensemble des deux comtés anglais limitrophes et du centre du pays de Galles. George Felse, 19 Prior's Lane, à Comerford. Dans ces conditions, ce ne serait pas très sorcier de découvrir si sa femme s'appelait Bernarda.

C'était le cas, même si la plupart des gens, apprit-il, semblaient la connaître sous le nom de Bunty. Et son mari — allons bon, qui l'eût cru ? — se révéla être un inspecteur principal du CID [1] des Midlands. Il y avait loin du Freddy's Circus à un modeste cottage modernisé du village de Comerford, à quelques miles seulement de la capitale du comté, et juste en passe, hélas, de devenir une ville. C'est long, treize ans ; George Felse devait être policier de quartier quand cette fille — et Maggie disait qu'elle était sympathique — avait décidé qu'il était l'homme de sa vie.

1. CID : *Criminal Investigation Department*, brigade criminelle. *(N.d.T.)*

Ainsi, ces choses-là arrivent !

N'en tire pas de conclusions, Francis, se dit-il gravement en guise d'avertissement, cela ne pourrait pas se produire avec Maggie. Un petit intermède de quelques mois — peut-être même une année —, tu pourrais peut-être obtenir ça, avec un peu de chance et de talent, mais pas la vie entière, n'y compte pas.

Il appela le numéro indiqué dans l'annuaire. La voix qui répondit était plus légère que celle de Maggie, plus voilée :

— Oui, c'est Bernarda Felse. Mais comment avez-vous trouvé ?

Une question judicieuse mais, pour une raison obscure, intimidante. Avec une femme pareille, il lui faudrait peut-être se tenir sur ses gardes, pour ne pas laisser échapper plus de renseignements qu'il n'en obtiendrait d'elle.

— Je m'appelle Francis Killian. J'ai eu votre nom par Maggie Tressider. Vous savez qu'elle a été hospitalisée à Comerbourne, à la suite d'un accident ? J'entreprends des recherches privées pour qui en a besoin, concernant des livres, des classements, des choses de ce genre. Pendant qu'elle est alitée, Miss Tressider amasse des documents pour une éventuelle monographie du Pr Paul Fredericks. Elle m'emploie pour faire le gros du travail. Je crois que vous le connaissiez bien ?

— J'ai fait mes études avec lui, dit la voix lointaine avec fierté, affection et gaieté ; en tout cas, je ne regrette rien. C'était un ange, la coqueluche du monde entier. Mais irascible en diable ! Non, à la réflexion, le diable ne serait pas irascible, n'est-ce pas ? Il est vrai qu'on devrait écrire sur Freddy.

— Cela m'aiderait beaucoup de pouvoir en parler avec vous. Puis-je passer vous voir à un moment ou un autre ?

— N'importe quel après-midi qui vous conviendra, dit Bunty Felse. Aujourd'hui, si vous voulez ?

Quand il la vit, il cessa de se demander si elle regrettait sa décision. C'était une des rares personnes qu'il eût jamais vues qui donnât l'impression de ne jamais rien regretter de sa vie. Mince et de taille moyenne, elle avait à peu près le même âge que lui, le visage encadré d'une chevelure étincelante couleur de châtaignes à l'automne, parsemée de quelques charmantes mèches argentées qui bouclaient çà et là dans la masse rousse. Ses grands yeux noisette, très vifs, le regardaient bien en face tandis qu'ils buvaient leur café, et manifestaient leur curiosité sans détour : leur franchise eut sur lui l'effet d'un compliment.

— Va-t-elle vraiment faire un jour quelque chose là-dessus ?... ce livre sur Freddy ?

— Ah, c'est une autre affaire ! reconnut Francis. Ce n'est pas à moi de poser la question. *Vous*, vous pourriez, si vous alliez lui rendre visite. Je crois que cela lui ferait plaisir.

— Ça, ça ne se fait pas, dit Bunty, saisissant un cendrier posé sur l'étagère. Je ne peux pas plus prétendre connaître Maggie Tressider que la moitié des grands noms de la musique aujourd'hui. J'ai étudié naguère pendant trois ans sous la direction d'un homme que tous connaissaient et estimaient. Des douzaines, peut-être des centaines d'autres l'ont fait, la plupart aussi obscurs que moi. Non, j'ai renoncé, il faut choisir, et personnellement je n'ai même jamais voulu continuer. Enfin, presque jamais. Je n'ai jamais vraiment connu cette fille, en tout cas. Je me suis mariée quelques années avant même qu'elle vienne travailler avec Freddy. C'est seulement le hasard de la maladie d'Esther qui nous a fait nous rencontrer.

— Mais vous vous souvenez d'elle, comment elle était à cette époque ?

— Impossible de l'oublier, dit Bunty avec ce sourire retenu qui faisait danser ses taches de rousseur sur son petit nez droit. Je peux vous garantir qu'elle était déjà merveilleuse. J'ai renoncé à continuer, c'est vrai, mais je ne me suis pas désintéressée de la musique. Je connaissais les talents qui nous accompagnaient au cours de ce voyage à l'étranger. Freddy me l'avait dit, naturellement, mais je m'en étais déjà aperçue toute seule. En un sens, je pense que ce voyage-là fut un tournant pour elle. Elle a soudain pris conscience de ses possibilités, comme si tout en elle avait trouvé sa vocation et s'y était fixé pour toujours. Elle a tourné le dos à tout ce qui n'était pas la musique.

L'expression arrêta sa pensée et son stylo en même temps. Il avait déjà quelques pages de notes sur le Pr Fredericks, puisque c'était là que résidait en principe son intérêt. Cette fois-ci, il pouvait sûrement se permettre de manifester un brin de curiosité personnelle au sujet de Maggie.

— C'est pendant ce voyage qu'elle a remporté ses premiers grands succès ?

— Oui, en quelque sorte. Mais c'était plus que cela, quelque chose s'est produit en elle. Je parierais qu'elle avait déjà une grande confiance en elle quand on s'est mis en route. Après tout, c'était son troisième voyage avec Freddy. Mais, à un moment donné au cours du voyage, on aurait dit qu'elle se réveillait vraiment, après quoi elle a fixé ses regards sur le sommet de la montagne puis elle s'est mise en marche. Et elle ne s'est jamais retournée.

Elle avait fini pourtant par se retourner, mais Francis garda cette information pour lui. Quand la mort avait planté ses griffes sur elle et avait bloqué sa respiration sur la table d'opération, puis, changeant d'avis, s'était en fin de compte retirée d'elle, une fenêtre oubliée s'était ouverte quelque part et Maggie avait regardé en arrière.

Il ferma son calepin sur ses genoux et resta un instant à observer Bunty Felse en silence. Puis il dit :

— Parlez-moi de ce voyage. Où êtes-vous allés ? Où avaient lieu les concerts ? Est-ce qu'il s'est produit quoi que ce soit d'extraordinaire ? Racontez-moi tout ce que vous vous rappelez.

Les yeux noisette, mouchetés de petits éclats verts dans la lumière, l'étudièrent avec attention. Le moment était venu pour elle de lui demander : « Je croyais que vous rassembliez des informations sur Freddy ? », mais elle n'en fit rien. Qui sait ce qu'elle lut en lui, mais cela lui sembla expliquer suffisamment le changement d'intensité de sa voix. Elle n'estima même pas nécessaire de faire le moindre commentaire.

— J'ai conservé quelque part tout l'itinéraire et mes notes. C'est la seule fois où j'ai eu à faire ce genre de travail, il fallait donc que je m'applique. Je remplissais toutes les tâches de secrétariat, vous voyez, les réservations, les notes de frais, tout, y compris la surveillance des filles, plus ou moins.

Elle se leva pour aller fouiller dans les tiroirs du bureau. Elle n'avait pas gardé ces papiers comme des trésors, apparemment, ou alors elle ne leur attribuait plus vraiment d'importance depuis longtemps ; ils s'étaient glissés dans un recoin obscur.

— Vous avez eu beaucoup de problèmes ? demanda Francis.

Elle se mit à rire.

— Très peu avec les filles. Il n'y en avait que trois, et elles prenaient toutes leur carrière très au sérieux. C'était généralement le cas des étudiants de Freddy, sans quoi, ils ne le demeuraient pas longtemps. Freddy, lui-même, nous a posé plus de problèmes, au cours de ce voyage. Il était toujours nerveux avant les concerts et on avait dans le groupe de garçons quelqu'un de plutôt turbulent qui commençait à lui taper sur le système.

Elle dénicha ce qu'elle cherchait, un peu froissé, dans les dernières pages d'un classeur, et elle revint près de la table basse en le lissant entre les mains : une douzaine environ de feuillets in-quarto agrafés ensemble, une poignée de notes d'hôtel et une carte dessinée à main levée de leur itinéraire à travers la moitié de l'Europe, avec retour par Calais. Elle posa le petit dossier devant lui et se rassit.

— Prenez-le si ça peut vous aider.

Ses yeux plongèrent dans ceux de Francis et une fois de plus elle se dispensa de commentaires. Elle avait sa propre idée sur la nature de l'intérêt qu'il portait à Maggie Tressider, qui prétendrait le contraire ?

— J'aimerais bien, si vous êtes sûre que ça ne vous ennuie pas ? Je vous le rapporterai...

— Oh, non ! dit-elle dans un sourire. C'était agréable à faire une fois, plus intéressant en un sens que lorsque je l'ai accompagné comme soliste moi-même. Mais la page est tournée pour moi. J'ai juste participé à un Circus à dix-neuf ans, puis j'ai opté pour le mariage, et voilà. Mon fils avait sept ans, presque huit, l'été où Esther a dû être hospitalisée. À dire vrai, je me suis sentie plus flattée qu'il me demande de la remplacer que s'il m'avait demandé de revenir chanter. Ma mère s'est chargée de la famille en mon absence. Tout s'est bien passé et cela demeure un bon souvenir, quoique bien vieux, maintenant.

— Vous disiez, reprit Francis, les yeux sur la carte, que le Pr Fredericks a eu pas mal d'ennuis pendant ce voyage. Est-ce que quelque chose est venu le contrarier ?

— Rien de très surprenant. Il y avait des conflits

depuis quelque temps. On est rentrés en Angleterre avec un membre de moins, c'est tout. L'un des musiciens de l'orchestre nous a lâchés en Autriche... C'était aussi notre violoncelliste soliste à l'occasion, on a dû modifier certains programmes après sa défection.

— Je présume qu'il s'agit du garçon turbulent qui tapait sur le système de Fredericks. Vous vous rappelez son nom ?

Elle se pencha pour lui prendre des mains les papiers froissés et les feuilleta pour retrouver les programmes de concert dactylographiés qu'elle avait établis jadis.

— Oui, le voici... Robert Aylwin. C'est ça, on l'appelait Robin. C'était un interprète très brillant, s'il avait voulu se donner la peine de travailler, mais il devenait évident qu'il n'en avait pas l'intention. Il était depuis deux ans avec Freddy, mais, lors de ce voyage, il a montré toutes ses faiblesses et il était clair que ça n'allait pas durer beaucoup plus. Je doute qu'il ait pu rester aussi longtemps s'il n'avait pas été un tel séducteur. C'était sans doute son problème, il était habitué à ce que les choses lui tombent toutes cuites dans la bouche par la grâce d'un sourire, mais non à travailler pour les obtenir. La musique pour lui ressemblait trop aux travaux forcés. Ça l'ennuyait et il la traitait avec une légèreté affligeante. Pour Freddy, c'était naturellement une hérésie. Ils se sont disputés deux ou trois fois et on était tous au courant. Personne n'a été très surpris quand le garçon est parti, tout simplement, un soir entre le dîner et l'heure du coucher, pour ne plus reparaître. Le bruit a couru qu'il s'était servi de sa respectabilité en tant que protégé de Freddy pour faire un peu de contrebande et Freddy avait un tel sens moral — sans parler de son indignation naturelle — qu'il aurait bien pu le dénoncer. Si cela s'était révélé vrai, évidemment ! Mais on peut le penser. Le garçon n'était sans doute pas si mauvais, à part cette incurable légèreté, mais c'était suffisant, pour Freddy.

— Vous voulez dire qu'il a fait ses bagages, c'est tout, et s'est éclipsé sans dire un mot à personne ? Pas même à l'un des autres garçons ?

— Eh bien, à supposer qu'il y ait eu du vrai dans cette rumeur de contrebande et qu'il en soit venu à la conclusion qu'il valait mieux disparaître, il n'allait pas mettre qui que ce soit au Circus dans la confidence, non ? Il ne l'aurait sans doute fait pour rien au monde ; c'était un jeune homme dégourdi, il savait gérer ses propres affaires.

— Et vous n'avez aucune idée de ce qui lui est arrivé par la suite ?

— Pas la moindre. Il ne risquait pas de faire la une comme instrumentiste, il ne voulait pas s'en donner la peine. On s'est contentés de poursuivre notre programme sans lui. Freddy n'a fait aucune tentative pour le rechercher ; après tout, il avait plus de vingt et un ans ; il était son propre maître. Il est sans doute tranquillement rentré chez lui quand il en a eu envie, ou a signé un contrat avec un petit orchestre là-bas, en Allemagne. C'était le genre à retomber sur ses pieds ; il parlait le français et l'allemand, il a dû s'en sortir très bien. On ne s'inquiétait pas pour lui.

Bien que cela puisse paraître étrange et déroutant, Francis, lui, s'inquiétait soudain pour Robin. Sans raison, si ce n'est que le garçon avait été proche de Maggie et était parti un soir, longtemps auparavant, sans laisser de trace.

— Sa famille n'a pas cherché à savoir ce qu'il était devenu ?

— Autant que je me souvienne, il n'avait pas de famille proche. Ça faisait déjà deux ou trois ans qu'il vagabondait tout seul.

— À quoi ressemblait ce garçon ? Vous n'avez pas de photos ?

Elle secoua la tête.

— Pas de photos. À l'époque, bien sûr, j'avais des tas de photos publicitaires, mais, évidemment, je n'ai pas constitué de dossier. C'est vieux. Je me souviens de lui comme d'un jeune homme très séduisant, et qui le savait. Il plaisait aux filles.

Elle ajouta, après avoir réfléchi un instant :

— Il riait beaucoup.

— Et où cela s'est-il passé ? Cette disparition ?

— On séjournait dans une petite station du Vorarlberg, un endroit qui s'appelait Scheidenau. Vous trouverez tout ça dans ces documents. Freddy utilisait toujours le *Goldener Hirsch* comme une base pratique pour tous nos concerts des environs : Bregenz, Bludenz, Vaduz, Saint-Gall, Lindau, tous ces coins. C'est tout près de la frontière allemande, c'est tranquille et plutôt bon marché.

— Et il a disparu entre le dîner et l'heure du coucher ? Juste comme ça ? Avait-il changé d'attitude pendant le dîner ? Rien ne trahissait son projet ?

À ce moment, il réalisa qu'elle aurait dû lui poser des questions, et le fait même qu'elle ne le fasse pas l'avait amené dans des eaux plus profondes que celles où il avait l'intention de s'aventurer. Il lui sourit, dissipant la tension révélatrice de sa propre concentration.

— C'est un moment tellement incongru pour larguer les amarres.

— Tout ce qu'il semblait avoir en tête au moment du dîner, expliqua Bunty, dont la gravité restait déconcertante, était de gagner la confiance de Maggie. Cela faisait plusieurs jours qu'il lui accordait une attention spéciale, je m'en souviens bien. Rien d'extraordinaire à cela, Elle était... elle *est* très belle. Tous nos garçons étaient un peu amoureux d'elle.

Il gardait les yeux fixés sur les siens, l'air légèrement amusé, les mains placidement posées sur les documents à force de volonté, ce qui lui ôta l'énergie de parler pendant un certain temps. Il se demandait si elle avait sciemment ou non abordé ce point, pour lui sensible. Non par méchanceté, peut-être simplement pour le tester ; il est d'autres façons de satisfaire sa curiosité, que de poser des questions directes.

— Je ne suis pas étonné, dit-il posément, quand il put de nouveau contrôler sa voix.

Laissons-la aussi se demander de combien elle a manqué sa cible.

— Et Miss Tressider ? Elle réagissait bien ?

— Maggie avait à l'époque d'autres choses en tête, elle savait ce qu'elle voulait. Elle avait dix-neuf ans, elle aimait plaire, et c'était une jeune fille très sympathique, patiente, calme, qui serait restée de toute façon aimable avec lui. Mais elle n'a jamais quitté des yeux son but, pour lui ni pour quiconque.

La voix de Bunty était douce, mesurée et détachée. Il devenait urgent de revenir discrètement à Paul Fredericks pendant une dizaine de minutes, puis de prendre congé avant qu'il n'ait dévoilé plus d'informations qu'il ne lui en soutirait. Elle était bien trop perspicace. Il se débrouilla pour battre en retraite habilement, mais l'habileté ne suffisait pas. Qu'importe, elle avait manifesté clairement sa compassion, tout en lui laissant entendre que ce n'était pas ses affaires. Il ne la reverrait sans doute jamais autrement que par hasard dans une rue de Comerbourne.

— Bien entendu, conclut Bunty Felse de façon déconcertante, au moment où il s'en allait, après tout ce temps, elle a peut-être changé.

Durant l'heure qui suivit, il ne lui vint pas à l'esprit que cet entretien avait quelque chose de troublant. Son visiteur était sans doute ce qu'il prétendait être et c'était uniquement par hasard qu'une préoccupation pénible l'avait fait dériver du professeur vers l'élève. Si elle n'avait pas été attirée vers lui par un je ne sais quoi, elle ne l'aurait sans doute même pas remarqué et n'aurait pas cru bon de l'en avertir. Mais après son départ, elle fut assaillie par les étranges sous-entendus de leur conversation. Maggie était au moins aussi capable qu'elle de le renseigner en détail au sujet de l'automne 1955, à supposer que son projet de livre fût sérieux. Il devait le savoir, il cherchait à satisfaire sa propre curiosité. Et, en admettant que le malheureux ait eu des raisons personnelles pour vouloir parler de Maggie plutôt que de son professeur, pourquoi de ce seul incident, et pourquoi avec une intensité aussi contenue ? Pourquoi s'attarder avec tant d'insistance sur Robin Aylwin, qui ne présentait rien de particulièrement significatif ? Pourquoi vouloir une photographie de lui ? Plus elle y réfléchissait, plus il lui semblait que leur conversation s'était concentrée et fixée sur ce jeune homme énigmatique avec un intérêt tout à fait injustifié.

Il ne lui avait pas demandé de considérer cet entretien comme confidentiel. Elle en parla donc à George en prenant le thé, de même qu'elle lui parlait de la plupart des choses qui la troublaient ou la plongeaient dans la perplexité. George, qui avait eu une journée passablement ennuyeuse, l'écouta avec plaisir et tendresse, mais d'une oreille distraite, jusqu'à ce qu'un mot, un seul, un mot anodin, aimante de façon inattendue tous ses sens à la fois. Il émergea du léger nuage de fumée bleue de sa cigarette.

— *Scheidenau ?* répéta-t-il brusquement.

— Scheidenau, confirma Bunty, ouvrant grand les yeux. Pourquoi ? Ça te dit quelque chose ou quoi ? J'ai dû t'en parler *ad nauseam* à l'époque, évidemment il y a bien longtemps. De toute façon, c'est une toute petite station, sans rien de particulier. Qu'est-ce qui te fait bondir et prêter attention à ce que je dis, tout d'un coup ?

— Qui était ce type, as-tu dit ? Celui qui est venu te voir ?

— Francis Killian, une sorte de détective privé de Comerbourne. Je t'ai dit, il travaille pour Maggie Tressider, il collationne tous ces trucs sur Freddy, elle songe à écrire un livre sur lui.

— Ah, Killian, oui, je connais ce nom. Jamais rencontré, mais, autant que je sache, il est réglo. Comment en êtes-vous donc venus à parler de Scheidenau ? J'avais totalement oublié que tu étais allée par là-bas.

— Moi aussi, jusqu'à ce que je sorte les documents pour les lui montrer. C'était juste une piqûre de ton subconscient qui t'a fait sursauter et hurler « Scheidenau » ?

— Tout juste, acquiesça gentiment George, clignant des yeux dans la fumée qui se dissipait. Ça me rappelle un cauchemar récurrent — Dom avait huit ans et il faisait des caprices, toi vingt-neuf, jolie comme un cœur, tu batifolais dans le Vorarlberg. Je n'ai pas cessé de trembler tout le temps que tu as été là-bas.

— Je ne vois pas qui dans mon entourage aurait pu t'inspirer de l'inquiétude, l'assura Bunty en se moquant de lui, même si je n'avais pas été plongée jusqu'au cou dans les notes de frais et l'organisation des transports. Rien que Freddy et ces blancs-becs plus jeunes que moi. Sans compter la compétition ! Seulement trois filles, dont deux plutôt pas mal, quant à la troisième, c'était une vraie beauté. Elle l'est toujours d'ailleurs, dit-elle, rappelée abruptement aux considérations sérieuses de l'après-midi. Il est amoureux d'elle.

— Killian ? De Maggie Tressider ? Comment le sais-tu ?

— Killian, oui. De Maggie Tressider. J'en suis certaine. Oh, il ne me l'a pas dit ouvertement, mais c'était évident. Il m'a bien plu, déclara Bunty, toujours confiante dans son jugement, et elle ajouta avec pertinence : Pauvre garçon !

Qu'ils eussent le même âge, à un an près, n'infirmait pas l'impression de Bunty.

— Je savais que tu n'écoutais pas, dit-elle, je t'ai déjà tout raconté.

— Maintenant j'écoute, recommence.

Elle raconta à nouveau, tout à fait consciente qu'il ne s'agissait pas d'un jeu. Elle avait fait affleurer un souvenir qui n'avait rien à voir avec son propre séjour dans ce village perdu d'Autriche.

— Et ce gars Aylwin, il n'a jamais reparu ? demanda George, quand elle parvint à la fin de l'histoire.

— Tu sais, je n'ai jamais considéré la question sous cet angle. Ce n'était pas un benêt, il parlait trois langues, il savait se débrouiller. Je parierais qu'il a fait son trou à sa manière fantaisiste partout où il est allé, et qu'il joue à présent du violoncelle quelque part en Europe. Mais non, je crois qu'il n'a jamais reparu, partout où, nous, nous sommes allés, en tout cas. Pourquoi devient-il brusquement si intéressant aux yeux de tout le monde ?

— Par le seul fait qu'il a disparu à Scheidenau. Il y a combien de temps ? Douze ans ?... Treize. Il se trouve également, expliqua George en tendant sa tasse pour que Bunty la lui remplisse, qu'un autre jeune homme n'est pas revenu d'un voyage sur le Continent, il y a deux ans. Un jeune homme de Comerbourne, ce qui fait qu'on a hérité de l'affaire. Peter Bromwich, un étudiant en arts plastiques, dont le beau-père travaille à la centrale électrique et la mère au dépôt de matériel de guerre à Newfield. Vingt-trois ans, il est parti seul avec un sac à dos. Il connaissait la vie, lui aussi, ce n'était pas son premier voyage, loin de là, et il était un peu par nature le genre je-sais-tout. Mais il n'est pas rentré, et plus personne n'a entendu parler de lui depuis.

— À Scheidenau ? demanda Bunty, d'un ton vraiment sérieux désormais.

— Pas exactement, pas cette fois-ci. Bromwich a été vu pour la dernière fois du côté allemand de la frontière, alors qu'il essayait de faire du stop en direction d'Immenstadt. À partir de là, il a purement et simplement disparu. À l'époque, on a fait des enquêtes plutôt vastes, et plus de forces de police que tu n'en peux imaginer s'en sont mêlées, étant donné que tant de frontières se rejoignent dans ces coins. L'Allemagne, la Suisse, l'Autriche et même l'Italie. Personne n'a trouvé Peter Bromwich. Mais ce qu'on a découvert, quand on a confronté nos conclusions, c'est que, dans les dix dernières années grosso modo, une bonne série de petits et de gros mystères avaient sombré dans des impasses à l'endroit précis où toutes ces frontières s'emmêlent. Il s'agissait d'affaires d'argent, des histoires de drogue, d'objets de valeur volés, des choses peu encombrantes mais de premier ordre : bijoux, antiquités, œuvres d'art. Deux détenus échappés d'une prison autrichienne ont disparu de la surface du globe en 1960 après avoir été poursuivis jusqu'à Langen — pas celui de l'Arlberg, mais un petit endroit par là-bas non loin de la frontière. Un suspect recherché pour meurtre à Munich a été poursuivi jusqu'à Opfenbach, puis il s'est complètement volatilisé. Une collection tout à fait remarquable d'affaires distinctes, comme si à l'origine elles avaient formé un écheveau parfait à l'extrémité est du lac de Constance, et que quelqu'un ait coupé complètement le nœud et s'en soit débarrassé. Et il n'y avait pas grand-chose à en penser jusqu'au jour où on a confronté l'ensemble, parce qu'une affaire ou deux dans les archives d'un pays, ce n'est pas si impressionnant que cela, mais une douzaine commencent à dépasser le cadre de la normalité. Rien n'a jamais abouti et Bromwich n'a jamais reparu.

— L'affaire n'est pas encore officiellement close ?

— C'est tout comme, et je ne m'en plaindrais pas. Il est ressorti que Bromwich consommait du cannabis et qu'il était peut-être progressivement venu aux drogues dures, et certains éléments indiquent qu'il avait sans doute passé de la camelote à la douane au moins une ou deux fois auparavant, en rentrant de vacances. Il semblerait plutôt qu'il s'était empêtré dans le réseau d'une organisation assez importante. Serait-il cette fois-ci devenu un peu trop effronté ou trop curieux au sujet de ses employeurs ? Bon, mais je suppose qu'il n'y a sans doute rien de tel dans l'affaire de ton jeune Aylwin, non ?

— En un sens, si, admit Bunty. Encore qu'il ne s'agisse pas de drogue, ça c'est sûr. Si Freddy en avait eu le moindre soupçon, il l'aurait livré à la police sans hésiter, et je crois qu'il avait seulement l'intention de se débarrasser de lui et de laisser les choses en l'état. Il courait des *rumeurs* selon lesquelles Freddy l'aurait accusé de tirer profit de sa situation en tant que membre du Circus — on était tellement respectable, tu vois ! — pour faire un peu de contrebande. Je pensais que c'étaient simplement les petits objets de luxe personnels que tout un chacun est tenté de passer en douce une fois de temps en temps. Son vrai crime — ou, plutôt, son vrai handicap —, c'était qu'il n'arrivait tout simplement pas à prendre au sérieux ni la vie, ni la musique, ni même Freddy.

Elle s'adossa à son siège pour examiner, avec un froncement de sourcils dubitatif, le tableau qu'elle venait de peindre et il lui sembla, à la réflexion, qu'il y avait peut-être une similitude fondamentale entre ces deux jeunes gens gênants.

— Tu crois qu'il a pu s'engager dans des eaux trop profondes pour lui, risquer le tout pour le tout face à quelqu'un de dangereux, et se perdre ?

— Ou se trouver mêlé par hasard à quelque chose de dangereux et ne pas réussir à s'en sortir. Il y a, bien sûr, d'autres possibilités. Peut-être poursuit-il toujours son tour du monde en stop à l'heure actuelle.

— Je préfère ce dénouement, dit Bunty sans conviction.

— C'est le dénouement que Peter Bromwich aurait préféré, j'en suis sûr. Mais je doute fort que ce soit le cas.

Ils restèrent un moment silencieux à se regarder. Ils voyaient plus profond l'un dans l'autre que la plupart des gens, et c'était souvent comme regarder dans un miroir, tant leurs esprits fonctionnaient à l'unisson.

— Mais pourquoi est-ce le nom de Scheidenau, demanda alors Bunty, qui t'a rappelé tout cela maintenant ? Peter Bromwich était en Allemagne, à quelques kilomètres de là, quand il a été vu pour la dernière fois.

— En effet. Remarque judicieuse ! Je t'ai dit qu'à nous tous nous avons déterré une quantité d'autres cas étranges, jamais éclaircis et tous survenus aux alentours de cette zone est du lac de Constance. Duckett a eu l'idée, une fois qu'il n'avait rien de mieux à faire, de les assembler dans une sorte de vague cercle pour voir ce qu'il obtenait. Et alors, juste pour le plaisir, il en a déterminé le centre. Et que cela fasse sens ou non, devine où il est tombé ?

— Scheidenau.

— Scheidenau, oui. Un minuscule point sur une carte dont personne n'avait jamais entendu parler, mais c'est ce qu'il a trouvé. Bien sûr, si on cherchait à déterminer le centre exact de la figure décrite en incluant tous les hold-up de banques de l'année dernière, peut-être tomberait-on sur le château de Windsor. Toujours est-il que cela m'a mis la puce à l'oreille. Scheidenau une fois, cela peut passer pour un hasard et il m'est même arrivé de douter au fond de moi que les comptes de mon supérieur bien-aimé soient corrects. Je n'ai jamais vérifié ! Mais Scheidenau deux fois ! Et tu t'étonnes encore que je voie là un petit clin d'œil du destin ?

— Mais ce Killian *travaille* pour Maggie Tressider, dit Bunty catégoriquement. C'est bien vrai. Il a suggéré que j'aille lui rendre visite, il n'a donc pas peur qu'on vérifie ses références.

— Oh, je n'en doute pas. Mais il se peut qu'il travaille pour elle à quelque chose d'assez différent de ce qu'il t'a laissé entendre. Il semble avoir passé plus de temps à te poser des questions sur cette dame que sur son professeur.

— Oui, je sais. Encore que nous ayons parlé un moment de Freddy. Mais il est naturel qu'il ait voulu parler de Maggie. Je te l'ai dit, il est amoureux d'elle. Même cette fixation sur Robin Aylwin... J'avais le sentiment qu'il en faisait une affaire personnelle. Comme si la jalousie le dévorait vivant et qu'il lui fallait trouver quelqu'un pour en porter le fardeau, quelqu'un sur qui il puisse la cristalliser et s'en débarrasser. Et quand j'ai parlé de Robin, beau garçon, proche d'elle, de son âge, pour la première fois — et je suis sûre que *c'était* vraiment la première fois qu'il en entendait parler —, il a senti qu'il avait trouvé une possibilité. Quelqu'un à qui en vouloir. Non que ce soit d'aucune aide, dit Bunty d'un ton narquois, même si on persiste toujours à le croire.

— Dieu te préserve, ma chérie, dit George d'un ton implorant, de jamais ressentir l'urgence de me psychanalyser. Je déteste imaginer ce que tu pourrais trouver. Non, je ne suggère pas qu'il y a quelque chose qui ne va pas avec Killian ou avec Miss Tressider, je dirais qu'il est pratiquement certain que non. Mais si la mission qu'elle lui a confiée, quelle qu'elle soit, attire son attention sur la disparition d'un jeune homme à Scheidenau, alors là, je suis très, très intéressé. Ça pourrait valoir la peine de surveiller ses agissements. Même s'il ne trouve pas ce qu'il cherche, il se peut qu'il déniche par hasard quelque chose d'intéressant pour nous. Je vais tâcher de jeter moi-même un œil sur lui dès que possible. À quoi ressemble-t-il ?

Elle le décrivit. Il s'avéra qu'elle avait évalué l'aspect physique de Francis Killian avec autant de perspicacité que son état d'esprit et, par chance, elle fut assez précise sur les deux points.

— La quarantaine, taille moyenne, plutôt mince, mais je pense qu'il est plus costaud qu'il n'en a l'air. Des yeux brun foncé, d'épais sourcils, les cheveux bruns également, commençant à grisonner aux tempes. Un visage agréable, rasé de près, très osseux et peu charnu, un long nez droit et un assez grand front. Une façon intimidante de vous regarder, circonspecte et distante, mais critique aussi, comme s'il vous maintenait à distance pour adopter le regard d'un étranger et ne tenait pas à s'approcher davantage de qui que ce soit. Il a les épaules un peu tombantes, mais quand il est debout, il se déplace avec aisance, si bien que c'est peut-être un air qu'il se donne. Ou du découragement pur et simple ! Il avait l'air d'être sur le point de renoncer, et brusquement d'avoir été renvoyé dans la course. Pas vraiment râpé — il est trop soigné de sa personne pour ça —, élégant mais miteux, ou plutôt miteux mais élégant.

Elle avait fermé les yeux, pour mieux voir l'homme qui n'était pas là. Quand elle les ouvrit, ils étaient brillants, pensifs et clairs.

— Qu'en dis-tu ?

— Strictement réservé au rayon littérature, dit George brutalement, et il rangea avec soin dans sa mémoire tout ce qu'elle avait dit. À présent, à supposer — je dis bien, à supposer — que tu veuilles te rendre rapidement à Scheidenau et que l'argent ne soit pas un problème. Comment tu irais ? En avion jusqu'à Munich... Zurich... ?

— Zurich, répondit Bunty sans hésiter. L'un ou l'autre pourrait se faire, mais le plus rapide et le plus facile, ce serait Zurich.

Elle le considéra avec de grands yeux, un miroir brillant qui renvoyait à George ses pensées.

— Il se trouve que je suis en assez bons termes avec Laura Howard, du bureau de la BEA [1] de Comerbourne, dit Bunty prudemment. Je pourrais lui en toucher deux mots. Très discrètement, bien sûr. Qu'est-ce que tu sous-entends quand tu dis « à supposer que l'argent ne soit pas un problème » ? Il ne donnait pas l'impression que l'argent n'était pas un problème pour lui.

— Si Miss Tressider l'a engagé, dit George, elle paiera les frais. Et s'il part pour l'Autriche en quête de ton violoncelliste disparu depuis longtemps, par le moyen de transport rapide et cher, cela confirmera au

1. *British European Airways. (N.d.T.)*

moins une chose : c'est qu'il suit cette piste pour régler ses affaires *à elle*, non les siennes.

— Mais nous ne pourrons pas le suivre là-bas, dit alors Bunty avec des regrets certains dans la voix.

— Ça, c'est bien vrai. Mais nous pourrions peut-être, avec beaucoup de chance, avoir une petite idée de ce qu'il rapporte avec lui, si tant est qu'il rapporte quelque chose.

Le violoniste qui avait partagé la chambre de Robert Aylwin au *Goldener Hirsch*, à Scheidenau, treize ans plus tôt, vivait désormais à Birmingham et jouait dans l'orchestre de la ville. Les notes de travail prises par Bunty pendant le voyage s'étaient révélées vraiment très utiles, fournissant les noms que Maggie avait oubliés et même certains détails quotidiens comme le logement. Charles Pincher et Robert Aylwin avaient partagé la même chambre pendant tout le séjour, ils avaient donc dû être, sinon amis, du moins en assez bons termes. Pourquoi Maggie se rappellerait-elle l'un des deux, apparemment le moins digne de l'être, et oublierait-elle l'autre ?

Mrs. Felse avait dit clairement et sans méchanceté que Maggie ne s'était pas intéressée à Aylwin ni à aucun autre homme, et sans doute une fois pour toutes. Mais Mrs. Felse se trompait peut-être. Et pourtant, Francis voyait ou croyait voir la silhouette obscure d'une personne sur qui son amertume pourrait s'amasser de façon corrosive, un homme qui aurait dû compter pour elle, probablement beaucoup ou même plus que tout, si elle ne s'était pas trompée de façon désastreuse sur son propre cœur et n'avait rejeté trop rapidement l'amour pour qu'il n'entrave pas la réussite de sa carrière. Pourquoi, sinon, se serait-elle attachée si soudainement et si voracement à la renommée, pourquoi serait-elle revenue changée, à moins qu'elle ne se soit pas bornée à tourner le dos au choix, mais qu'elle l'ait elle-même supprimé ?

Aussi alla-t-il voir Charles Pincher. Et Charles Pincher, grand, voûté, enjoué, la calvitie naissante, se rappelait très bien l'incident de Scheidenau.

— Il y a eu quelque chose d'assez bizarre à ce propos, vous savez. Il n'a rien emporté avec lui quand il s'est tiré.

Francis ferma lentement son calepin sur ses genoux.

— Ah bon ?... Vous voulez dire qu'il est parti les mains vides ? Mais Mrs. Felse ne m'en a rien dit...

— Non, eh bien, je suppose qu'elle ne s'en est pas rendu compte. En tout cas sa valise et son violoncelle sont restés dans la chambre. Freddy les a confiés au vieux Waldmeister quand on est partis, il a dit qu'Aylwin reviendrait sûrement les récupérer dès qu'il apprendrait notre départ et que la note serait réglée.

— *Et il est revenu ?*

— J'imagine, mon vieux, mais je n'y suis jamais retourné. J'ai eu la chance de trouver un bon boulot, alors j'ai quitté le Circus. Je pense que oui, vous savez. Nous savions tous qu'il s'était brouillé avec Freddy. Il a dû simplement se planquer jusqu'à notre départ et revenir tranquillement reprendre ses bagages à loisir.

Cela tombait sous le sens, évidemment. Une seule question restait en suspens : Les choses s'étaient-elles réellement passées ainsi ? Y avait-il une bonne raison pour que cela ne fût pas ? Il n'y avait qu'un seul moyen infaillible de le découvrir, et de le découvrir sans tarder.

— Nous avions raison, dit Bunty à George au téléphone. Zurich ! Laura lui a réservé une place sur le vol Trident de 14 heures, demain, au départ d'Heathrow. Aller et retour. Il lui a fallu un jour et demi pour se décider.

— Bon, mais je me demande, dit George à l'autre bout du fil, je me demande vraiment à qui il a parlé hier et ce qu'on lui a dit, pour rendre ce voyage nécessaire.

CHAPITRE IV

Le petit lac bleu argenté de Scheidenau, en forme de poire et long d'un kilomètre, s'étalait dans les replis verdoyants des montagnes sous un ciel de fin d'été, lisse comme la surface d'un miroir, effleuré par le plumeau des nuages. Son extrémité étroite, du côté où se jetait la Rulenbach, une rivière minuscule, s'enfonçait au sud au pied des montagnes du Vorarlberg. Le village de Scheidenau, trois rues courtes en forme de Y, la coupe du Y remplie de l'eau du lac comme d'un vin bleu argenté, épousait le contour de la pointe méridionale. À l'extrémité opposée, le lac, où se reflétaient deux ou trois petits îlots, s'élargissait et débordait de la coupe ; à l'angle nord-est, la Rulenbach coulait de nouveau gaiement à l'air libre, deux fois plus grosse qu'avant, et bondissait dans un lit effondré et pierreux, pour faire un détour inattendu de dix kilomètres en Allemagne, en raison de la configuration complexe du terrain. Elle rejoignait alors l'Autriche en une série de méandres sur la droite et se jetait dans le Bregenzer Ach, puis, pour finir, dans le lac de Constance au sud de Bregenz.

Au point de jonction des trois rues, se trouvait la place du village, quelconque, ornée d'un puits, avec au centre une colonne sans prétention représentant la Trinité. Sur les trois côtés — car la place représentait en fait un triangle irrégulier, rétréci vers le sud à la tige du Y — on remarquait les belles façades et les vitrines exubérantes, les auvents en surplomb, le bois patiné et le fer, forgé avec virtuosité, qui transforment presque n'importe quel village autrichien en un décor d'opérette. Il y avait une église baroque, sans mérite particulier mais d'apparence agréable, trois restaurants dont deux faisaient auberge et une pâtisserie réputée pour ses babas au rhum. Toutes les boutiques classiques, comme la boucherie, la boulangerie et la quincaillerie, bordaient la rue qui donnait du côté des terres. Les deux routes encadrant l'extrémité du lac et se réduisant plus loin à des sentiers qui épousaient la courbe de ses rives desservaient les villas et les jardins des nantis, un petit parc public niché à la base du Y comme la lie du vin, ainsi que les deux plus grands des trois hôtels de Scheidenau, dont les fenêtres lorgnaient les unes sur les autres d'une rive à l'autre, à l'endroit précis où la ligne acérée de la Rulenbach, d'un bleu que l'eau des montagnes nuançait d'une teinte argileuse, coulait et se perdait dans le bleu plus calme et plus profond du lac. Le troisième hôtel, le plus petit, le *Weisses Kreuz*, faisait face à l'église du côté de la place le plus aéré.

Les fermes et les champs s'annonçaient à la sortie du village en une houle vallonnée au pied des montagnes, des champs tout blancs du chaume fauché qui restait après la moisson, et des pâturages d'altitude où le passage de la faux avait laissé des marques festonnées comme des écailles de poisson. Le plus haut point visible de la place était la butte raide à l'ouest du lac, où se dressait comme un chicot la ruine du château, réduit misérablement à présent à son dernier pan de mur d'un ou deux mètres de haut, au milieu des décombres envahis par la végétation et dépourvus d'attrait pour les touristes. Des affleurements de rochers et de maçonnerie parsemaient les flancs de la montagne sur un kilomètre carré environ, et il était parfois difficile, à cause des racines proliférantes, de distinguer les uns des autres. Dans certains coins de cette conque à l'abandon, les gens du cru, par commodité, avaient déversé des ordures et les seuls habitants en étaient des rats ; pourtant, cette éruption éparse de pierre ouvragée, surgissant un peu partout dans l'herbe, témoignait de l'énorme importance du village à son apogée. Les Waldmeister, propriétaires du *Goldener Hirsch*, installés là depuis sept générations, tenaient leur nom d'un ancêtre qui avait jadis été garde forestier en chef au service des seigneurs de Scheidenau.

Le *Goldener Hirsch*, qui s'étirait le long de la rive du lac sur le bras ouest du Y, solidement adossé aux vestiges des anciennes splendeurs de la butte du château, hésitait étrangement entre le statut de *gasthaus* villageoise et d'hôtel de tourisme. À l'imposante bâtisse traditionnelle, dotée d'auvents proéminents, de murs délabrés, d'étables surajoutées et de vérandas en bois sculpté, on avait adjoint une aile neuve en brique et pierre, dans un style moderne assez austère qui n'avait rien de choquant. Deux des filles Waldmeister, toujours célibataires, et les épouses des trois fils continuaient à gérer l'endroit avec un couple de parents pauvres et un personnel externe réduit ; mais il y avait dans le hall, installée à la réception derrière un élégant petit bureau, une non moins élégante petite Autrichienne blonde en mini-jupe, vive comme un colibri entre sa machine à écrire et sa machine à calculer d'un côté, et le standard téléphonique de l'autre.

C'était déjà le mois de septembre et la pleine saison décline très rapidement à la fin août. Oui, elle avait une chambre et un sourire pour l'Anglais inattendu qui n'avait pas fait de réservation. Quant à la jeune femme qui conduisit Francis à sa chambre, elle portait le costume traditionnel : l'ample jupe fleurie, le tablier brodé et le corselet lacé ; sa chevelure noire était enroulée en un lourd chignon d'une autre époque et, à en juger par l'odeur de lait chaud et de bétail qui émanait de sa jupe tandis qu'elle le précédait dans l'escalier de bois bien récuré, elle venait de traire les vaches.

Le couloir du premier étage était assez vaste pour un attelage de deux chevaux et la porte qu'elle lui ouvrit, assez large pour qu'ils puissent entrer tous deux de front. Tout était blanc : le haut plafond, les vastes murs, les flots volumineux du lit de plume automnal contre le bois naturel d'un blanc crémeux. Par chance, l'Anglais était logé dans la partie ancienne de la maison. La fenêtre donnait obliquement sur un grand jardin à l'exubérance négligée et seule une portion scintillante du lac attirait son regard. Aucune chambre au monde n'aurait pu être plus paisible.

— Le gentleman est anglais ?

Son allemand avait été hésitant et, de toute façon, la marque d'origine est toujours, pour une raison ou une autre, repérable. Il reconnut son anglitude, à quoi bon s'en cacher ?

— La chambre vous convient ?

La voix de la jeune femme était sourde, abrupte et vibrante, curieusement personnalisée dans l'expression de détails impersonnels.

— À merveille, merci.

Il laissa tomber son sac sur le porte-bagages et s'assura qu'il avait dans sa poche les clés de la voiture de location et la petite monnaie au fond.

— Un instant ! Je vais ouvrir la fenêtre.

Son odeur, quand elle passa près de lui, rappelait l'air sauvage du dehors, un mélange d'animal, de jardin, de terre, de feuillage de fin d'été qui s'apprête à pourrir. Elle tourna soudain la tête au moment où elle passait si près de lui que sa manche frôla la sienne, et il vit son visage plein, lisse, au teint olivâtre, et les yeux hardis, maussades et engageants, un instant grands ouverts et brillants. Mais, une seconde plus tard, tout éclat voilé, son regard faisait le tour de la pièce, consciencieusement, et elle avait retrouvé son léger froncement des sourcils.

— Il n'y a pas de serviettes. Je vais en apporter.

Une jeune femme remarquable, se dit-il, leste et haute silhouette d'Amazone, traits harmonieux, chevelure splendide. Ce n'est que lorsqu'il l'eut regardée de très près qu'il remarqua un défaut, car sa prononciation était si claire qu'elle ne semblait pas avoir de malformation du palais. Rien que ce vilain petit défaut placé là pour gâcher le modèle et empoisonner sa vie : sa lèvre supérieure était fendue en un bec-de-lièvre. L'effet n'était même pas laid, tout préjugé mis à part ; mais le préjugé n'est jamais très loin du bec-de-lièvre chez une femme par ailleurs belle.

Elle revint avec les serviettes et il les lui prit des mains sur le seuil de la porte. Ses doigts rencontrèrent les siens. Il était sûr désormais que sa poitrine, soutenue très haut par le corselet noir, n'avait pas frôlé par hasard sa manche quand il était passé devant elle pour entrer dans la chambre.

— Si vous avez besoin de quoi que ce soit, appelez Friedl, je vous prie. Je serai en train de travailler en bas. Je vous entendrai.

— Merci, Fräulein Friedl, je m'en souviendrai.

Ses paupières se relevèrent un instant et découvrirent de nouveau, si brièvement qu'il pouvait choisir d'y croire ou non, le volcan en sommeil. Elle n'avait sans doute pas beaucoup d'espoir, mais dans un geste de défi au monde, elle persévérait et déployait le peu qu'elle avait.

— Vous êtes la fille de Herr Waldmeister ?

Le bec-de-lièvre frémit en une sorte de sourire.

— Sa nièce, répondit-elle, et elle s'en alla de son pas élastique dans le grand couloir bien récuré, et l'abandonna là.

Mais la démarche lente et chaloupée, le dos bien droit, le magnifique port de tête et sa gerbe de cheveux noirs, tout frémissait encore de la conscience d'être regardée, jusqu'à ce qu'elle eût disparu de sa vue.

C'était donc là un des agréments qui ne figurait pas dans la brochure et n'était pas non plus disponible, se dit-il, pour tout un chacun. Une espèce de chimie particulière l'avait élu. Une naufragée qui en hèle un autre, peut-être, en quête de compagnie sur une mer immense et inconnue. Une insomniaque qui en accueille un autre, dans la longue nuit solitaire où on ne saurait trouver le sommeil.

Il fit sa toilette et descendit au bar. On entendait des voix dans le jardin et des bateaux sur le lac. Les fenêtres de l'*Alte Post* se reflétaient au soleil avec langueur, de l'autre côté de l'eau scintillante. Il y avait encore quantité de touristes qui, par contraste, faisaient passer les autochtones pour des éléments de folklore délibérés — ce que de toute évidence ils n'étaient pas —, mais dans deux mois, les toits couverts de pierre, les auvents proéminents, les bûches entassées au-dessous des balcons suspendus, sur toute la hauteur des murs de chaque cour, ne ressembleraient plus à un décor, mais représenteraient un aspect très pratique du sérieux de la vie. Bientôt, les troupeaux massifs couleur vieil or, les naseaux fumant dans un cliquetis de sonnailles, descendraient des hauts pâturages afin de gagner pour l'hiver leurs prés familiers.

Les planchers bien récurés étaient presque blancs dans les chambres. C'était le début de l'après-midi, l'heure la plus calme au bar, mais il y avait un couple de Français, manifestement, qui sirotaient du café et du kummel dans un coin ; un montagnard barbu attablé devant une chope d'un litre faisait la conversation à la femme du bar ; sa voix de baryton-basse typique des hautes terres retentissait depuis l'autre extrémité de la pièce. La femme d'âge mûr, robuste, les cheveux gris, ne pouvait être que Frau Waldmeister.

Francis commanda un *enzian* [1] et alla droit au but. Elle l'écouta entamer son affaire, le gratifiant d'un sourire bienveillant qui découvrait ses dents en or, mais dès qu'il aborda des questions juridiques, elle fit exactement ce à quoi il s'attendait et l'adressa à son mari. Cela le dispensa d'avoir à expliquer deux fois l'ensemble des faits, réels et supposés, et il se retrouva installé à une table face au maître de maison dans un coin tranquille de la salle à manger vide. Le vieux Waldmeister avait un peu plus d'un mètre quatre-vingts, des épaules larges comme un joug et un visage tanné par le vent, où pendait une longue moustache de brigand. Courtois et impassible, il écouta, sans manifester la moindre surprise ni la moindre méfiance d'être soudain prié de retourner treize ans en arrière.

— Herr Waldmeister, je m'appelle Killian. Je représente un cabinet d'avocats anglais, qui recherche un certain jeune homme. Un membre de sa famille habitant la Nouvelle-Zélande lui a légué le reste de ses modestes biens. Le défunt n'avait plus de relations avec ses cousins d'Angleterre depuis quelques années et nous découvrons à présent que le légataire s'est séparé de ses parents il y a quelque temps, et ces der-

1. Apéritif à base de racine de gentiane. *(N.d.T.)*

niers n'ont aucune idée de l'endroit où il pourrait se trouver actuellement. Nous avons passé des annonces pour le retrouver, sans résultat, du moins jusqu'à maintenant. C'est pourquoi nous avons entamé une enquête dans l'espoir de retrouver sa trace. Celle-ci, assez curieusement, s'arrête ici, dans votre hôtel, il y a treize ans.

Il attendit, espérant provoquer quelque réaction, et ce qu'il obtint fut très éclairant. La première chose que le vieux Waldmeister trouva à dire ne fut pas : « Comment s'appelle-t-il ? » mais :

— Cet héritage, ça se monte à combien ?

— Dans les quinze cents livres, tous frais payés.

Pas une somme considérable au point de mettre la police à ses trousses dans une traque de grande envergure, mais suffisante pour payer les dépenses d'un commis d'avocats jusqu'à Scheidenau, en dehors de la pleine saison touristique quand les tarifs des voyages sont avantageux. Le vieil homme hocha lentement la tête. La propriété, c'est la propriété, et la loi est là pour la servir.

— Comment il s'appelle, ce jeune homme ?

— Robert Aylwin.

— Je ne me souviens pas d'un nom pareil. *La dernière trace* de lui, vous dites ? Ça remonte à longtemps. Impossible de se souvenir du moindre visiteur.

— Vous vous souviendrez de celui-là, quand je vous aurai rappelé les détails.

Ce qu'il fit, très succinctement et très clairement. Il y avait assez de noms pour étayer tout ce qu'il avait à dire. Fredericks avait régulièrement fréquenté cette auberge lors de ses voyages ; on ne l'oubliait pas si facilement, pas plus que ses étudiants.

— J'ai cru comprendre, d'après un dénommé Charles Pincher qui partageait une chambre avec lui, qu'Aylwin a laissé sa valise et son violoncelle dans la chambre quand il est parti, et que le Pr Fredericks vous les a confiés, s'attendant à ce que leur propriétaire vienne les récupérer. Est-ce bien cela ?

— Oui, tout à fait, répondit l'homme sans hésiter. J'avais oublié son nom, mais cette histoire des bagages et de Herr Fredericks, ça, je m'en souviens bien.

— Dans ce cas, j'espère que vous allez pouvoir m'aider à passer au maillon suivant de la chaîne, et qu'il vous a donné en tout cas sa nouvelle adresse, quand il est venu les récupérer.

— Il n'est pas venu les récupérer, corrigea Waldmeister, sans fournir aucune information supplémentaire.

— Ah bon ? Alors, pendant toutes ces années, vous n'avez plus entendu parler de lui ?

Le frisson qu'il ressentit, comme des doigts de glace qui se refermaient sur sa nuque, fit prendre conscience à Francis qu'il n'y avait jamais cru, même s'il avait envisagé cette hypothèse.

— Aucune nouvelle, non.

— Est-ce que... vous vous attendiez à en avoir ?

Il voulait dire : y avait-il la moindre raison qui vous fasse penser que ce n'était pas la peine d'en attendre ?

— J'en attendais, oui. Les gens ne s'en vont pas comme ça en laissant leurs affaires. Vous comprenez, il y a bien longtemps que je n'ai pas réfléchi à la question. Non, il n'est pas venu et je ne savais pas comment le joindre. Je lui ai gardé ses bagages, c'est tout ce que je pouvais faire. Mais il n'est pas venu les rechercher.

— Alors... vous les avez encore ?

— Venez avec moi !

Le vieil homme se leva et l'emmena dans le corridor, meublé de chaises anciennes sculptées à la maison, de tapis rustiques, de rouets et de tire-bottes qui auraient fait baver d'envie un antiquaire anglais. Ils prirent le monumental escalier de service, bien récuré et dépourvu de tapis, qui montait en spirale et dont les marches étaient assez larges du côté du mur pour le passage d'un cavalier. Un palier, un autre, un troisième, et ils parvinrent au sommet, au milieu des grosses poutres sombres, dans une série de greniers ouverts où étaient amassés sous le toit un mélange de camelote et de trésors.

— Voilà, dit Waldmeister, désignant les objets du doigt.

On aurait dit que l'étui du violoncelle, appuyé tristement contre une caisse en bois éraflée, était couvert de feutre gris, mais quand Francis y passa un doigt dubitatif, la couche de poussière s'en alla facilement, laissant voir le cuir noir au grain fin. De bonne qualité, cher, et quasiment neuf quand son propriétaire l'abandonna. Une valise noire de taille moyenne en fibre de verre plastifié, aux surfaces verticales restées intactes grâce à ce revêtement protecteur, se trouvait à côté du violoncelle.

— C'est à lui ? Puis-je jeter un coup d'œil ? Sous votre surveillance, bien entendu. Tout ce que je veux voir, c'est s'il y a là quoi que ce soit qui fournisse une direction dans laquelle poursuivre l'enquête. Sont-ils fermés à clé ?

— Non.

Ils étaient évidemment tels qu'il les avait laissés, et dans une chambre d'hôtel elle-même normalement fermée à clé, tout le monde ne se soucie pas de redoubler de prudence. D'ailleurs, il avait dû emporter les clés dans sa poche.

Le contenu des bagages de Robin Aylwin ne révélait pas grand-chose sur lui. Il voyageait léger. Le pantalon, le pull en laine, les chemises, de bonne qualité mais ordinaires, étaient rangés avec autant de soin qu'on peut en attendre des jeunes gens d'une vingtaine d'années. Des chaussures habillées pour les concerts, un smoking, un nécessaire à rasage, des mouchoirs, une robe de chambre Paisley, un pyjama, un imperméable en Térylène, le tout plié et rangé si méticuleusement que Francis y décela la main d'une femme de la famille Waldmeister.

— Avait-il rangé ces vêtements dans la valise, ou traînaient-ils simplement dans la chambre ?

— Ils étaient dans sa chambre, pour être utilisés. Nous avons tout mis dans la valise tel que c'est là, en attendant qu'il revienne.

Ni passeport, ni papiers, ni portefeuille, ni clés, ni lettres. Il les gardait très vraisemblablement sur lui, quelle que soit sa tenue. La présence du smoking ne révélait rien ; il était à peu près certain qu'il ne le portait pas ici en soirée, quand il se reposait entre deux engagements. Il n'était sans doute là que pour les concerts. Il y avait du papier à lettres, des carnets de timbres anglais et autrichiens, deux cartes postales de l'endroit, non écrites ; pas une seule lettre à son nom qui pût contribuer à établir qu'il avait jamais réellement existé.

Francis glana ce qu'il put parmi ces vestiges. La taille des chemises était 39, la pointure des chaussures 42, le pantalon, jambes longues et taille étroite, était fait sur mesure, mais venait d'une de ces manufactures de tailleurs, installés un peu partout. Celui qui le portait devait mesurer à peu près un mètre quatre-vingts, voire quelques centimètres de plus ; il était plutôt mince, encore que, d'après le pull-over qui faisait 105 de tour de poitrine, il avait des épaules d'une bonne largeur. C'était tout ce qu'on pouvait apprendre ici sur lui. Le violoncelle, silencieux dans son étui, n'était qu'un violoncelle et les poches dont ses renflements étaient garnis ne contenaient que de la résine, des cordes et un chevalet de rechange en cas de problème.

Francis referma la valise qu'il replaça dans son coin. Il s'épousseta les mains et regarda Waldmeister.

— Non, rien. Quand il n'est pas revenu, je suppose que vous avez examiné le tout, vous aussi ?

— Je l'ai dit aussi à Herr Fredericks à son retour. Il ne savait rien du jeune homme non plus. Il nous a dit de les conserver encore, alors c'est ce qu'on a fait.

— Herr Waldmeister, il reste la possibilité qu'un membre de votre maisonnée ait parlé à Aylwin quand il était là, et soit en possession de quelques détails susceptibles de m'aider à le retrouver. C'était il y a longtemps et il est possible que votre personnel ait changé, bien entendu, mais cependant il se peut que quelqu'un se souvienne et soit à même de compléter ce que nous savons. Seriez-vous assez aimable pour dire à tous ceux qui se trouvaient là à l'époque que je suis à la recherche de cet homme, et que c'est dans son intérêt que je voudrais le retrouver ?

Le vieil homme haussa les épaules en un geste éloquent.

— Je m'y emploierai, mais je ne pense pas qu'après tout ce temps ils aient quoi que ce soit à vous apprendre.

— J'en ai peur, mais je vous en prie, demandez-leur de venir me voir s'ils se rappellent quelque chose. Je resterai deux ou trois jours chez vous.

— Je n'y manquerai pas, dit Waldmeister.

Il avait compté sur la piqûre de la curiosité pour les attirer à lui, même s'ils n'avaient rien à lui raconter, et il aurait parié que les femmes s'empresseraient d'accourir. Mais le fils aîné des Waldmeister fut le premier à apporter sa pierre et à rejoindre le nouveau venu ce soir-là au bar, après le dîner. Il n'avait sûrement rien à dire sur un hôte de hasard à l'hôtel, puisqu'il passait la majeure partie de son temps à l'extérieur, en tant que négociant en bois, l'une des diverses activités des Waldmeister. Il cherchait seulement à voir de plus près cet avocat anglais et lui dire qu'il était au moins désireux de l'aider, s'il ne pouvait faire mieux. Frau Waldmeister et deux de ses brus firent des manœuvres d'approche le lendemain, avec les mêmes intentions. Aucune d'elles ne savait où Aylwin avait bien pu aller, ni pourquoi il était parti. Francis ne pensait pas qu'elles puissent vraiment se souvenir du moindre détail le concernant, au-delà du fait qu'il avait laissé au grenier une preuve tangible de son séjour. La troisième bru n'était alors pas encore mariée à son Johann et les deux plus jeunes filles Waldmeister devaient encore être à l'école.

La seule personne pour qui il avait lancé l'appât restait à l'écart. Friedl, âgée d'environ trente-cinq ans actuellement, pensait-il, devait avoir à l'époque vingt ans passés, et n'était pas du genre à ignorer un jeune homme qui présentait bien. Aylwin, d'après le témoignage de Mrs. Felse, était quelqu'un de charmant qui faisait impression et, même à vingt ans, Friedl, la nièce sans dot au bec-de-lièvre, devait être en passe de devenir la femme avide et aigrie qu'elle était à présent. Suffisamment malheureuse pour chercher à établir un contact avec le premier venu, et pas encore résignée à accepter son sort ni formée à ne rechercher que des malheureux comme elle. Si quelqu'un ici savait quelque chose sur le beau jeune homme frivole qui riait beaucoup, il y avait toutes les chances que ce soit Friedl.

Il savait qu'elle viendrait. Elle ne faisait qu'attendre son heure. Il avait surpris à plusieurs reprises en passant son regard sombre et maussade, mais elle n'avait pas fait le moindre signe. Il comprenait. Tant que la famille Waldmeister serait à portée de voix et de vue, personne ne tirerait rien de Friedl. Ils n'étaient peut-être pas davantage ses ennemis que le reste du monde, mais elle ne ferait pas un geste dont ils pourraient avoir vent. Cela ne tenait pas à l'importance de ce qu'elle pourrait avoir à dire, mais plutôt au souci de préserver l'intégrité de sa vie secrète, qui n'avait rien à voir avec eux. Elle n'avait peut-être rien à dire finalement, mais elle viendrait tout de même, si elle en avait l'occasion, parce qu'il lui avait offert, délibérément, une raison de l'approcher.

Cela ne présenta pas de vraie difficulté. Une fois le dîner terminé, il resta attablé devant un kirsch dans la véranda qui donnait sur l'extrémité du lac, jusqu'à ce qu'elle sorte, libérée enfin de son travail, pour profiter de l'atmosphère lumineuse de la soirée. Il l'avait vue sortir la veille à cette heure-là et il était à peu près certain qu'il en irait de même ce soir. Elle s'était bornée à se promener dans le jardin et faire un brin de conversation avec ceux des hôtes qui étaient solitaires. Elle avait revêtu une élégante robe en laine noire, une chaîne et une croix en or autour du cou, et sa chevelure magnifique enroulée en un chignon brillant sur la nuque ; une façon de manifester, du moins, qu'elle existait tout comme eux en tant qu'être humain.

Elle apparut un peu plus tard ce soir-là. Dès qu'il la vit dans l'embrasure de la porte, Francis s'éloigna vers la balustrade de la terrasse, dont les marches menaient à la longue allée d'arbres en pente qui s'étendait de l'auberge aux rives du lac. La nuit tombait déjà ; les dernières lueurs du jour avaient coloré le ciel en un vert pâle incandescent et se reflétaient dans le lac, aussi calme qu'un miroir posé parmi les collines, et projetant un rayonnement subtil entre les arbres. Francis se dirigea vers l'allée, sans hâte et sans un regard en arrière.

Le *Goldener Hirsch* se tenait sur un escarpement,

plus haut que l'*Alte Post* de l'autre côté du lac, mais tout aussi proche de la mince bande jaune de gravier en bordure de l'eau. Large d'environ cinquante mètres et s'élargissant progressivement au fur et à mesure que Francis s'y enfonçait, la ceinture d'arbres épousait la courbe des balcons et des fenêtres de l'aile récente, et le sentier se rétrécissait pour s'égarer en diagonale jusqu'à l'eau. Pas là, il y ferait trop clair, mais plutôt quelque part par ici, au cœur de cet étrange univers boisé tout frémissant, baignant dans des miroitements tirant sur le vert, comme un aquarium envahi d'herbes. Il avait déjà laissé derrière lui les flâneurs du soir. Un couple d'amants cachés se tenait peut-être dans un halo crépusculaire, néanmoins il y avait de la place pour eux. Il laissa le sentier glisser à sa droite en direction de l'eau d'une pâleur lunaire et se dirigea vers l'herbe au-delà, avançant nonchalamment au milieu des arbres. Il ignorait à quelle distance derrière lui elle pouvait bien être, mais il savait qu'elle le trouverait.

Il alluma une cigarette pour lui simplifier la tâche, et cet acte lui révéla brutalement ce qu'il était en train de faire. Il travaillait pour Maggie et s'il y avait quoi que ce soit à découvrir par ici, il se devait de le découvrir. Il avait besoin du témoignage de Friedl par égard pour Maggie et pour lui-même. Mais Friedl avait ses propres exigences, et tout autant le droit de se servir de lui que lui d'elle. Quelle que soit la façon dont tu envisages le problème, se dit-il, moqueur, tu n'auras pas de quoi être fier, et depuis quand as-tu commencé à te tracasser parce que tu dois faire quelque chose tant soit peu déloyal et ambigu, mais nécessaire ? Obtiens ce que tu dois obtenir, et paie le prix qu'il faudra. C'est ce que va faire Friedl. Maggie n'en saura jamais rien. Pour toi ce ne sera qu'une pauvre goutte d'eau dans l'océan de ce que tu sais déjà sur toi-même.

Il la sentit toute proche de lui avant même de l'avoir

vue ou entendue. Ses sens prirent conscience de sa présence, puis il découvrit la haute silhouette obscure et immobile, les deux fleurs pâles des mains, sereines le long du corps.

— Herr Killian...

Un souffle à peine plus audible qu'un murmure ; non pas sur le ton de la question, elle savait qui était là.

— Fräulein Friedl... dit-il tout aussi doucement.

Elle franchit les quelques mètres qui les séparaient encore et, à mesure qu'elle s'approchait, le rayon de lumière tirant sur le vert se refléta par deux fois sur son visage, faible et timide. C'était comme de voir le visage d'un noyé flotter sur des eaux claires et peu profondes. Ainsi délicatement frôlée, Friedl accédait à la beauté. Le défaut ne se voyait pas du tout, la lumière magique balayait sa peau hâlée de sa liquidité de jade.

— Herr Killian, souffla le murmure comme en rêve, je peux vous parler de cet homme, Aylwin... si vous voulez savoir...

— Oui... oui, je veux savoir...

Il fit le pas nécessaire, inévitable, pour la rejoindre. Elle se jeta dans ses bras.

— La dernière fois que je me suis trouvée assise ici avec un homme, dit-elle en tirant avec acharnement sur la cigarette que Francis venait de lui allumer, c'était avec lui. Avec Robert Aylwin.

Ils étaient assis sur un tronc d'arbre, non loin du bord du lac, au milieu des buissons plantés en demi-cercle, donnant sur l'eau à travers un filigrane de branchages. Elle l'y avait conduit par la main, se déplaçant comme un chat à l'affût, silencieuse et sûre dans l'obscurité.

— Ils sont restés ici trois ou quatre jours. Il était

gentil avec moi. Nous sommes venus ici ensemble. Il ne me ressemblait pas, il était gai, toujours gai.

Personne, se dit Francis, ne pourrait nous reprocher ce manque de discrétion. Quelque chose était là avec eux, pesant et fatal, quelque chose de chaud, de tendre, d'amer et de pitoyable qui laissait dans la nuit une saveur d'une richesse indescriptible. Mais sûrement pas de gaieté.

— Aylwin était venu deux ou trois fois avec le Pr Fredericks, dit-il. Ne l'aviez-vous jamais rencontré auparavant ?

— Je n'étais pas là jusqu'à l'été en question. Je suis arrivée à la mort de mon père. Je n'avais rien, vous comprenez ? Pas même un visage humain. Qui aurait voulu de moi ? Mais lui était plein d'entrain, drôle et gentil. Ce dernier soir, j'ai terminé la vaisselle, très tard, et je l'ai vu sortir et traverser la terrasse, descendre le chemin... comme vous ce soir. Quand j'ai eu fini, je l'ai suivi.

— Vous aviez rendez-vous ? demanda Francis, soulevant les lourdes gerbes de ses cheveux défaits.

— Non, on n'avait pas rendez-vous. J'espérais simplement qu'il viendrait et qu'il attendrait. Mais avant d'arriver ici, un peu en arrière là-bas dans les arbres, j'ai entendu sa voix. Et une autre voix. De fille... Alors j'ai reculé un peu, pour ne pas tomber sur eux, mais ici j'étais à l'abri dans les buissons. Je ne voulais pas qu'ils se rendent compte de ma présence, et je craignais de battre en retraite à cause des branches... ils m'auraient entendue...

Elle avait la gorge sèche.

— Avez-vous réussi à les voir ?

— Non, on était aussi en septembre, un peu plus tard dans la soirée. Non... mais je connaissais les deux voix. La sienne, évidemment. Et celle de la fille... on ne pouvait s'y tromper, même quand elle parlait. Elle faisait partie de leur groupe, c'était celle dont on disait qu'elle allait devenir une grande chanteuse.

Il entendit sa propre voix dire avec une application concentrée, par crainte de l'éloigner du problème en l'effrayant par un excès d'intensité :

— Avez-vous réussi à entendre ce qu'ils disaient ?

— Non, la plupart du temps, non. Il murmurait tandis qu'elle l'écoutait, rétorquant quelques mots impatients et incrédules seulement de temps en temps... vous comprenez ? Il argumentait et suppliait. Et elle ne voulait pas de lui, elle le repoussait mais il ne voulait pas partir. Pour finir, il a oublié sa réserve et il lui a crié tout fort : « ... si tu ne veux pas de moi ! » et elle a répondu : « Chut ! ne fais pas l'idiot ! » Il a ajouté : « Non, je ne serai pas assez idiot pour supporter ça. *Il y a toujours une possibilité !* » Voilà ce qu'il a dit, et en ces termes. Vous croyez que je pourrais inventer ça ?

— Non, dit-il.

Sa voix semblait dense et étouffée dans sa gorge.

— Non, je ne crois pas.

Prudence, prudence, maintenant, ou elle allait saisir l'étincelle de la passion, prendre feu, et il n'obtiendrait plus rien d'elle.

— Et qu'a-t-elle répondu ?

Il ne sut jamais ce qui l'avait trahi. Pas la voix, qui était égale et légère, intéressée mais détachée, sous contrôle absolu à présent. Pas même le simple fait qu'il se renseigne sur ses réactions à *elle*, alors que c'était aux gestes de Robin Aylwin qu'il était censé s'intéresser. Quelque chose de plus profond et de plus fondamental que de tels détails, quelque chose qu'elle perçut dans la tension presque insensiblement modifiée du bras qui l'entourait, un éclair sombre jailli de son sang à lui dans le sien. Friedl était un être qui ressentait avec son sang, pensait avec ses os et sa chair, et voyait, comme les enfants, avec l'intuition d'un troisième œil blotti au fond de son cœur. Soudain l'atmosphère s'apaisa autour d'eux, au-delà du seul silence, et très légèrement, furtivement, tous ses muscles se tendirent, se contractant à l'intérieur, détachant de l'épaule de Killian l'ombre confiante de son corps. Elle ne s'écarta pas de lui, elle ne leva même pas la tête, ce qui eût été moins effrayant. Mais toute l'essence de son être qu'elle avait généreusement répandue autour d'elle dans l'air de la nuit, aussi sereinement que si elle avait été seule, se retira comme un ectoplasme et se replia en elle de manière défensive. Une troisième personne était là, presque palpable entre eux.

— Elle a ri, déclara Friedl d'une voix dure et claire.

— Non... ! dit-il involontairement.

Il semblait distinguer désormais deux Friedl : l'une, chaude contre son épaule avec sa cascade de cheveux noirs qui flottaient sur sa poitrine ; l'autre, gardant ses distances à la lisière de la clairière, l'observant de près, guettant ses réactions sous l'effet de la colère ou de la souffrance. Elle avait deviné d'instinct à présent la relation de Francis avec la femme absente qui avait ri.

— Si ! Vous souhaitiez apprendre des choses sur son compte, je vous raconte ce qui s'est passé. Personne d'autre ne peut vous le dire, personne d'autre n'est au courant. Cette fille s'est moquée de lui. Ensuite, j'ai entendu le bruit des buissons écrasés quand il s'est retourné pour s'enfuir loin d'elle, en direction du lac. Juste quelques instants, parce qu'à cet endroit le sol devient abrupt et cette petite colline où nous sommes intercepte le son. Il y a eu ces piétinements dans les buissons, il trébuchait parfois contre une racine, et puis tout s'est apaisé parce qu'il était arrivé au bord de l'eau, dans l'anse tout en bas. On entend d'ordinaire les conversations provenant des bateaux qui naviguent. Cette nuit-là, il n'y avait aucun bateau, aucune voix, il faisait déjà sombre. C'est une autre sorte de bruit qu'on a entendu, cette fille et moi, un bruit qui montait de l'eau. Un plouf. Pas un bruit considérable, mais net, clair, unique... En tout cas, ce n'était pas un poisson qui sautait, même s'il y en a dans le lac de très gros. Il était trop tard, il faisait trop sombre, et puis, on apprend à reconnaître de tels bruits. Non, c'était quelque chose, quelque chose de lourd qui plongeait dans l'eau et coulait au fond...

Elle s'était retournée dans le creux du bras de Killian, tendue et fragile contre lui, et il sentit que les yeux de la jeune femme cherchaient son visage même dans l'obscurité, des yeux qui guettaient sa réaction, hostiles et méchants. La nuit avait tout d'un coup engendré, comme de la propre chair de Friedl, un petit vent meurtrier qui le glaça jusqu'à la moelle.

— Je ne vous crois pas, dit-il, vous inventez !

— Vous croyez que je mens ? Demandez-lui, *à elle* ! Quand vous la rejoindrez, demandez-lui !

— Vous êtes folle ! Qu'est-ce que j'ai à faire avec une femme comme ça ? Si cela était vrai, vous en auriez parlé à quelqu'un à ce moment-là. L'avez-vous fait ? Êtes-vous descendue le chercher au bord de l'eau ? Avez-vous dit ce que vous saviez quand il n'est pas revenu ?

— Qu'est-ce que je savais ? Que *pouvais-je* bien savoir ? J'avais entendu des voix, suivies d'un plouf, rien de plus. Non, je n'ai jamais dit à personne que je me trouvais dans les arbres cette nuit-là. Non, je n'ai pas attendu pour voir, je n'ai pas essayé de découvrir quoi que ce soit. Je suis rentrée en courant à la maison et j'ai tenu ma langue. *Et elle aussi !* Pourquoi aurais-je parlé ? Je ne voulais pas jouer un rôle là-dedans. Qu'est-ce que je leur devais à eux deux ? Mieux valait rester tranquille et éviter les ennuis. Donc, on n'a jamais dragué le lac, on ne l'a même jamais cherché, il était simplement l'homme en disgrâce qui s'était enfui. Mais *quelque chose* est allé dans le lac ce soir-là. Et elle l'a entendu comme moi, et, comme moi, l'a ignoré, mais avec plus de raisons. En plus, il n'est jamais revenu chercher ses bagages, n'est-ce pas ? *Et il ne reviendra jamais les chercher !*

Elle se dégagea soudain de son bras d'un geste brusque.

— Je vous ai dit tout ce que je savais. Je dois rentrer.

— Je crois quand même que vous mentez, dit-il, mais sans colère ni conviction, simplement avec une lassitude et une tristesse presque insoutenables.

— Alors posez-lui la question, quand vous la rejoindrez. Vous verrez.

Il aurait pu renier Maggie une seconde fois, mais à quoi bon ? Friedl était aussi sensible qu'un chien à la présence des fantômes.

— Aidez-moi à remonter mes cheveux. Là-bas, ils vont me chercher.

Il se mit derrière elle et tira vers lui la superbe cascade de sa chevelure qu'il lissa entre ses doigts. Alors, un instant, elle posa ses mains sur les siennes, pour les guider, son corps se laissa aller en arrière contre lui, chaud et abandonné, elle tourna la tête et mit sa joue contre la sienne. Sans un geste, sans un bruit, elle pleurait.

— Friedl...

— Non... dit-elle. Vous n'y pouvez...

Il la fit taire par un baiser ; sa bouche abîmée émit un gémissement lamentable et resta collée à ses lèvres avant qu'elle ne s'arrache à son étreinte. Elle fixa brusquement le peigne dans son lourd chignon.

— Ne venez pas avec moi ! lui cria-t-elle brutalement, et elle disparut, rapide et silencieuse entre les arbres.

CHAPITRE V

Il savait donc désormais ce qui reposait au fond de la mémoire de Maggie comme la vérité au fond d'un puits. Elle aussi, étourdie et ensorcelée par sa vision de la gloire, impatientée par ce garçon importun qui se cognait dans son rêve pour défendre le sien, elle avait entendu ce plouf assourdi dans l'anse du bord du lac. Et elle avait choisi de l'ensevelir, de ne pas comprendre, de ne pas se souvenir. Non parce qu'elle ignorait son acte, mais plutôt parce qu'elle le connaissait !

Elle avait sûrement dû l'aimer !

Pendant tout le trajet à travers la Suisse dans sa voiture de location, Francis fut dévoré vivant par cette révélation. Qu'est-ce qui pouvait, sinon, expliquer l'obsession qui la minait à présent ? L'amour, rien de moins, reconnu trop tard, avait seul pu rendre ce désastre si terrible pour elle. Et pourtant elle avait une excuse. Il n'y avait jamais eu la moindre preuve, jamais le moindre corps, tout le monde avait considéré comme naturelle la fuite d'Aylwin et cette probabilité lui avait paru, à elle aussi, la voie la plus raisonnable.

Dans son cœur seul, elle savait qu'il n'en avait rien fait !

Chaque fois que son secret refaisait surface, elle

avait dû le rejeter et l'enfouir à nouveau, jusqu'à ce qu'enfin il demeure englouti dans les abîmes. Si son esprit avait réussi à se débarrasser totalement de ce souvenir en surface, une part plus profonde d'elle-même s'était inexorablement souvenue, l'accablant de reproches, et, quand elle avait frôlé la mort, s'était agitée de nouveau pour remonter à la lumière et lui rappeler sa dette envers Robin.

Il s'attarda un jour à Zurich, désemparé, ignorant ce qu'il allait faire, ce qu'il voulait faire, ce qu'il pouvait supporter. Il ne pensa qu'une seule fois à Friedl dans cet intervalle, éprouvant un déchirement violent, lié à une prise de conscience brutale qu'il n'est pas si difficile ni si rare d'étouffer ce qui nous exaspère et nous accuse. Nous le faisons tous, sans quoi la vie serait impossible.

Le deuxième jour, il réserva une place sur un vol pour l'Angleterre, mais dut attendre une nuit supplémentaire avant de l'obtenir. Il se réjouit de ce répit. Car qu'allait-il bien pouvoir faire à propos de Maggie ? Inutile d'essayer de la protéger en lui mentant, elle était totalement sincère quand elle disait qu'elle réclamait la vérité, qu'elle ne pouvait vivre sans la vérité. Voulait-il même l'épargner ? À plusieurs reprises pendant le voyage, il réalisa qu'il souhaitait plutôt la tourmenter, lui faire payer non seulement pour Robin Aylwin, mais aussi pour son propre tourment, et même pour la malheureuse Friedl, affligée de cette petite imperfection dans sa chair et de cet immense cancer dans son âme, sans compter les hommes qui avaient filé entre les doigts de Maggie parce qu'elle se consacrait à son art en toute innocence.

Il téléphona à l'hôpital de Comerbourne dès que son avion eut atterri. Il n'avait toujours aucune idée de ce qu'il voulait dire. Ce fut presque un soulagement d'obtenir l'infirmière, vive, enjouée et extérieure à tout cela, expliquant que Miss Tressider avait fait des progrès rapides et avait désormais quitté l'hôpital. Oui, elle était toujours à Comerbourne, on pouvait la joindre au *Lion Hotel*, où elle avait loué une suite pour une période de convalescence sous surveillance. Elle avait souhaité disposer d'un piano à queue, un agrément que l'hôpital ne pouvait naturellement pas lui fournir.

Ce ne fut pas une grande surprise. Une voix impatiente et avide brûlait en elle de pouvoir à nouveau s'exprimer. Avait-elle eu, après tout, le moindre choix quand elle avait brutalement repoussé l'amour loin d'elle ? N'était-elle pas possédée, depuis le moment où elle s'était rendu compte qu'un incube abusait d'elle ?

Il appela le *Lion Hotel*.

— Oui... Oh, *oui* ! dit-elle.

La voix, riche, claire et enthousiaste, la fit se matérialiser devant lui.

— Oui, beaucoup mieux, merci ! Oh oui, venez ! Je me demandais où vous en étiez. Je vous attends...

— J'ai suivi l'itinéraire, dit-il avec le débit régulier d'une machine, de ce dernier voyage que vous avez fait avec le Pr Fredericks.

Il n'osa poser sur elle que de brefs regards fugitifs ; le bleu de ses yeux brillants et interrogateurs, rivés sur lui, l'aveuglait.

— J'ai séjourné dans une petite station qui s'appelle Scheidenau, près de la frontière allemande. Vous vous rappelez ?

— Oui, vaguement. Il y avait un lac... et un château...

— Et un petit hôtel, le *Goldener Hirsch*.

— Vous voulez dire l'hôtel où Freddy nous emmenait généralement ? J'avais oublié le nom, mais je me rappelle à quoi il ressemblait.

Le *Lion Hotel* était situé près du pont sur la Comer et sa suite donnait sur la rive. La lumière tremblotante, réfléchie par un plafond haut et des murs blancs, chatoyait sur son visage clair et pur comme le cristal, dénué d'ombres. Elle avait l'air merveilleusement plus réelle que lors de ses visites à l'hôpital, mais conservait ses traits fins et ses yeux immenses, et la tension qui l'habitait semblait relever davantage de l'espoir que de la peur, comme si l'acte même de l'envoyer faire des recherches sur sa maladie l'avait en fait soulagée et mise sur la voie de la guérison. Durant les quelques jours de son absence, elle avait peut-être senti que de se mettre en quête de la solution revenait au même que de la trouver, qu'elle pouvait à présent reprendre sa vie comme avant : la crise était passée.

Il abordait son sujet de biais, non par un exposé clair des faits, mais, pour une raison bien simple, de manière suggestive. Friedl, en dépit du défi téméraire qu'elle lui avait lancé de retourner poser franchement la question à Maggie, pouvait avoir menti. Et si, en confrontant Maggie à cette histoire, sa mémoire échouait encore à remplir les blancs ou s'y refusait, elle ne pourrait jamais vraiment savoir si les événements s'étaient déroulés ainsi ou non. L'accabler d'une souffrance qu'elle n'avait pas méritée était la dernière chose qu'il souhaitait. Aussi en vint-il petit à petit à son objet, attendant qu'une étincelle de compréhension et de lumière s'allume dans les yeux bleus très attentifs. Et il retarda le moment de prononcer le nom jusqu'à la fin. Si elle le disait la première, alors ils en seraient sûrs tous les deux.

— C'était un voyage très important pour vous, n'est-ce pas ? Vous avez connu vos premiers succès et mesuré leur valeur. Vous commenciez réellement à voir se profiler devant vous un grand avenir, à juste titre. Vous rappelez-vous autre chose d'important qui vous serait arrivé pendant ce voyage ?

— À Scheidenau ?

Elle l'observait attentivement, les lèvres entrouvertes. L'ébauche imperceptible d'un sourire enthousiaste frémit puis disparut, et deux pâles flammes d'inquiétude embrasèrent son regard. Il vit ses beaux sourcils se rapprocher, dans un froncement douloureux.

— Je ne vois pas...

— À Scheidenau. Le dernier soir avant votre départ. Non ? Dans les bois au bord du lac, en dessous de l'hôtel. Il y a une femme de chambre à l'hôtel, Friedl, une nièce de la famille. Vous vous souvenez d'elle ?

Elle labourait tous les recoins de sa mémoire pour y trouver quelque chose qui pût justifier la gravité de Killian. Tous ses traits, depuis ses doigts effilés qu'elle tenait serrés autour des genoux jusqu'à la courbe nacrée au-dessus de sa pommette, devenaient plus minces et plus blancs, sous la pression qui montait.

— Je vous en prie ! supplia-t-elle, si vous savez quelque chose, dites-le-moi !

— Êtes-vous bien sûre, demanda-t-il durement, de vouloir savoir ?

Il avait eu l'intention de ne pas la brusquer, mais la colère et la douleur lui remontaient dans la gorge comme de la bile. Et maintenant, non seulement elle avait peur, mais comme en réponse à la colère de Killian, une force s'agitait tout au fond d'elle-même. Le secret enfoui au plus profond remontait enfin à la conscience, annihilant les derniers obstacles. Il était en route vers la lumière et plus rien désormais ne pouvait le garder prisonnier.

— Oui, je veux savoir.

— Friedl dit qu'elle se trouvait dans cette étendue boisée ce soir-là, la veille du départ du Circus, qu'elle y a surpris une conversation entre deux personnes : vous étiez l'une d'elles, l'autre était un des garçons qui participaient au voyage. Elle m'a confié qu'il argumentait, plaidant sa cause auprès de vous tandis que vous tentiez de vous en débarrasser, qu'il s'est écrié qu'il se passerait quelque chose « si vous ne vouliez pas de lui ». Il aurait déclaré — elle se souvient des mots exacts — « je ne serai pas assez idiot pour supporter ça. *Il y a toujours une possibilité...* »

Les lèvres de Maggie remuèrent, mais n'émirent aucun cri. Elle agrippa les bords de son siège et se pencha en avant, tentant de se lever. Il n'oublierait jamais son regard soudain aveugle et vide qui le transperçait, tandis qu'elle recherchait un autre visage, un autre accusateur.

— ... et puis il s'est éloigné de vous en courant le long de la pente jusqu'au lac, et elle a entendu — et *vous* aussi, n'est-ce pas ? — quelque chose tomber dans l'eau, un gros plouf. Et il n'est jamais revenu, ni cette nuit-là, ni jamais...

Elle se dressa d'un bond devant lui, écartelée : la conscience convulsive de ce qui s'était passé ce soir-là, transmise par tous les nerfs de son corps pour éclater dans son regard, l'agita de frissons. Elle serra ses joues entre ses paumes et fit entendre un cri plaintif, fluet et pitoyable :

— *Robin !*

Il ne l'aurait jamais crue capable de prononcer ce nom, ne se serait jamais cru capable lui-même de le faire jaillir d'elle. Écœuré et muet, il restait debout à contempler son ouvrage. Qu'elle eût ou non voulu la vérité, ils l'avaient à présent tous les deux, et il n'était pas possible de l'enfouir à nouveau sous la terre du tombeau.

— *Robin !* dit-elle dans un léger murmure. Alors, il n'est jamais revenu ?... Mais comment aurais-je pu savoir ? Je n'étais pas du tout responsable de lui... si ? *Si ?*

Elle s'était adressée à Francis et, par conséquent, avait pris à nouveau conscience de sa présence, non plus comme une voix apocalyptique arrachant un à un les non-dits de sa mémoire, mais comme un homme, une créature humaine enfermé avec elle, qui en savait davantage sur elle que personne n'en saurait jamais. Tout ce poids de culpabilité enseveli depuis longtemps s'étalait entre eux à découvert. Ils se dévisageaient par-dessus le naufrage avec horreur, colère et haine. Chacun d'eux savait ce que l'autre voyait et reculait d'indignation devant cette violation implicite de leur intimité. Plus rien ne demeurait caché : les sens lacérés de Maggie étaient tous assaillis à la fois ; l'amour qu'éprouvait Killian, son impuissance devant cet amour, son humiliation et sa rage de voir sa sombre solitude ainsi envahie. Son amour et son hostilité étaient l'un comme l'autre insoutenables, et il n'y avait pas d'endroit où se cacher.

Le corps de Maggie, sujet depuis peu à certaines faiblesses, sans résistance, opta pour la seule façon de prendre la fuite. Francis la vit s'éloigner de lui délibérément, résolument pour sombrer dans le noir : il bondit à travers la pièce une seconde trop tard. Elle laissa pendre ses mains et s'effondra comme un oiseau blessé.

Quand elle revint à elle, elle était dans ses bras, contre son cœur, consciente de l'angoisse qu'il éprouvait, avant même de l'entendre murmurer son nom d'une voix haletante. Des doigts légers, doux et inquiets écartaient de ses yeux ses cheveux en désordre. Un chuchotement brisé et contrit la suppliait :

— Maggie, pardonnez-moi... pardonnez-moi ! Oh, mon Dieu, qu'ai-je fait ?

Elle gisait comme une morte sans faire aucun signe. C'était le seul moyen de se conserver tout entière à l'abri de son contact, de son amour qu'elle refusait, de sa proximité qui l'offensait, de sa douleur dont elle éprouvait une terreur mortelle. Personne ne devait s'approcher aussi près d'elle, ni la toucher avec cette ferveur blessante. Elle devait se débarrasser de lui. Il n'en saurait pas davantage sur elle ; il en savait déjà trop. Aussi gardait-elle les yeux bien clos et le cœur verrouillé, même lorsque l'ombre de son visage s'interposa entre elle et la lumière et qu'il embrassa sa bouche. Ce contact la fit trembler de pitié, d'affolement et de désarroi jusqu'au tréfonds d'elle-même. Elle retint son souffle et resta passive.

— Maggie, parlez-moi... regardez-moi...

Soudain, il se releva et se précipita à l'autre extrémité de la pièce. Elle entendit le faible déclic du téléphone quand il souleva le récepteur.

— Non !

Elle ouvrit les yeux et se releva en chancelant parmi les coussins du divan où il l'avait transportée.

— Non, je vous en prie, non ! Tout va bien...

Il fit demi-tour et, l'espace d'un instant, elle vit dans ses yeux un espoir, un soulagement et une sollicitude si lamentables que la tête lui tourna de nouveau. Puis elle ressentit, comme un bouleversement dans sa chair, l'effort qu'il fit pour poser sur son visage le masque austère du détachement professionnel qu'il arborait généralement en public, et lui dérober sa nudité. Elle s'avoua avec honte et tristesse : nous nous sommes détruits l'un l'autre. Cet homme fier ne me pardonnera jamais de lui avoir fait tellement peur qu'il a fini par s'humilier et se trahir au-delà de toute réserve, pas plus que je ne peux lui pardonner d'avoir pénétré si loin dans ma jungle, et d'avoir pris trop à cœur ce qu'il a découvert. En quoi ma personne le regarde-t-elle, en dehors des termes du contrat ? Et quel droit avais-je de me frayer un chemin au cœur de son être et de le réduire à cela ?

— Je m'apprêtais à appeler votre médecin, je crois que cela s'impose.

— Non, s'il vous plaît, raccrochez. Je n'ai besoin de personne. Je ne veux personne.

Elle se redressa, lissant sa jupe gris tourterelle.

— Je suis désolée de vous avoir inquiété, dit-elle. Ce n'était qu'une faiblesse passagère. Ça va aller maintenant.

— J'ai peur de vous avoir profondément bouleversée. J'aimerais que vous me laissiez appeler quelqu'un.

— Non, je vous en prie, ce n'est pas du tout nécessaire. À présent, si vous vouliez avoir la gentillesse de me passer mon sac... Il est là, sur le piano...

Il l'apporta et le lui tendit en prenant mille précautions pour ne pas la toucher, ne rien revendiquer, à présent qu'elle était éveillée et consciente. Sa pâleur était moins terrible, son visage était apaisé, presque froid. La peur avait disparu ; l'espoir avait disparu ; elle avait accusé le choc, semblait-il, et, au-delà, c'était le vide, la commotion, où rien ne faisait encore souffrir ni ne réconfortait.

— Ne vous inquiétez pas pour moi, tout va bien aller maintenant. Je vais m'allonger et me reposer, quand vous serez parti. Merci pour le travail que vous avez investi dans mon affaire, vous vous êtes montré très efficace et je vous en suis très reconnaissante.

Elle fouillait dans son sac, la tête penchée. Peu

après, elle leva les yeux et lui tendit une liasse de billets.

— J'espère avoir calculé juste. Il s'agit seulement des honoraires pour le nombre de jours effectifs, bien entendu, aujourd'hui compris. Faites-moi connaître, s'il vous plaît, le montant de vos dépenses, qui ont dû être considérables. Ne vous donnez pas la peine de détailler, je me contenterai très bien d'un chiffre rond. Et, encore une fois, merci !

Elle le congédiait, d'une voix comme un froissement de soie sauvage, très courtoise, très basse, irrévocable ; mais si douce qu'il comprit à peine tout d'abord, et quand il le fit, il ne put en croire ses oreilles.

— Vous voulez dire que vous n'avez plus besoin de mes services ?

Le visage de Killian était plus blanc que le sien.

— Mais certainement. Vous avez rempli votre mission avec succès. Je vous avais demandé de découvrir pour moi ce que j'avais fait... pour me sentir une mort sur la conscience. Et vous l'avez fait. Je n'ai plus besoin de rien.

— Vous acceptez cela sans vérification ? J'aurais cru qu'il nous faudrait analyser les faits en détail, vous convaincre de leur authenticité. J'ai été trop brutal, je vous demande pardon ! Je voulais éviter de donner des noms, pour voir si vous aviez un véritable souvenir de cet épisode...

— Vous avez constaté que oui, dit-elle. Il suffisait de le dévoiler. Il n'y a pas d'erreur. Et je suis tout à fait satisfaite.

Il restait là à la dévisager, et sentait que le temps et le monde s'arrêtaient dans un grincement : un vide s'étendait devant lui. Elle était toujours assise, pâle, résolument retirée en elle-même, tendant la liasse de billets d'une main patiente qui tremblait un peu de faiblesse. Ses yeux avaient pris la teinte dense, le bleu opaque de la porcelaine de Chine. Il n'y avait rien à faire. Il n'allait pas la supplier de lui faire une petite place quelque part dans sa vie, et il ne pouvait forcer le chemin qu'elle ne voulait pas qu'il emprunte. Il n'avait même pas le droit de tourner les talons et de s'en aller sans prendre l'argent qu'elle estimait lui devoir. Elle l'avait embauché, chargé de mener une enquête : un employé payé et congédié. Que pouvait-il faire, à part empocher son salaire et se retirer ?

— Je devrais faire remarquer, dit-il d'une voix presque aussi sèche que le désert soudain entrevu — vivre hors de sa présence —, que ce que je vous ai rapporté et ce que vous avez pu vous rappeler n'est pas suffisant pour prouver ce qu'il est vraiment advenu de cet homme, Aylwin. Vous savez bien qu'il y avait des raisons parfaitement logiques de penser, tout comme certainement le Pr Fredericks, qu'il s'est simplement éclipsé. En supposant que vous en sachiez davantage, vous n'avez toujours pas la preuve que la version du Pr Fredericks n'est pas la bonne. Étant donné le peu de preuves tangibles, il est possible qu'Aylwin soit en vie et en parfaite santé. Si vous ne me laissez pas poursuivre ces hypothèses pour vous, au moins souvenez-vous-en.

Avait-il cru un seul instant à ce qu'il avait dit ? Elle non, sûrement pas. Peut-être à présent en savait-elle plus long que lui. Elle restait de marbre, les billets tendus gravement dans sa main.

— Merci, c'est très gentil à vous. Croyez que j'apprécie ce que vous avez fait pour moi, mais il n'y a pas lieu de prolonger davantage cette enquête. Et à présent, je suis un peu fatiguée...

Il ne pouvait pas la faire attendre plus longtemps. Il prit l'argent sans un regard et le fourra dans sa poche.

— Puis-je savoir ce que vous avez l'intention de faire ?

— Je n'ai aucun projet, répondit-elle.

— S'il se trouvait que j'aie d'autres choses à vous dire, puis-je compter vous trouver ici ?

— Quelque temps, oui. Je ne sais pas combien.

— Si vous avez besoin de moi, vous savez où me joindre.

Elle ne lui tendit pas la main et il ne s'attendait à rien de tel. Il se dirigea vers la porte sans se retourner.

— Adieu, Miss Tressider.

— Adieu, Mr. Killian.

Contrairement à elle, cet adieu ne signifiait rien pour lui. Où qu'elle se tourne pour trouver de l'aide, auprès d'amis ou en louant les services de quelqu'un, jamais de sa vie elle ne ferait plus appel à Francis Killian. Elle l'avait rayé de son expérience, enterré aussi profondément que le corps qu'il avait exhumé pour elle. Après l'intimité compromettante qu'ils venaient de vivre, il se disait tristement en descendant l'escalier qu'il n'y avait pas d'autre choix, sinon le mariage.

Il avait empoché son argent parce qu'il ne se sentait pas le droit de le refuser ; mais il était libre désormais d'en disposer à sa guise. Il entra dans l'église en face de l'hôtel et jeta un œil morne sur tous les troncs pour les pauvres ; toutefois, lutter contre la pourriture du bois et la vrillette, ou financer des missions outre-mer dans des pays sans doute plus moraux et plus attachants sinon plus chrétiens que l'Angleterre, lui paraissait faire piètre usage de l'argent de Maggie. Il descendit jusqu'au refuge de l'Armée du Salut près de la rivière, où se trouvait en permanence un tronc en forme de tambourin géant, accroché au mur extérieur, sur lequel était inscrit son appel favori en gros caractères réconfortants : AIDEZ LES DÉSHÉRITÉS EN VOIE DE

CLOCHARDISATION. Il sortit de sa poche la liasse de billets froissés et la fourra n'importe comment dans la fente.

Un homme indifférent qui se promenait par là, les yeux en apparence fixés sur la rivière, remarqua ce geste surprenant. Il se dirigea en flânant vers la rive et s'attarda, accoudé au parapet, pour y réfléchir, alors que Francis s'en allait d'un air digne.

George Felse le suivait depuis qu'il avait franchi à coups d'épaules les portes à tambour du *Lion Hotel* et foncé tête baissée au milieu de la circulation pour entrer dans l'église en face. Une simple rencontre de hasard, en fait, George se rendait au parking où il avait laissé sa voiture. Mais l'apparition du visiteur de Bunty, de retour d'Autriche, qui s'éloignait à grands pas après une visite à son mandant, le visage impassible et les yeux brillants, l'avait détourné de son chemin. Tout le monde savait grâce au journal local que Maggie Tressider avait pris une suite au *Lion Hotel* et George avait eu le temps d'étudier la photographie de Francis Killian avec trop d'attention pour croiser sans le voir ce visage, quand il le vit traverser la rue devant lui. D'abord, les troncs pour les pauvres à l'église et, à présent, cette façon surprenante de se débarrasser d'une poignée de billets. Et la désolation et la rage lisibles sur le visage ravagé et sans illusion. Il en faut beaucoup pour blesser un homme sans illusion. Il faut un brin de folie pour décider la plupart des gens à se débarrasser de leur argent.

George se dirigea lentement vers sa voiture, pensif. Quelle qu'eût été la mission commandée par Maggie Tressider, elle semblait bouclée. Au refuge de l'Armée du Salut, le détective avait largué sa liasse de billets, sous l'effet de la colère et de l'outrage. Se pouvait-il que Bunty ait eu raison à son sujet ? Risquait-il un enjeu beaucoup plus considérable ?

Cela ne vaudrait-il pas la peine, dans la mesure où ses autres tâches le permettaient, de continuer à le surveiller officieusement ? En fait, à les surveiller tous les deux ?

Le samedi 14 septembre, Laura Howard téléphona du bureau de la BEA.

— Bunty ? Quelque chose de plutôt curieux — si tu es toujours intéressée par ton individu ? Il est passé hier après-midi et m'a demandé exactement la même chose que toi. Il veut savoir si *Maggie Tressider* fait une réservation pour un voyage quelconque. Il sait que je ne suis pas censée accepter, mais il avait l'air tellement sincère ! Évidemment, je n'ai rien promis, pas vraiment, mais je me suis souvenue de ce que tu m'as dit la dernière fois... Bon, mais je n'ai pas non plus clairement refusé. J'ai pensé qu'il valait mieux te consulter pour savoir ce qui se passait. Parce que, figure-toi, justement, elle *a fait* une réservation ! Ce matin ! Elle a téléphoné pour réserver une place sur le vol de 16 h 10 mercredi prochain pour Zurich, départ d'Heathrow.

Bunty avait fait signe à George de s'approcher bien avant cette annonce et, tout près de l'appareil, il écoutait le bavardage lointain, très attentif.

— Bon, tu te rends compte, *Maggie Tressider* ! Mais il a l'air réglo, et il dit qu'il a travaillé pour elle. C'est vrai ?

— Oui, dit Bunty, tout à fait.

— Alors, qu'est-ce que je fais ? Je peux le lui dire ?

— Demande-lui, murmura George, s'il y a un autre vol pour Zurich le même jour.

— Allô... Laura ? Y a-t-il un autre vol le même jour ?

— Des tas... 10 h 10, 10 h 50, 14 h 10... et des vols touristiques de nuit, évidemment...

— Qu'elle l'informe, souffla George, et je te parie un contre mille qu'il sera sur l'un d'eux s'il y a une place disponible.

— Oui, Laura, dis-le-lui. Il est OK. Et, Laura... préviens-moi s'il réserve une place pour lui, d'accord ?

— Bon, d'accord, répondit Laura avec philosophie, au point où j'en suis... Je vais l'appeler. Et je te rappelle, en vitesse, s'il y a le moindre problème.

Elle raccrocha.

Bunty reposa délicatement le téléphone et regarda George avec des yeux ronds.

— Que se passe-t-il, encore ? Ça n'a pas de sens de fouiller dans tous les coins et de suborner les employées de la BEA pour découvrir les plans de son propre client. Il ne peut pas avoir menti sur le fait qu'il travaillait pour elle, parce qu'il n'était pas du tout inquiet à l'idée que je puisse sortir acheter des fleurs et aller au Royal Hospital rendre visite à Maggie. En fait, il me l'a lui-même suggéré. Et des tas de gens l'auraient fait, spécialement après s'être entendu dire qu'elle se souvenait d'eux. Maintenant, tout laisse penser qu'il pressent qu'elle va se rendre là-bas sans lui en parler. Alors ?

— Je suis plutôt porté à croire, dit George, qu'ils se sont chamaillés.

Il lui raconta l'incident du refuge de l'Armée du Salut.

— On dirait qu'il a rapporté *quelque chose* de son voyage, quelque chose qui lui a valu d'être congédié et renvoyé à ses propres affaires. Et je ne pense pas qu'il s'agissait de documents sur Paul Fredericks, n'est-ce pas ? Quoi qu'il en soit, il n'avait pas du tout l'air content du résultat, si tu avais vu sa tête ! Et il s'est certainement débarrassé de son argent aussi vite de peur qu'il ne lui brûle les doigts. Mais, cela étant, on dirait qu'il n'a pas vraiment accepté son renvoi, non ? Si je ne m'abuse, il va continuer au contraire à la suivre sans relâche, mais, cette fois-ci, à son insu et gratis.

— Je t'ai dit qu'il est amoureux d'elle. Si elle se jette tête baissée dans les ennuis, il sera sur place pour la tirer du guêpier.

— Parce que tu penses qu'elle va vraiment se fourrer dans le pétrin ? demanda George, à lui-même au moins autant qu'à sa femme.

— Il semble le croire. Après tout, il est le seul à savoir ce qu'il a découvert là-bas, non ?

— Tu as raison, concéda George tristement, et c'est bien dommage. Je donnerais cher pour être moi-même au courant.

Il resta assis en silence pendant quelques instants, les yeux fixés sur Bunty, perdu dans de brillantes conjectures ; elle le connaissait si bien qu'elle pouvait presque le voir prendre sa décision.

— Bunty, que dirais-tu de quelques jours dans le Vorarlberg ?

— Nous ? dit-elle surprise. Toi et moi ? Tu veux dire les suivre et les surveiller ?

— À supposer qu'*il* décide de la suivre. Oui, toi et moi — pourquoi pas ? Il me reste toujours une semaine de congé à prendre, à un moment ou à un autre, pourquoi pas maintenant, et pourquoi pas à Scheidenau ? S'il n'en sort rien, on n'aura pas perdu notre temps en prenant des vacances. Et s'il en sort effectivement quelque chose, s'il a déniché quelque chose à propos de la disparition d'Aylwin... Ma foi, qui sait ? En retournant une pierre de plus, on trouvera peut-être aussi Peter Bromwich. Je donnerais cher pour clore cette affaire.

— On ne devrait pas voyager sur le même vol que l'un ou l'autre d'entre eux, fit remarquer Bunty. Lui me reconnaîtrait, c'est sûr. Et elle, peut-être.

— Je pensais plutôt qu'on pourrait faire un saut là-bas dans un des vols touristiques de nuit, avant eux. Il restera encore des places, on est en septembre. Et ça nous laisserait le temps de trouver une voiture à louer au départ de Zurich, prêts à suivre leur piste dès qu'ils atterriront. On pourra continuer à les filer par le train ou par la route, une fois qu'on les aura repérés. Qu'en dis-tu ?

Bunty examina son emploi du temps et ne vit aucun inconvénient à ce voyage. Dominic et sa petite amie, Tossa, ne rentreraient pas de leur randonnée en Yougoslavie avant quinze jours, juste à temps pour reprendre le chemin d'Oxford.

— Je suis partante ! dit Bunty avec enthousiasme. À supposer qu'*il* la surveille, évidemment, concéda-t-elle avec un soupir.

Il était tard dans l'après-midi quand le téléphone sonna à nouveau.

— Bunty ! C'est Laura ! Comment le savais-tu ? Il a réservé sur le vol de 14 h 10, deux heures avant elle !

CHAPITRE VI

Gisela, la petite-cousine, celle à la mini-jupe, à la queue de cheval blonde et aux chaussettes en laine blanche, entendit la voiture entrer dans la cour du *Goldener Hirsch* et fit faire un tour à son tabouret pour voir qui arrivait. Le couple français du second étage était parti le matin et la plupart des Anglais, faute de devises, étaient déjà rentrés chez eux. La légère fraîcheur annonciatrice de l'automne effleurait mélancoliquement les toits de Scheidenau. Une nouvelle arrivée ne signifiait pas seulement profit, mais aussi divertissement.

Le conducteur, qu'on apercevait souvent par ici en pleine saison, déposa deux valises de taille modeste mais d'excellente qualité, et son attitude indiquait qu'il avait reçu un pourboire fort convenable. Gisela passa en revue les chambres qu'elle avait à offrir et leva des yeux brillants d'espoir sur la nouvelle arrivante qui pénétrait dans le hall. Une Anglaise, seule, très belle, très pâle, très fragile. Elle portait une simple petite robe droite à la mode en fin jersey de laine, imprimé dans des tons chauds de rouille, d'ambre et de pêche qui faisaient de leur mieux pour donner un peu de couleur à son visage, mais Gisela se rendait compte que, sans cet éclat, il aurait été terreux, avec des ombres lavande sur les joues et des cernes d'un violet plus profond sous les yeux. Ses vêtements, depuis les fines chaussures noires jusqu'au petit chapeau du même ton à liséré doré, témoignaient d'une certaine aisance. Son visage, blanc, lointain et abstrait, semblait ne pas faire partie du tableau, même si tout ce qu'elle portait avait été choisi avec soin pour le mettre en valeur le mieux possible. Gisela eut l'impression d'avoir vu ce visage auparavant dans des revues ; il était célèbre et elle aurait dû l'identifier, mais elle ne fréquentait pas le firmament de l'opéra ni les scènes de concert, et elle n'avait aucune mémoire des stars qui y évoluaient.

La voix qui demanda une chambre était très calme et légèrement voilée par la fatigue. C'était pourtant la chose la plus essentielle, la plus vigoureuse et la plus vivante de sa personne, comme si elle utilisait et gouvernait tout le reste. Une voix à vous faire dresser l'oreille et vous retourner pour voir si elle correspondait au visage, même si vous l'entendiez simplement commander une bière au bar.

— Combien de temps Madame restera-t-elle ?

— Je ne sais pas... plusieurs jours. Si ce n'est pas demander l'impossible, j'aimerais disposer d'un piano quelque part. Il faut que je joue, expliqua-t-elle en esquissant un sourire, et je ne voudrais déranger personne.

Gisela fut enthousiaste.

— Si cela vous convient, il y a une suite au premier avec un grand salon. On pourrait vous y faire monter un piano demain, il y en a deux dans la salle à manger. Des pianos droits, mais ils ont un bon son et sont accordés.

La suite était l'appartement le plus cher de l'établissement, mais quelqu'un qui désirait un piano pouvait bien se permettre une telle dépense.

— En haut ? dit Maggie d'un ton hésitant. Je ne voudrais pas causer trop d'ennuis. Ce ne sera pas très lourd et très difficile ?

— Les marches sont larges et basses, alors ça ne pose aucun problème. C'est comme un château, vous verrez. Et la suite est très jolie, elle donne sur le lac et possède une véranda, avec un escalier pour descendre dans le parc. Je vous montrerai.

Elle ouvrit alors d'un geste rapide l'abattant du comptoir, s'empara des deux valises comme de deux poignées de plumes, et s'engagea d'un pas robuste dans le hall voûté.

Maggie suivit le dos juvénile, bien droit, et les jambes de laine blanche brillante jusqu'au vaste escalier à l'arrière, puis dans un large couloir plein d'échos, au premier étage. Bien qu'elle n'ait eu aucun souvenir conscient, elle remarqua les changements apportés. C'était comme de revisiter la scène d'un rêve, ou peut-être même, davantage, comme de rêver d'un endroit si étrangement familier qu'il aurait pu la convaincre qu'elle en avait auparavant rêvé. Au cours de ces séjours anciens avec Freddy, elle avait dormi tout en haut au troisième étage, dans des chambres bon marché convenant à des jeunes aspirant à la vie d'artiste. Cette grande suite bleue et blanche, avec sa véranda embrasée de géraniums qui ouvrait sur la chambre à coucher spacieuse, le dessus-de-lit artisanal aux couleurs vives sur le lit ancien sculpté, elle ne les avait jamais vus auparavant. Elle sortit respirer l'air et s'appuya contre la balustrade fleurie : l'odeur des arbres monta jusqu'à elle et le miroitement du lac réfractant la lumière dont elle ne voyait pas la source, en petites flèches brisées d'un vert plus pâle, se devinait à travers le vert profond du crépuscule.

— Le dîner est passé, dit Gisela, mais si vous désirez quelque chose à manger, je vais leur commander. Vous êtes très fatiguée, nous pourrions vous apporter quelque chose ici ?

Maggie s'assit sur le bord du lit et son moelleux ferme l'attira comme un aimant.

— Je suis fatiguée. Oui, si vous pouviez avoir la gentillesse de m'apporter mon repas ici, ce serait très agréable.

— La chambre vous convient-elle ? Ça ira ?

— Ça ira très bien. Mais je n'ai rien signé ni rempli de carte pour vous ?

— Demain, dit Gisela, réconfortante. Et dans la matinée, on vous montera votre piano. Tout attendra demain !

Sur ce, elle s'élança dans le couloir, à petits pas légers et sonores, comme un terrier qui court sur un plancher nu, et descendit l'escalier en sautillant jusqu'à son standard.

Maggie se dévêtit avec des gestes maladroits tant elle était épuisée, s'enveloppa dans un déshabillé et s'allongea sur le lit. L'édredon de plume se gonflait autour d'elle, frais et agréable, l'isolant du reste du monde. Il ne restait plus en elle la moindre pensée, rien que cette terrible lassitude soudain délicatement soulagée, et le sommeil qui pesa de tout son poids sur ses paupières dès qu'elle fut allongée.

Elle avait quitté Comerbourne pour Londres pas plus tard que ce matin, choisi d'autres vêtements dans son appartement et pris un taxi pour Heathrow juste à temps pour son vol. Puis le voyage en train jusqu'à Bregenz, après quoi la voiture l'avait amenée ici à la frontière. Depuis Zurich, des lieux et des scènes qui lui avaient été familiers pendant toutes les années de sa célébrité avaient acquis une familiarité différente, lointaine, comme si la Maggie de dix-neuf ans était revenue les goûter avec un autre palais. Un goût amer, du poison peut-être. Je ne suis pas encore remise, se dit-elle, je vois, j'entends, je sens avec des sens déformés. Mais au fond d'elle-même elle savait que c'était parce que tous ces endroits étaient désormais peuplés par une personne supplémentaire, oubliée depuis des années.

Cela faisait cinq jours à présent qu'elle s'était souvenue de Robin vivant, et qu'elle avait été confrontée à Robin mort. Cinq jours pendant lesquels il lui avait tenu compagnie sans jamais la quitter.

Elle avait quitté l'hôpital pour se trouver livrée à elle-même, elle pouvait aller où elle voulait et en assumer la responsabilité. Malgré tout, elle avait entrepris ce pèlerinage en douceur, progressivement, concentrant ses forces pour convaincre ses médecins qu'elle était apte à voyager, et les assurant qu'elle avait l'intention d'aller passer une convalescence calme dans une station qu'elle connaissait bien, où elle serait confortablement installée et où on prendrait soin d'elle, un repos complet qui la remettrait sur pied pour lui permettre d'affronter à nouveau la vie. Tournant la tête sur l'oreiller et apercevant dans la glace son visage aux traits tirés, elle eut la certitude qu'elle n'avait pas cet air-là quand on l'avait autorisée à partir. Il fallait qu'elle pense demain à envoyer à Mr. Rice une carte très rassurante. « Tout attendra demain... »

Elle avait fait un certain nombre de choses pendant ces cinq jours : annulé quelques rendez-vous, répondu à toutes les lettres qu'elle avait reçues, transféré de l'argent sur les comptes d'Alec et de Dione, au cas où ils se trouveraient en difficulté en son absence.

« En son absence » : c'était ainsi qu'elle l'avait formulé dans son esprit ; mais avant de quitter l'Angleterre, elle avait également rédigé son testament.

De l'autre côté du lac, dans une chambre au deuxième étage de l'*Alte Post*, Bunty Felse abaissa les jumelles avec un cri de triomphe et se retourna pour accueillir George qui entrait.

— Elle est bien là, raconta-t-il. Elle est arrivée au *Goldener Hirsch* par la route de Bregenz il y a moins d'un quart d'heure.

— Je sais, dit Bunty, je viens de la voir. Ce sont ses fenêtres, là, presque en face de nous, tu vois ? Avec les fleurs et le balcon. Maintenant les rideaux sont tirés, mais quand la fille de l'accueil l'a accompagnée et a allumé, ils étaient ouverts. Les lumières ont attiré mon regard dans cette direction. J'aurais pu ne pas reconnaître son visage à cette distance, même avec des jumelles, mais je ne pouvais pas rater son chapeau.

Elle n'était pas parvenue à se décontracter depuis qu'ils avaient quitté ce chapeau des yeux — un fin liséré doré à travers la vitre arrière du taxi, sur la route en provenance de l'aéroport de Zurich — et laissé Maggie se faire conduire jusqu'à Scheidenau sans eux. George avait dû prendre une décision rapide pour déterminer lequel des deux il était préférable de suivre, car la Dodge de location conduite par Francis Killian, une véritable antiquité, avait viré sans hésiter vers le nord-est sur la voie rapide menant à Winterthur.

— Il savait pertinemment où elle se dirigeait, dit George, réglant les jumelles sur les lumières de l'autre côté de l'eau. Et dans quel hôtel elle avait choisi de descendre en arrivant ici. Une chance encore qu'on l'ait suivi par la route, sinon on n'aurait pas su dans quel hôtel il avait réservé une chambre pour lui. Les choses étant ce qu'elles sont, tu vas pouvoir rester à l'abri de ses regards sans problème.

— Je me demande pourquoi il a choisi le *Weisses*

Kreuz, alors que celui-ci est si bien placé pour la surveiller ?

— Il ne pouvait pas deviner qu'elle aurait cette chambre, non ? Et le *Weisses Kreuz* est situé au carrefour de toutes les routes, tout le trafic qui va vers le *Goldener Hirsch* passe forcément devant. Il était à la terrasse, guettant son passage, ajouta George. Quand la voiture est arrivée, il a payé sa consommation puis est parti tranquillement dans la même direction.

— Tu crois qu'il va chercher à la voir ?

— Non, je pense qu'il va l'observer à distance. Il ne doit pas souhaiter qu'elle sache qu'il l'espionne, si tu ne te trompes pas quant à ses sentiments pour elle.

— Alors, on attend qu'il bouge, dit Bunty, et lui attend qu'*elle* bouge. Quant à *elle*, je ne serais pas surprise qu'elle attende quelqu'un d'autre, je me demande bien qui.

Maggie, qui descendait prendre son petit déjeuner, rencontra une jeune femme dans la large spirale blanche de l'escalier du fond, une grande femme en costume traditionnel, ses cheveux noirs tressés en deux lourdes nattes brillantes enroulées sur le haut de la tête. Elle montait chargée de deux grosses valises, si bien qu'elle avait la tête penchée et cette tour de cheveux resplendissants fut la première chose qui attira sur elle l'attention de Maggie. Elle s'écarta pour se placer du côté où les marches étaient le plus étroites, afin de laisser passer la femme avec son fardeau et, comme elle était toujours un peu chancelante et hésitante à cause de la fatigue de la veille, elle fit une pause et se tint près du mur plutôt que de se risquer à avancer sur les marches rétrécies. Les yeux de la femme allèrent progressivement des fins et élégants souliers noirs aux cheveux lisses couleur d'ambre roux. Sa tête se dressa comme celle d'un cerf qui flaire l'homme. Un instant, elle s'arrêta, silencieuse, et la lumière provenant en oblique d'une fenêtre accentua la fente de sa lèvre, creusant l'ombre cruellement profonde à cet endroit.

Maggie et Friedl s'observèrent, muettes et absorbées. Treize ans, c'est long, mais on se souvient avec un certain malaise d'un bec-de-lièvre chez une fille plutôt jolie par ailleurs, et on ne peut oublier non plus le visage d'une célébrité mondiale dont le visage est partout montré. Plus prégnante encore, l'ombre d'un tiers absent se tenait entre elles deux, lien et barrière infranchissable à la fois.

— Vous êtes la dame du numéro un ? demanda Friedl, avec un sourire de commande démenti par son regard. Franz et Joachim vous monteront le piano ce matin.

— Merci !

Maggie n'hésita pas longtemps.

— Vous êtes Fräulein Friedl ?

— Que c'est gentil de votre part, dit Friedl, de vous souvenir de moi.

Un sourire creusa à nouveau les joues brunes et fit surgir dans ses yeux une lueur avide qui n'était ni gracieuse ni bonne.

— Ça fait longtemps.

— Il faut que je vous parle, dit Maggie.

— Pas ici, pas maintenant.

Friedl observa le flux et le reflux de la couleur sur les pommettes trop saillantes et, peu à peu, un brûlant ressentiment lui gonfla le cœur d'une douleur inapaisable. Cette femme avait, sans savoir l'apprécier à sa juste valeur, la dévotion de tous les hommes qui posaient les yeux sur elle, tandis qu'elle-même, Friedl, le corps resplendissant et le visage dévasté, éveillait un intérêt passager chez ceux qui n'avaient rien de mieux à faire, sans être jamais remarquée ni considérée comme une femme à part entière. Attends, se dit-elle, toute chose a son prix, et tu as tant obtenu et payé si peu pour l'instant !

— J'ai mon travail. Je ne suis pas une fille de la maison, ajouta-t-elle.

Le ton était doux, presque servile, mais le regard hostile, et la note d'humilité feinte contenait son revers implicite de sourde arrogance. Maggie recula. Si elle avait pu rebrousser chemin à présent, elle l'aurait fait. Il était fort possible que cette femme ne sût rien de plus que ce qu'elle avait confié à Francis ; dans le cas contraire, Maggie devait savoir. La situation pourrait se révéler inconfortable, bien moins toutefois que de demeurer frustrée, dans l'ignorance d'un épisode de sa propre histoire. Avant son départ, elle avait réglé ses affaires, veillé au bien-être de ses proches puis s'était rendue jusqu'ici, bien décidée à savoir ; elle n'avait plus en tête d'autre pensée ni d'autre ambition.

— Quand pourrai-je avoir une conversation avec vous ? demanda-t-elle avec patience.

— Je ne suis pas libre avant la fin du dîner. Même après, si nous ne voulons pas être dérangées, ce serait mieux que ce ne soit pas dans la maison.

— J'irai là où vous choisirez d'aller.

— Dans la soirée, quand je serai libre, je prendrai le sentier qui mène au bois, sous votre véranda. Sortez par là, s'il vous plaît, et suivez-moi. Ils n'aiment pas trop que je me mêle à la clientèle.

C'était un mensonge, il cadrait pourtant si bien avec le tableau qu'elle composait d'une parente pauvre et opprimée, qu'elle faillit y croire. Je ferai en sorte que tu me suives, se dit-elle, comme je l'ai suivi. Je t'emmènerai là où je l'ai emmené et me servirai de toi comme il s'est servi de moi. Et je te ferai du mal, comme il m'a fait du mal, avec intérêt. Quand j'en aurai fini avec toi, tu seras à jamais marquée par cet homme dont le souvenir, comme la clochette d'un lépreux, alarmera et éloignera de toi tous les autres, de crainte qu'ils ne subissent le même sort. Je connais les femmes de ton espèce !

— Très bien, dit Maggie. Je vous guetterai. Je viendrai.

— Que voulez-vous de plus ? lança Friedl avec dureté. *Lui* vous a tout raconté, n'est-ce pas ? Cet homme que vous avez envoyé. Ici même, il m'a posé les mêmes questions que vous, auxquelles j'ai répondu. Et qu'avez-vous donc besoin qu'on vous dise, lui ou moi ? Qui sait mieux que vous ce qui a envoyé Robin dévaler la pente là-bas pour se jeter dans le lac ? Oui, vous aviez le droit de vous refuser à lui, si vous n'en vouliez pas. Oui, vous pouviez lui dire de partir. Est-ce que je vous le reproche ? Qu'est-ce que ça pouvait vous faire si quelqu'un d'autre l'aimait et le voulait ? Mais on ne peut pas gagner sur tous les tableaux. Si vous pensez ne lui avoir fait aucun mal, pourquoi revenez-vous pleurnicher comme une pénitente, implorant qu'on vous pardonne de l'avoir tué ? Si vous ne lui avez rien fait de honteux, pourquoi avez-vous honte ?

Dans les buissons en demi-cercle autour d'elles où la nuit s'épaississait, la nature avait pris une teinte vert olive opaque et délavée. Se détachant contre le faible scintillement du lac et du ciel, légèrement voilé par un lacis de branchages, Friedl faisait les cent pas dans sa robe noire. Seul le léger froissement de l'herbe sous ses pieds brisait le silence quand sa voix s'interrompait. Quelque part une brindille craqua. Elle dressa la tête pour écouter, paralysée soudain. Dès qu'elle fut immobile, le silence envahit enfin le monde et prit possession de lui.

— Non... Rien ! Non, personne d'autre ne vient jamais ici la nuit.

Elle fit un pas en avant, tournant le dos au lac, silhouette noire et tendue contre la pâleur du ciel.

— Je l'aimais. Vous comprenez ? Pendant deux jours, deux jours seulement, j'ai été sa maîtresse. Mais il n'a jamais fait grand cas de moi. Quel homme l'a jamais fait ? *Vous*, vous étiez là, vous qui aviez tout. Comment aurait-il pu seulement continuer à me voir ? Vous ne me croyez pas ?

— Je vous crois, dit Maggie, je suis désolée !

L'impression fétide et amère qui l'avait agressée sans raison dans l'escalier s'était transformée ici en une émanation d'horreur, que ni la brise ni l'air frais ne venaient alléger. Pour la première fois de sa vie, elle comprit ce qu'était la haine et se sentait désarmée. La grande silhouette obscure semblait grandir encore, planant au-dessus d'elle avec une assurance cruelle. Ce n'était pas la peur qui figeait Maggie sur place, mais un dégoût né de la proximité de tant de haine, l'intuition que si elle se laissait toucher par elle, elle ne se sentirait plus jamais pure.

— Il est trop tard pour être désolée. Pourquoi ne l'avez-vous pas rappelé alors ? Pourquoi n'avez-vous jamais dit ce que vous saviez ?

— Et vous ? demanda Maggie. Après notre départ, quand on attendait qu'il revienne chercher ses affaires, et que pourtant il n'est pas venu ?

— Pourquoi l'aurais-je fait ? À quoi cela aurait servi ? Peu importe ses affaires ! Est-ce que j'aurais pu l'arracher au royaume des morts en racontant ?

— Vous êtes vraiment sûre, alors, qu'il est mort ? Vous en avez toujours été convaincue ?

Fût-elle adressée à Friedl ou à elle-même, seule cette question restait en suspens.

— Son corps, ajouta-t-elle, n'a jamais été rejeté sur

le rivage. Je ne dis pas que cela prouve quoi que ce soit, je dis seulement que c'est ainsi. Si vous savez quelque chose de plus, quelque chose de définitif, je vous en prie, dites-le-moi.

Il y eut un mouvement silencieux dans l'obscurité, et le visage de Friedl fut tout près du sien, pâle et féroce sous les cheveux noirs.

— Mort ? dit-elle à voix basse. Oui, il est mort. Vous avez raison, je n'ai pas dit tout ce que je savais à votre Herr Killian. Le corps n'a jamais été rejeté sur le rivage autrichien — *mais sur le rivage allemand* ! Cet hiver-là, on m'a envoyée comme serveuse à l'hôtel à Felsenbach. Marianne est mariée à l'aubergiste, et ils font une bonne saison de ski alors qu'ici c'est calme. Vous ne connaissez pas cet endroit ? La rivière qui passe ici traverse cette ville, une fois ressortie du lac, avant de revenir en Autriche. Cette année-là, il y a eu un brusque dégel au tout début de février et la Rulenbach est sortie en crue du lac et a rejeté un homme sur le rivage. Ce qu'il restait d'un homme ! Non, pourtant, je n'ai pas parlé ! Pourquoi parler ? Qu'est-ce que cela pouvait changer pour lui ou pour moi ? Et après un temps si long, il n'était pas facilement identifiable. Il n'avait pas de papiers sur lui... Comment aurait-il pu ? Il n'avait presque plus de vêtements. Ils l'ont enterré par charité, couché sous une pierre sans le moindre nom. Mais moi, je savais ! hurla-t-elle d'une voix qui devenait dangereusement forte. Moi, je savais qui il était ! Vous voulez une preuve ? Il portait encore une chevalière au doigt, après tout ce temps. Je l'ai vue et je la connaissais. Et maintenant vous aussi vous allez savoir ! Ne me croyez pas, regardez vous-même ! Est-ce que vous vous souvenez de *cela* ?

La griffe pâle de sa main plongea soudain dans la poche de sa robe pour en retirer un bout de papier blanc et elle chercha un instant à attraper, avec une maladresse sauvage, un second objet avant que ses doigts tremblants ne puissent le saisir. Elle était venue avec tout ce dont elle avait besoin pour le *coup de grâce*[1]. La lampe de poche était nichée, minuscule, dans sa paume, mais elle diffusait un mince faisceau lumineux, suffisant pour son propos.

— Regardez, *regardez donc* ! Vous vouliez savoir — alors, vous savez ! Vous rappelez-vous ce visage ?

Elle le mit brusquement sous le nez de Maggie et dirigea le faisceau de la lampe dans cette direction. Une photo format carte postale, en buste, d'un jeune homme jouant du violoncelle. Elle était prise plus ou moins de sa droite ; sa tête était penchée dans une concentration ravie au-dessus de son instrument, de sorte que les yeux étaient voilés sous les paupières arrondies et le reflet mettait en valeur le contour d'un front enfantin très lisse, ainsi que d'une mâchoire et d'un menton bien modelés. Les lèvres, pleines et fermes, se relevaient légèrement en un sourire absorbé, les cheveux, ondulés et épais, avaient perdu l'aspect soigné requis sur une scène de concert et retombaient en avant. Il avait l'air jeune et insouciant, aussi résolu qu'un enfant. Quant au photographe, comme tous ceux qui font poser quelqu'un qui joue d'un instrument à cordes, il avait prodigué son attention la plus attendrie aux mains, si sensibles dans leur effort. La main qui tenait l'archet, belle dans une tension gracieuse et puissante à la fois, occupait le premier plan du portrait ; et il y avait au troisième doigt une lourde chevalière sertie d'une pierre noire, ovale. Même dans cet éclairage, Maggie distinguait à l'envers les fioritures et les boucles de la lettre R.

— Vous voyez suffisamment ? Tenez, prenez-la...

1. En français dans le texte.

C'était vous qu'il voulait... vous qui l'avez tué. Oui, tué ! C'est bien lui ? C'est bien la bague ? Vous le reconnaissez ?

— Oui, dit Maggie dans un soupir brisé. Oui, je le reconnais.

Friedl retira brusquement sa main et laissa la photo dans celle de Maggie qui tremblait. Elle avait atteint le bout du voyage, il était impossible d'aller au-delà. L'obscurité et le scintillement liquide, le rayon de lumière de la lampe de poche, l'éclat pâle du visage vengeur de Friedl tanguèrent et tourbillonnèrent sous ses yeux en un accès de faiblesse et, soudain, le fardeau de cette haine corrosive fut plus qu'elle n'en pouvait supporter. Elle avait perdu son dernier refuge, elle ne pouvait plus se raccrocher au moindre lambeau de doute ou d'espoir. La photo glissa de ses doigts inertes. Elle se retourna et partit en trébuchant à travers les buissons, aveugle et désespérée, contournant les arbres, buttant sur des racines, fuyant, affolée, le contact de cette méchanceté qui la poursuivait de sa souillure, plus nocive que la culpabilité. Elle entendit derrière elle éclater le rire de Friedl, dur et haletant, plongeant dans les buissons pour suivre encore sa victime.

— Courez... plus vite, plus vite... Il est sur vos talons !

Secouée de sanglots sans larmes, à moitié folle, Maggie, s'agrippant aux branches, déboucha enfin sur le sentier à découvert et se mit à courir en titubant, son parcours oscillant d'un bord herbeux à l'autre, les mains tendues pour se protéger des arbres penchés. Elle tomba une fois et se releva en toute hâte, grimaçant de douleur, et reprit sa route chancelante. La voix était loin derrière elle à présent, l'abandonnant à ses propres tourments. Aucun bruit ne la poursuivait. Elle s'arrêta un instant, cramponnée au tronc résineux d'un sapin dans l'obscurité odorante, peinant à respirer, l'oreille tendue, impressionnée et apaisée par l'immense silence de la nuit.

C'est alors qu'elle entendit le bruit. Pas fort, si ce n'est que la dimension du silence qui avait précédé avait éveillé son attention, ni même significatif, pour quelqu'un qui l'entendait pour la première fois. Mais c'était un retour en arrière, une expérience qui se répétait pour achever de la détruire. Ce bruit, elle l'avait entendu auparavant, des années plus tôt, et elle l'avait repoussé loin d'elle, vigoureusement, dans les limbes de l'incrédulité parce qu'il ne pouvait pas être vrai. À une certaine distance derrière elle résonnait distinctement l'écho, tu mais non oublié, du bruit d'un corps qui tombe dans l'eau. Elle était folle ou damnée, ou bien les deux à la fois, la proie d'un châtiment particulier. L'histoire avait fait revivre une lointaine nuit de septembre pour qu'elle ne puisse ni oublier ni ignorer que son heure était venue.

Quand elle eut repris sa respiration, elle se remit à peiner sur le chemin, l'esprit vide, épuisée, sombrant dans l'indifférence du désespoir. La masse sombre et réconfortante de l'hôtel surgit devant elle au milieu des arbres. Elle grimpa péniblement les marches de bois jusqu'à sa véranda et entra par la porte-fenêtre. Les Furies la talonnaient, mais elle était incapable de courir davantage et ce n'était pas elles qu'elle fuyait. Sans allumer la lumière, elle s'effondra sur son lit, les bras étendus, le visage tourné vers le haut plafond, attendant l'étreinte du jugement.

Elle savait, elle le reconnaissait, qu'elle était mortellement coupable. Dans son extrême dénuement, un de ses semblables s'était appuyé sur elle, et elle l'avait repoussé et abandonné. Elle s'avouait enfin, en toute lucidité, la vérité de ce qu'elle était. Elle était l'assassin de Robin Aylwin.

Elle fut tirée de son attente éternelle et vaine avant que les premières lueurs de l'aube eussent fait passer le ciel du noir violacé au gris fumé. Quelque chose attirait son attention par des coups de bec irritants, une petite chose insistante et tenace qui faisait mal, était censée faire mal. Avec un effort infini, elle rassembla ses esprits pour se repérer et comprendre. Quelqu'un tapait, tapait, doucement et infatigablement, à la vitre de la porte du salon, la porte qui ouvrait sur la véranda et le lac.

Elle se leva comme une somnambule et se dirigea en tâtonnant à travers la chambre. Des ombres grises délimitaient les formes à l'intérieur de la pièce. Le ciel encadré par la fenêtre était d'un bleu métallique comme l'acier, et les contours de la silhouette serrée dans l'angle du chambranle de la porte étaient noirs, asexués, dépourvus d'identité, fondus d'un côté dans le mur. Seule la main qui tapait inlassablement contre la vitre avec un petit objet dur avait une forme et une taille perceptibles. Une main d'homme, transmettant avec ses clés ce message infime mais persistant, pour la réveiller.

Elle était incapable de penser, dénuée de curiosité et de crainte. Elle déverrouilla la porte. La fraîcheur de l'air extérieur s'engouffra à l'intérieur devant l'homme qui se faufila dans la pièce d'un mouvement furtif et silencieux, refermant la porte derrière lui. La main de Maggie s'était levée de façon automatique pour allumer la lumière, mais il lui saisit le poignet avant qu'elle pût atteindre l'interrupteur.

— Non, surtout pas ! Pas de lumière ! On nous verrait.

Dans sa confusion, elle passa une main sur ses yeux, convaincue de voir et d'entendre des choses qui ne pouvaient avoir aucune réalité. Elle connaissait cette voix, et ce visage, si proche du sien dans la pénombre. Même la forte poigne de la main crispée sur son bras était familière. S'il ne s'était pas trouvé à des kilomètres, là-bas en Angleterre, elle aurait dit qu'il s'agissait de Francis Killian en chair et en os, tellement cette apparition semblait concrète. Elle restait passive, sans chercher à se dégager de ce contact, sans s'effrayer de voir piétiner sa solitude hantée, d'avoir à se soumettre de près à l'épreuve de son amour, de sa colère et de la peur qu'il éprouvait pour elle. La force critique qui maintenait le monde à distance respectueuse l'avait abandonnée, ne laissant d'elle qu'une coquille vide.

Il demeura entre elle et la lumière pâle qui venait du dehors, lui fit faire demi-tour, remarqua les taches d'herbe sur sa jupe, les bas déchirés, les profondes meurtrissures sous ses yeux. Il la prit par le menton et fit pivoter sa tête vers lui avec un grognement d'exaspération.

— Mon Dieu, mon Dieu, qu'avez-vous fait ? dit-il d'une voix à peine audible qui s'adressait plus à lui-même qu'à elle. Oh, mon Dieu, pourquoi vous ai-je jamais quittée des yeux ? Même la nuit ! Je vous croyais en sûreté dans votre lit...

— C'est donc vous ! s'exclama-t-elle, vaguement étonnée. Comment êtes-vous arrivé ici ?

— Je vous ai suivie. Croyiez-vous que je pouvais vous quitter comme ça en m'en lavant les mains et vous laisser aller seule en enfer ? Pourquoi, pour l'amour de Dieu, implora-t-il en un murmure contraint plein de rage contenue, pourquoi fallait-il que vous fassiez cette chose idiote ? Ne pouviez-vous pas m'accorder votre confiance ? Pourquoi venir ici et vous exposer à cela ? Et à quoi pensaient vos fichus imbéciles de médecins en vous autorisant à partir ?

Elle ne trouva rien à répondre. Il la tenait par les

épaules et elle restait silencieuse et soumise, le regardant, regardant à travers lui, avec des yeux immenses et embrumés, comme si elle continuait à le voir en rêve sans vouloir se réveiller. Sa passivité le terrifia. Il la secoua, trop effrayé pour se montrer délicat.

— Vous ne comprenez donc pas ? Vous ne réalisez donc pas votre situation ? Vous ne savez donc pas que Friedl n'est jamais rentrée la nuit dernière ? *Qu'on vient de repêcher son corps dans le lac ?*

CHAPITRE VII

Quelque chose se ranima dans les tristes profondeurs de ses yeux, une intelligence frémissante qui prouvait qu'elle était toujours accessible à l'argumentation et à la persuasion, si seulement il avait eu du temps pour l'une ou pour l'autre. Mais il faisait de plus en plus clair, et il fallait qu'il s'en aille rapidement, sans quoi elle n'aurait pas la moindre chance. Il n'était plus temps de l'interroger. Il fit une seule tentative à laquelle elle ne répondit rien, s'étant simplement retirée dans un lointain cauchemar. Il ne pouvait que la prendre en charge et prier Dieu qu'elle fasse ce qu'il lui dirait et demeure assez hébétée pour ne pas réaliser sur quelle corde raide elle était en train de marcher, jusqu'à ce qu'elle soit tirée d'affaire.

Il lui fit traverser la pièce en la soutenant et la poussa dans sa chambre.

— Ôtez ces vêtements, vite ! Donnez-moi les bas et la robe... Dépêchez-vous, je vais les emporter.

Elle alla où il l'en priait et lui obéit comme un automate. Peu après, elle apparut en déshabillé, les bas déchirés et la robe tachée à la main. Il les fourra dans ses poches et l'entraîna jusqu'à son lit où il la fit asseoir, la tenant par les épaules et lui parlant les yeux dans les yeux.

— Écoutez-moi ! La police sera là toute la journée et va interroger tout le monde. Même vous ! Il faut vous préparer à cet interrogatoire. *Vous ne savez rien de Friedl*, vous comprenez ? Vous ne l'avez pas vue la nuit dernière, vous n'étiez pas avec elle...

C'est alors que son visage s'éveilla brusquement, agité par l'inquiétude et la douleur, au moment où il se fit jour en elle qu'il la soupçonnait vaguement d'avoir tué Friedl. Et en un sens, c'était vrai. Le poids du destin l'écrasait. Les gens qui l'approchaient de trop près mouraient, sans qu'elle l'eût souhaité. Il se pourrait qu'il meure lui aussi, si elle ne le repoussait pas loin d'elle.

— Il faut que je vous dise... dit-elle, levant sur lui des yeux qui n'étaient plus aveugles, mais brillants de crainte et de détermination. Je l'ai vue... J'étais avec elle...

— Je ne vous ai rien demandé, dit-il rudement. Je ne veux pas savoir.

— *Mais je veux vous le dire !* Il y avait autre chose, quelque chose qu'elle ne vous a pas raconté...

— Alors, vite !

Il regarda la lumière pâlissante, tremblant d'inquiétude pour elle.

Sous l'aiguillon de l'urgence, elle s'était enfin décidée à parler. Elle raconta en quelques mots ce qu'elle avait à raconter. Il la tint fermement pendant tout ce temps, effrayé à l'idée qu'elle pût, s'il la lâchait, retomber dans son monde à la frontière du désespoir.

— Felsenbach ! C'est là-bas, de l'autre côté, dans l'Allgäu. Et cette photo... vous êtes certaine qu'il s'agit bien d'Aylwin ?

Elle hocha la tête.

— C'est bien Robin. Il n'y a pas le moindre doute.

— Vous êtes sortie par la véranda... Personne ne vous a vue ? Personne n'était dans les parages quand vous êtes partie ni quand vous êtes revenue ?

— Non, personne.

— Bon, ça rend les choses plus faciles. Si on vous a vue remonter après le dîner, tant mieux. Comprenez bien, vous êtes allée vous coucher et, depuis, vous n'avez pas bougé d'ici. Vous avez été malade, on vous a ordonné de beaucoup vous reposer.

Ils croiront cela, se dit-il, et son cœur souffrait à la vue du spectre pâle qu'il tenait entre ses mains.

— Vous comprenez ? Vous êtes allée vous coucher tôt, et vous avez dormi, et vous ne savez rien de ce qui s'est passé cette nuit. Voilà ce que vous devez dire à la police, quand ils vous interrogeront, et pour l'amour de Dieu, mettez-vous bien ça dans la tête et n'en démordez pas.

— Je n'oublierai pas, dit-elle, docile.

— Et, écoutez-moi, restez à proximité de l'hôtel toute la journée. Peut-être va-t-on vous le demander, mais faites-le en tout cas. Puis, demain, venez déjeuner au restaurant du village ; je vous y rejoindrai. Celui qui est près de l'église, le *Zum Bären*. Disons vers midi. À ce moment-là, on pourra peut-être voir où en sont les choses. Nous nous connaissons et nous nous rencontrons ici par hasard ; c'est bien clair ?

— Oui, murmura-t-elle.

Et elle fit en sorte qu'il puisse prendre sa réponse pour une promesse, bien qu'elle n'eût rien promis. Tout ce qu'elle voulait maintenant, c'était qu'il parte vite, avant que l'ombre ne s'abatte sur lui, comme elle l'avait fait avec Robin et Friedl.

— Il faut que je m'en aille, il va bientôt faire grand jour. Quand je serai parti, couchez-vous, dormez si vous le pouvez, mais couchez-vous de toute façon, et quand ce sera l'heure, levez-vous pour aller prendre votre petit déjeuner en bas comme si rien ne s'était produit. En ce qui vous concerne, *rien ne s'est produit* ! C'est tout ce dont vous devez vous souvenir.

Il la laissa assise sur le bord du lit, et elle le suivit des yeux. Sans un bruit, il tourna le loquet de la porte et le laissa revenir silencieusement dans sa position initiale. La lumière annonciatrice de l'aube était maintenant d'un gris tourterelle, mais le bois en dessous, le rivage invisible, les jardins, étaient encore plongés dans l'obscurité et le silence. Le lac vif-argent brillait d'un faible éclat, endormi dans sa conque ; quand le soleil se lèverait, il y aurait de légers friselis de brume qui dériveraient à la surface, poussés par un vent de sud-ouest, en direction du nord-est et de la pointe du lac, là où la résurgence de la Rulenbach faisait un détour de l'autre côté de la frontière allemande.

Après son départ, elle fit ce qu'il lui avait dit. Elle se coucha et, par un étrange processus d'obéissance subconsciente, elle sombra même dans le sommeil. Elle dormit jusqu'à ce que le soleil soit haut et que les bruits habituels du matin aient reparu tout autour d'elle ; les échos ordinaires d'une vieille maison spacieuse avec des parquets qui craquent. Elle se leva, s'habilla et se maquilla avec autant de soin que pour un récital, ce que cette matinée, en un sens, promettait d'être.

Elle descendit l'escalier lentement, tendant l'oreille à chaque marche. Il y avait quelque chose de changé dans l'activité de la maisonnée, une note de tension aiguë, légère et hystérique. Des fenêtres de l'escalier qui donnaient sur la cour, elle aperçut une voiture de police et une ambulance stationnées sur les pavés. Près de la large double-porte de l'entrée, Herr Waldmeister, la mine grave, s'entretenait à voix basse avec un officier de police d'âge mûr. Frau Waldmeister, à la porte du bureau, parlait avec volubilité à quelqu'un à l'intérieur, en une cataracte de dialecte ponctué de haussements d'épaules et de hochements de tête frénétiques et, lorsque Maggie passa à côté d'elle, elle vit un autre policier, plus jeune, occupé à débarrasser la table pour son propre usage. Dans l'embrasure de la porte de la salle à manger, deux ou trois clients qui traînaient, en proie à une excitation macabre, cherchaient à voir et se livraient à des conjectures.

Gisela, penchée sur sa machine à calculer, appuyait sur les touches d'une main, le nez dans un mouchoir qu'elle maintenait de l'autre. Ne pas poser de question ni faire de commentaire appellerait certes des commentaires. Maggie se dirigea vers la réception.

— Que se passe-t-il ? Qu'est-ce qu'il y a ? Il est arrivé quelque chose ?

Gisela leva des yeux remplis de larmes.

— Oh, Miss Tressider, si ce n'est pas terrible ! La police est là, ils veulent parler à tout le monde. Friedl... elle est morte ! Elle s'est noyée dans le lac !

Ce n'est que tard dans l'après-midi que la police en arriva à Maggie. Ce fut alors tout simplement un soulagement d'être convoquée dans le bureau et il lui sembla qu'en refermant la porte derrière elle, elle s'enfermait sur une île paisible, insensible à l'agitation, aux bavardages et aux rumeurs qui secouaient la maisonnée. L'excitation, l'inquiétude et la crainte régnaient dans tout le *Goldener Hirsch*, mais pas le moindre chagrin. Seule Gisela, qui aimait la vie et plaignait sincèrement ceux qui devaient l'abandonner et, pire encore, se sentaient assez malheureux pour vouloir la quitter, avait versé des larmes.

Tout était très calme dans le bureau. Le jeune homme assis à la table, trapu, solide et bronzé, leva les yeux de la liste qu'il avait devant lui et eut, pour la forme, un bref sourire en hommage à une belle femme. S'il n'avait pas été de service, il aurait eu plus de temps pour l'apprécier.

— Asseyez-vous, s'il vous plaît. Vous êtes Miss Maggie Tressider ?

— Oui, c'est ça.

— Et vous occupez la chambre un. Vous savez pourquoi on est là ?

— Gisela me l'a dit ce matin. L'une des femmes de chambre a été trouvée noyée dans le lac.

— Friedl Schiffer... oui. Nous avons retiré son corps de l'eau très tôt ce matin.

Il ne dit pas ce qui les avait amenés à la chercher en cet endroit à une heure pareille, mais les rumeurs circulaient déjà et, à ce moment-là, il y avait peu de gens à Scheidenau qui ignoraient qu'un braconnier bien connu de la région, sorti avant le jour pour surveiller ses lignes, avait aperçu le corps dans l'eau et donné l'alarme.

— Vous la connaissiez bien ?

— Je ne suis là que depuis deux jours, répondit Maggie avec simplicité. Je la connaissais de nom et de vue, bien sûr, je lui ai parlé une ou deux fois, c'est tout.

— Nous sommes très désireux d'apprendre quand elle a été vue vivante pour la dernière fois. Pouvez-vous nous aider ? Quand l'avez-vous vue pour la dernière fois ?

— Elle aidait au service, pour le dîner. Ensuite, je ne l'ai plus vue. Je suis allée me coucher peu après.

Elle surprit son regard perçant posé sur elle et sourit faiblement.

— Je ne suis pas exactement en vacances. Il y a environ un mois, j'ai été blessée assez sévèrement encore que pas dangereusement dans un accident de voiture ; mon état a nécessité une intervention chirurgicale. Je suis venue ici pour me dépayser complètement et me reposer pendant ma convalescence.

Il hocha la tête en signe de sympathie ; elle avait

déjà commencé à comprendre qu'il savait parfaitement qui était Maggie Tressider et, malgré toute son impartialité professionnelle, il lui serait très facile de la traiter comme une personne privilégiée. Elle se sentait presque honteuse d'avoir à invoquer sa maladie, même si c'était vrai.

— Je suis presque rétablie, s'empressa-t-elle de dire, simplement je n'ai pas encore récupéré toutes mes forces.

— Puis-je exprimer mon espoir que cette tragédie ne vous bouleverse pas trop ? Il faudra essayer de l'oublier dès que cette enquête sera finie, et je suis sûr que l'air de Scheidenau vous fera recouvrer la santé. Nous espérons avoir le plaisir de vous entendre à nouveau à Salzbourg l'an prochain.

Il revint sans la moindre hésitation ni le moindre embarras à l'affaire en cours.

— Votre chambre donne sur le lac. Avez-vous vu ou entendu quoi que ce soit d'extraordinaire ? Dans la soirée ou au cours de la nuit ?

— Non, je prends des somnifères, dit-elle en manière d'excuse.

Ce n'était même pas un mensonge ; elle les avait avec elle, mais n'en prenait jamais. C'était une idée du médecin, pas d'elle.

— Quand je suis descendue ce matin, vous étiez déjà là et Gisela m'a dit ce qui s'était passé.

Il parut satisfait. Il rayait son nom sur la liste.

— Encore une chose. Je voudrais que vous jetiez un coup d'œil à ceci.

Il tira l'objet de sous la pile de papiers posés sur le bureau ; elle le reconnut dès que ses yeux l'aperçurent et il lui transperça le cœur comme une flèche invisible, lui rappelant qu'elle était elle-même l'instrument non pas d'une seule mort, mais de deux. Elle tendit une main qui l'étonna par son assurance — peut-être n'y avait-il plus rien qui pût la faire trembler, si elle acceptait d'être ainsi condamnée à la damnation — pour s'emparer de la photographie qu'il lui présentait. Elle se pencha consciencieusement et le vif intérêt avec lequel elle l'examina n'avait rien de mensonger.

C'était la seule chose à laquelle elle n'avait pas été préparée et, l'espace d'un instant, elle ne sut que faire. Le jeune homme de la photographie, tête penchée comme elle, front plissé comme elle, mains tendues et agiles, toutes au bonheur de la musique, était courbé au-dessus de son violoncelle et ne la regardait pas. On se souciait fort peu de ce qu'elle lui avait fait ; c'était son problème à elle seule. Une tache d'humidité due à l'herbe imprégnée de rosée avait séché sur un coin, une traînée verte marquait le manche du violoncelle. Elle eut envie soudain, de tout son cœur, de reconnaître ce jeune homme, de déclarer l'intérêt qu'elle lui portait et le chagrin qu'elle éprouvait pour lui, et surtout de dire qu'elle se sentait, indéniablement et à jamais, responsable de sa mort. Mais elle ne pouvait pas le faire. Si elle s'impliquait dans cette affaire, combien de temps se passerait-il avant que Francis Killian soit entraîné à ses côtés ?

Elle secoua la tête en signe d'impuissance, et regarda l'homme installé au bureau.

— Qui est-ce ? Ça a quelque chose à voir avec Friedl ?

— On aimerait qu'il soit identifié. Vous le connaissez ?

Ainsi toute la famille Waldmeister avait soit sincèrement oublié Robin Aylwin, soit préféré ne pas le reconnaître, pour ne pas être impliquée davantage. Elle se demandait laquelle des deux hypothèses était la bonne.

— Non, je ne le connais pas.

— Vous n'avez jamais vu cette photo auparavant ?

— Je suis désolée.

Cela, au moins, n'était pas un mensonge. Elle était désolée de ne pouvoir se décharger du fardeau qui l'écrasait à nouveau, mais si elle s'y résolvait, quelqu'un d'autre aurait à le porter.

— Merci, Miss Tressider, c'est tout. Ne vous inquiétez pas, nous tâcherons de ne pas vous importuner davantage. Reposez-vous, détendez-vous et pensez à autre chose.

— C'est très gentil à vous, dit-elle, sincère.

Parvenue à la porte, elle marqua un temps d'hésitation et se retourna. C'est sans préméditation qu'elle demanda :

— Friedl est-elle tombée par accident ? Ou... pensez-vous qu'elle l'ait fait volontairement ?

Elle ne sut jamais vraiment, par la suite, pourquoi il lui répondit sans aucune réserve apparente. Peut-être la franchise de la question lui avait-elle fait donner une réponse avant qu'il s'en rende compte, mais elle avait de la peine à le croire. Ou peut-être était-ce une concession délibérée de sa part envers une personne qu'il croyait au-dessus de tout soupçon. Elle espéra qu'il n'en était rien. Ou peut-être, plus vraisemblablement encore, avait-il choisi qu'elle lance pour lui un ballon d'essai, et mette un petit chat apparemment innocent parmi les pigeons, afin de voir quels oiseaux, s'il s'en trouvait, s'envoleraient et ce qu'on pourrait en déduire.

— Ni l'un ni l'autre, dit-il avec un sourire faux, si les marques de doigts autour de son cou signifient quoi que ce soit. Au revoir, Miss Tressider !

Elle quitta le bureau et monta l'escalier comme en rêve. Elle ne rencontra personne, n'entendit rien que cette voix détachée qui répétait son indiscrétion calculée, miraculeuse. Un souffle immense, pur et tumultueux traversait son esprit et ses pensées, chassant la nausée de son âme et la corruption de sa volonté. Elle ferma la porte de sa chambre et s'assit devant le miroir pour scruter son visage qu'elle trouva merveilleusement changé. Elle se sentit fraîche et limpide, purifiée autant qu'elle pouvait l'être, tel un pic himalayen poli par les vents cinglants des cimes, qui a la transparence et la dureté du diamant. Elle se découvrit rayonnante, bien réelle et courageuse dans le miroir et se demanda où son moi véritable s'était caché si longtemps.

Il ne saurait jamais ce qu'il avait fait pour elle !

Friedl était morte dans le lac, portant des marques de strangulation sur la gorge. Cela signifiait : meurtre ! Non pas l'influence obscure et malfaisante d'une femme maudite qui apportait la mort autour d'elle contre sa volonté, mais le meurtre simple, physique, brutal, commandé par un cerveau humain et perpétré par deux mains humaines. Ni ses mains à elle, ni son cerveau. Elle était absoute ; ce meurtre au moins, elle *savait* qu'elle ne l'avait pas commis, ni n'avait permis qu'il le fût. Quelqu'un d'autre devait rôder dans les bois à minuit et les avait épiées. Une brindille sèche avait craqué ; Friedl l'avait balayé d'un haussement d'épaules comme si c'était dépourvu de signification. S'il s'agissait d'un crime quelconque et ordinaire, alors sûrement il en avait été de même pour Robin, des années auparavant.

Dans l'un ou l'autre cas, ni l'acte ni la culpabilité ne lui incombaient. Elle n'avait été qu'un objet de diversion, l'instrument, le fou de Dieu qui avançait en tâtonnant à l'aveuglette, impuissant, sur le sentier d'une autre force qu'aucune conscience ne venait tourmenter.

Quelqu'un d'autre, alors, avait voulu la mort de Friedl, comme celle de Robin. Quelle idiote elle avait été, triple idiote, de se croire assez importante pour que le ciel s'acharne à la cerner de ses éclairs ! L'humilité lui venait en aide à présent, elle se découvrait toute petite, un accessoire ridiculement hors de propos. Une autre raison, plus urgente, plus pratique devait expliquer ces morts. Quelqu'un devait y trouver avantage, profit, ou prévenir une menace.

Alors *pourquoi* ? Pourquoi tuer Robin ? Pourquoi tuer Friedl ? Ces deux meurtres, quelle que soit la distance qui les séparait dans le temps, étaient indissociables. Ce ne pouvait être une simple coïncidence. Friedl avait vécu ici plutôt en sécurité toutes ces années jusqu'à ce qu'elle réponde à leurs questions ; des questions, semblait-il, que personne n'avait encore posées. Elle était malveillante, bavarde et elle était morte. Quelqu'un avait des raisons de redouter sa langue trop bien pendue. Quelqu'un qui savait tout de la mort de Robin Aylwin. Quelqu'un qui prospérait dans l'anonymat et ne souhaitait pas qu'on fasse une enquête sur lui, quelqu'un qui ne pouvait tolérer la curiosité, qui ne pouvait se le permettre !

Plus elle analysait ce qu'elle avait appris, plus il lui paraissait certain que le meurtrier de Robin et celui de Friedl Schiffer étaient une seule et même personne. Pourquoi, sinon, aurait-il fallu réduire Friedl au silence ?

Il semble, dit-elle à son image rayonnante et transfigurée dans la glace, que tout se soit déclenché parce que j'ai commencé à enquêter sur la disparition de Robin ou plutôt sur sa mort, bien que je n'en eusse aucune preuve à l'époque. Cela nous donne donc à tous d'autant plus de raisons de continuer l'enquête, avec beaucoup de prudence, de bien réfléchir et de ne rien entreprendre sans dissimuler nos démarches avant qu'elles n'aboutissent. Surtout, Francis et moi devons confronter en détail ce que nous avons pu tirer de

Friedl. Elle a dû nous en dire plus que nous ne l'avons encore réalisé, si seulement nous parvenons à découvrir quelles bribes sont réellement significatives.

Demain, se promit-elle, j'aurai de l'aide. Au cours du déjeuner, je lui raconterai tout cela, il saura ce que nous devons faire. Aller tout droit à la police et leur raconter tout ce qu'on sait et tout ce qu'on devine, ou retarder ce moment jusqu'à ce que nous ayons davantage à offrir ? J'ai déjà menti, je peux supporter de continuer à le faire jusque-là, parce qu'il est impliqué, lui aussi, une fois que j'admets ce que je sais à propos de la nuit dernière. Je ne peux rien faire tant que je ne l'ai pas vu.

Ainsi en avait-elle décidé et elle resta à contempler, ravie et incrédule, cette image rayonnante qu'elle voyait dans le miroir, avec ses yeux gentiane dilatés et radieux, et ses joues pâles légèrement colorées d'excitation comme une fleur d'été. Elle se dit, étonnée : il ne m'a jamais réellement vue, ni moi non plus. Ce sera notre première rencontre !

À peu près à cette même heure de l'après-midi où Maggie célébrait, en se lavant les cheveux et en donnant à repasser sa robe préférée à une femme de chambre, son retour miraculeux à l'équilibre mental et à la santé, Francis Killian se tenait près d'une tombe dans le petit cimetière de Felsenbach, en Allemagne, à huit kilomètres de la frontière.

Une petite excursion, au-delà de la frontière, jusque dans l'Allgäu, région elle-même pleine de charme et très liée à ses voisins du sud, est une façon assez naturelle de passer une journée, si vous vous trouvez en touriste dans le nord du Vorarlberg ou le nord-ouest du Tyrol. Et puisque les touristes anglais ont l'habitude de visiter les églises, même ceux qui, chez eux, n'y mettent pratiquement jamais les pieds, Francis s'était dit qu'il paraîtrait assez naturel de se diriger vers le cimetière et de se mettre lui-même en chasse, plutôt que de risquer de poser des questions insidieuses dans l'une ou l'autre des auberges de Felsenbach, à plus forte raison dans celle qui appartenait au mari de Marianne Waldmeister. Friedl avait dit qu'il avait été enterré, par charité, sous une pierre tombale sans nom. Ce devait être une donnée suffisante pour identifier ce que Francis recherchait. S'il y avait une pierre, elle devrait porter une inscription, pour attirer au moins l'attention sur la piété du donateur.

Felsenbach se trouve dans une cuvette peu profonde au milieu des montagnes, encerclée par la rivière, dont une rive est profondément creusée. Au moment du dégel, au printemps, ce petit cours d'eau insignifiant dévale la montagne et charrie en grande quantité les débris des plus hautes terres. Mais dans la douce humidité de septembre, la Rulenbach contournait tranquillement le nord du village, sans menacer personne.

L'église était sise à la frange sud du village, sur un terrain en pente, et le cimetière s'étendait par-derrière sur un sol peu accidenté. Une vieille église, trapue, blanchie à la chaux, avec une coupole en bulbe qui avait pris une belle patine rouge indien. Ses murs épais étaient recouverts d'une bonne couche de badigeon, ses fenêtres étaient petites et encastrées dans la maçonnerie comme des yeux très enfoncés. Le cimetière, lui-même, était ancien et couvert d'innombrables tombes. Francis se vit en présence d'une forêt miniature de petits arbres rigides plantés serré, des arbres au tronc factice, au feuillage compliqué en filigrane de fer, agrémenté de fleurs en papier et de rubans de deuil violets qui prenaient avec les années et les intempéries une couleur gris-brun uniforme.

Pour les curieux éventuels, bien que cela semblât peu probable, il fit plusieurs photos de l'église et une de la vallée par-dessus la crête couverte de tuiles du mur d'enceinte ; puis il circula parmi les tombes, prenant une photo ici ou là. L'étalage de fer forgé était assez fantastique pour faire le bonheur de n'importe quel passionné de photographie. La plupart des monuments funéraires les plus anciens, les croix en bois sculpté et les bordures en pierre claire comportaient des photos encadrées du défunt, dont certaines étaient si usées et passées qu'on n'en distinguait plus qu'un trait ou deux, une grosse moustache du début du siècle, deux yeux tristes et résolus, un énorme chignon de cheveux frisés. Certaines des pierres tombales en granit plus récentes étaient d'un noir uniformément lisse et brillant, comme pour porter des signes plus permanents et plus saisissants des gens qu'elles commémoraient, les portraits étant gravés à même le glacis pour durer aussi longtemps que la pierre. Celles-là ne se fondraient jamais dans l'anonymat, les averses les lavaient impeccablement, même si le jour des Morts n'avait pas poussé les survivants, armés de détergent et de peaux de chamois, à s'assurer tous les ans que pas une ligne n'était perdue.

Il mit plus d'une heure pour découvrir la tombe qu'il cherchait ; pourtant, lorsqu'il l'eut trouvée, il fut certain de ne pas s'être trompé. Elle était enfouie dans un coin reculé du cimetière, non loin de la parcelle à l'abandon où on entassait les fleurs fanées et les guirlandes abîmées en attendant de les détruire, et c'était la seule tombe qui fût à la fois moderne et mal entretenue. On ne pouvait attendre que la charité qui avait enterré Robin Aylwin vienne lui rendre visite une fois par an et la nettoyer pour la fête des Morts. Même si l'église assumait cette tâche, presque un an de mauvaises herbes envahissait la tombe. On avait grossièrement enlevé l'herbe qui l'entourait, il y avait encore une couronne décolorée, mais le miroir sombre de la pierre massive était recouvert par endroits d'une fine couche de lichen gris. Néanmoins, son aspect saisissait au premier coup d'œil : au-dessus de l'inscription était gravée sans doute possible une tête humaine.

Francis repéra un mince éclat de schiste et s'employa à gratter le lichen, puis, avec une poignée de fleurs en papier humides trouvées dans le tas de détritus, il frotta la surface pour la nettoyer. La chose lui apparut soudain, d'une clarté et en même temps d'une improbabilité déroutantes. C'était une tête humaine, assurément, au visage suffisamment individualisé pour suggérer un portrait ; mais elle se distinguait de toutes les autres en ce qu'elle reposait de profil, comme on aurait pu la voir si on avait été convoqué pour identifier le corps sur une table à la morgue. Les paupières étaient closes, les traits juvéniles avaient le détachement hautain et glacé de la mort. Les cheveux épais, rejetés en arrière à partir du front sans relief, comme s'ils étaient encore alourdis par l'eau du lac de Scheidenau, dénotaient cependant une ondulation naturelle. Les lèvres, pleines et fermes, se retroussaient légèrement aux commissures, suggérant la confiance en la vie. À sa façon, c'était un ouvrage impressionnant, une symbolisation pieuse de la jeunesse noyée, malgré une personnalité individuelle marquée.

Cela semblait absurde ! *Mais l'était-ce vraiment ?* Le cadavre avait dû rester au moins quatre mois dans l'eau, durant les mois d'hiver de gel presque total, avant d'être jeté sur le rivage. Même si les vêtements avaient été complètement détruits comme Friedl l'avait indiqué, le corps avait pu conserver quelques signes de son apparence vivante, suffisamment pour guider un homme talentueux. Le médecin chargé de l'autopsie avait même peut-être fourni des renseignements pour une reconstitution à partir des os du visage. C'était tout à fait possible. Mais le résultat ressemblerait-il à cela ? Peut-être ce portrait était-il entièrement fantaisiste ; le tempérament germanique, romantique et morbide, avait engendré en son temps des choses bien plus bizarres. Quelque individu fortuné, au crépuscule de sa vie, avait peut-être trouvé davantage d'intérêt à créer son propre personnage plutôt que de rester fidèle à celui de Robin Aylwin. Seule comptait la réalisation de son offrande.

Sous le portrait — car, reconstitué ou imaginaire, il s'agissait bien d'un portrait — se trouvait une inscription en allemand. Francis la traduisit approximativement et s'en émerveilla :

« Priez pour le repos d'un jeune inconnu noyé dans la Rulenbach, et pour ceux qui ont érigé cette tombe à sa mémoire.

Février 1956 »

Modeste, le donateur n'avait pas mentionné son nom. Francis prit quantité de photos et termina sa pellicule. La lumière était encore belle, et la netteté de la gravure excellente. Il ne serait pas si facile de les développer mais, à cette époque de l'année, le magasin du coin ne devait pas avoir trop de travail en retard, et en se montrant persuasif et discrètement généreux, il pourrait obtenir ses photos le lendemain matin s'il se dépêchait de rentrer pour confier son film tout de suite. Il aurait préféré consacrer un peu de temps à faire la connaissance du photographe afin qu'il consente à lui prêter sa chambre noire, mais avec une enquête policière en cours à Scheidenau, même une entorse aussi petite au déroulement normal des choses attirerait l'attention. Non, mieux valait jouerles touristes pressés, il n'y avait rien là d'extraordinaire.

Il se donna la peine, avant de partir, d'inspecter la pierre sous toutes ses coutures. Quelque chose le mettait mal à l'aise, quelque chose d'infime et de prosaïque qui rendait la pierre différente de ses semblables, en dehors de l'aspect macabre du travail ; il n'arrivait toutefois absolument pas à mettre le doigt dessus.

Il récupéra sa voiture sur la place et reprit la route de la vallée pour rejoindre l'Autriche. Pendant quatre ou cinq kilomètres, la route montait en douceur, environnée de paysages de vastes prairies. Puis, dans la zone proche de la frontière, il y avait des bois interrompus par des affleurements de rochers, et quantité de petits défilés spectaculaires, que surplombaient des remparts de forêts et de falaises. Dans ce paysage complexe, des échos vous jouaient d'étranges tours. Parfois, il aurait juré qu'il allait se trouver nez à nez avec une autre voiture et pourtant rien ne survenait, on aurait dit que le bruit de son moteur lui était renvoyé obliquement depuis une paroi rocheuse située en avant. Par deux fois, il crut percevoir le bruit d'une voiture à sa suite et alla même jusqu'à couper son moteur et se laisser avancer en douceur parmi les arbres pour vérifier si quelqu'un le dépassait. Pourtant, dès que le ronflement de son moteur cessait, il baignait dans un profond silence. C'était une route sombre, légèrement oppressante, peu fréquentée à cette époque de l'année. Il acheva la montée et émergea à la lumière relative du versant ouest, empruntant jusqu'à la douane les virages de la descente au milieu de prairies ondulantes. Un employé qui s'ennuyait s'empressa de la lui faire franchir. Vingt minutes après, il passait devant l'*Alte Post* et entrait dans Scheidenau.

Il se tenait sous les arbres, dans l'obscurité, surveillant ses fenêtres, mais il ne s'éloigna pas du bord de l'eau où finissait le sentier public du petit parc. Il la savait en sécurité ici, il n'avait pas de souci à se faire pour ce soir.

Elle chantait. Les notes du prélude pour piano,

d'une pureté et d'une limpidité surnaturelles, traversaient la surface de l'eau aux reflets chatoyants et argentés. Puis la voix d'or en fusion libéra dans l'atmosphère espoir et désir passionnés :

« *Die Welt wird schöner mit jedem Tag,*
Man weiss nicht, was noch werden mag,
Das Blühen will nicht enden... »

Emprisonnée et dominée par l'automne, le meurtre et le chagrin, elle chantait le printemps, l'espoir et la certitude ; proclamait que le monde devenait chaque jour plus beau, que personne ne savait quel miracle se produirait le lendemain, qu'une floraison prodigieuse éclatait sous les yeux des humains. Il semblait, pensa-t-il le cœur meurtri, qu'elle y croyait vraiment, elle qui pourtant se trouvait plongée dans la maladie, la solitude et un danger indéfini. Elle avait en elle un démon si puissant qui la ménageait si peu ! Si Killian n'avait pas su dans quelle situation désespérée il l'avait laissée ce matin-là, il aurait dit, oui, c'est là le summum de la joie.

« *Es blüht das fernste, tiefste Tal.*
Nun, armes Herz, vergiss der Qual !
Nun müss sich alles, alles wenden,
Nun müss sich alles, alles wenden. »

À présent, pauvre cœur, oublie ta douleur ; à présent tout, tout doit changer !

Si seulement, se dit-il, en suivant la dernière gouttelette du postlude jusqu'à ce qu'elle se fonde dans le lac argenté, si seulement j'y croyais ! Pour toi, c'est encore possible, ma beauté, ma chérie, pour toi ce sera possible, si j'y arrive. Mais pas pour moi.

CHAPITRE VIII

Il était midi dix quand Maggie poussa la porte du restaurant *Zum Bären*. Il était arrivé avant elle, installé seul à une des petites tables pour deux, de façon tout à fait naturelle. Il la vit s'approcher et son visage, après un premier regard ébahi, s'éclaira d'un sourire qu'elle prit pour l'attitude crédible du touriste qui s'ennuie, quand il aperçoit une connaissance qu'il ne s'attendait absolument pas à voir. En vérité, loin de faire semblant, il avait été réellement ébloui par son arrivée courageuse et l'air resplendissant, masquant sa pâleur et sa fragilité, qu'elle arbora quand elle découvrit sa présence. Maggie avait raison, il la voyait pour la première fois, bien qu'il ne s'en rendît pas compte. Il croyait mesurer, tout en le trouvant, Dieu merci, merveilleusement rassurant et angoissant par son charme même, à quel point elle arrivait à composer pour la galerie quand sa vie et son avenir étaient en jeu. Malgré les circonstances, il était émerveillé et il l'adorait pour cela ; même s'il hésitait beaucoup à considérer ce comportement comme authentique.

Elle se glissa entre les tables d'un pas vif, élastique et léger, la tête haute, regardant de tous côtés comme la débutante pleine d'assurance, aurait-on dit, qu'elle n'avait jamais été. Elle fit semblant de le dépasser, puis regarda droit dans sa direction, et s'arrêta, se retournant brusquement vers lui avec un plaisir évident, la main tendue avec empressement.

— Mr. Killian ! Que faites-vous donc ici ? C'est merveilleux de vous voir !

Pas exagéré non plus, se dit-il, tristement approbateur ; la voix toujours contenue, destinée à lui seul, le geste même conservant une modération on ne peut plus anglaise. C'était après tout une chanteuse d'opéra expérimentée, et personne n'a davantage de talent pour le jeu.

C'est à ce moment-là qu'il remarqua la personne qui était entrée si discrètement à sa suite. L'homme de haute taille, vêtu d'un complet gris, était juste en train de suspendre son chapeau et de prendre place à une table à une certaine distance d'eux, mais placée de façon stratégique à côté d'un pilier couvert de miroirs sur ses six côtés. Il leur tournait le dos, et la table était alignée de telle sorte que Francis ne pouvait pas même voir son visage dans les miroirs. Quant à lui, l'étranger n'avait qu'à tourner légèrement la tête pour garder un œil sur eux.

S'étant levé, à la fois rayonnant et triste devant cette apparition si belle qui n'était pas sienne et ne le serait jamais, Francis l'invita avec ostentation et empressement à se joindre à lui, à s'asseoir. Puis il lui glissa à l'oreille, sans changer d'expression ni d'intonation :

— Vous êtes suivie. Non, ne vous retournez pas ! Il est assez loin, il ne peut nous entendre si nous faisons attention, mais il nous observe. Continuez à jouer votre rôle et glissez ce que vous avez à me dire dans la conversation.

Il la sentit se raidir un instant mais quand il prit place en face d'elle, elle lui souriait.

— C'est merveilleux de rencontrer quelqu'un à qui

je peux parler anglais. Mon allemand a été mis à rude épreuve. Vous voulez dire, la police ?

— Oui, en civil. Très discret. Sans le chapeau, j'aurais dit anglais.

Il lui tendit le menu.

— Racontez-moi ce que vous faites ici.

Fronçant les sourcils devant une pléthore de plats, elle dit :

— Je suis en convalescence. Mais on dirait que je n'ai pas choisi l'endroit qui convient. Vous avez entendu parler de l'effervescence qui règne au *Goldener Hirsch* ? Je n'ai pas eu de peine à les contenter, tout s'est bien passé. J'ai appris quelque chose, aussi, quelque chose de précis.

Elle leva les yeux vers lui par-dessus la carte immense bordée d'un liséré de feuilles de vigne.

— Croyez-vous que le gibier serait une bonne idée ?

— Oui, sans doute. De la bière ou du vin ?

— Du vin. Choisissez.

Elle appuya les coudes sur la table et posa le menton dans le creux de ses mains, ce qui la rapprocha un peu de lui et lui permit de se servir de ses doigts pour cacher le mouvement de ses lèvres.

— *Friedl a été assassinée. Le policier m'a dit qu'elle portait des marques de doigts à la gorge.*

Francis garda le sourire mondain d'un homme détendu ; c'était nécessaire, car l'individu assis près des miroirs venait juste de déplacer très légèrement sa chaise pour les voir sous un angle plus favorable.

— Il y a du vin en pichet, un vin du coin, si on l'essayait ? *C'est la police qui vous a dit ça ?*

— *Oui.* D'accord, pourquoi pas ?

Elle se cala contre le dossier de sa chaise comme le serveur arrivait pour prendre leur commande. Ce n'était pas la conversation qu'elle avait espérée. Même le sourire qu'elle était obligée d'arborer commençait à lui donner une douloureuse crampe. Ils pouvaient s'arranger pour exprimer, au milieu des banalités, l'essentiel de ce qu'ils avaient à se dire, mais elle ne saurait pas plus s'il la croyait, et ce genre d'échange ne lui permettrait jamais de communiquer ce qu'elle ressentait, l'incroyable sentiment de délivrance, la qualité révélatrice de la lumière à présent que l'ombre de la culpabilité avait cessé de planer sur elle. C'était le premier rendez-vous avec lui auquel elle était venue le cœur ouvert, désireuse de le laisser entrer, et à cause de cette surveillance étrangère, ils étaient encore obligés de rester loin l'un de l'autre. Elle fit néanmoins une tentative. Dès que la soupe fut servie et que le serveur se fut éloigné, elle leva vers lui un regard clair et grave :

— Je suis guérie, dit-elle.

S'il avait compris, il n'en laissa rien paraître. Parler dans ces circonstances, c'est-à-dire utiliser le langage pour établir une communion entre deux êtres, était impossible, et il n'allait pas s'y risquer. Tout ce qu'ils pouvaient faire, c'était échanger des informations. Un jour, le moment viendrait de faire davantage, pas maintenant.

— Elle a été étranglée ?

— Il n'a rien dit de tel. Juste qu'il y avait des marques de doigts sur sa gorge. À part ça, rien. Je ne bouge pas et je me repose. Et vous ? Vous avez une voiture ici ?

— J'en ai loué une à Zurich. Elle m'attendait à l'aéroport.

Il s'occupa de remplir à nouveau son verre jusqu'à ce que le serveur eût servi le gibier et les eût laissés le savourer.

— Et avez-vous trouvé des choses intéressantes à visiter dans les parages ?

— Je suis allé en Allemagne hier, dit-il, pour rendre visite à une vieille connaissance, en fait. À Felsenbach.

Il raconta indirectement les faits réels de sa découverte, glissés négligemment dans la description de sa visite d'un coin de l'Allgäu.

— Il faudra me montrer vos photos un jour, dit-elle.

— Elles ne vous plairont peut-être pas. On pourrait croire que j'ai choisi des cibles plutôt bizarres.

Il avait déjà glissé la photo la meilleure et la plus nette dans le menu.

— Qu'est-ce que vous prendrez ensuite ?

Il lui tendit la carte, ouverte, la photo agrandie soigneusement maintenue par son index.

— Donnez-moi votre avis.

Ses yeux se posèrent sur le visage nettement dessiné avant que ses doigts ne le touchent et, l'espace d'un instant, elle blêmit. Son masque fut ébranlé puis remis fermement en place. Elle lui prit le menu des mains et regarda longuement le cliché.

— Oui, je crois. *Oui...*

— Une imitation idéalisée ?

— *Une ressemblance.* La façon dont les yeux sont placés... *et la bouche...*

Sans le trésor conservé depuis treize ans par Friedl, il lui aurait été difficile de se rappeler avec exactitude ce retroussis des lèvres.

— Stylisé mais vraiment ressemblant.

Sur la photo de Friedl, les lèvres pleines avaient aussi supplanté les yeux, dont elle ne pouvait se rappeler la teinte, et elles esquissaient le même sourire. Maggie lui rendit le menu avec calme.

— Je prendrai juste un fruit, je crois, et un café.

Francis escamota le cliché et le glissa à nouveau dans sa poche sous la table. Elle avait remarqué d'abord les yeux, que l'on pouvait, admettons, reconstituer même après des mois, on savait même faire davantage : rien de plus durable que les os. Mais la bouche... c'était un autre problème. La substance molle des lèvres, même si elle était préservée par le gel, gardait certes difficilement sa forme normale après avoir été secouée par le courant pendant le dégel.

Maggie éplucha une poire avec beaucoup d'application et demanda d'un ton joyeux sans lever les yeux :

— Vous avez des projets pour cet après-midi ?

— Je pensais aller faire un petit tour dans la même direction. Il y a de bons sculpteurs sur bois par là-bas. Je pourrais jeter un œil à ce qu'on peut trouver. D'autres artistes, également.

— *Emmenez-moi avec vous !*

C'était la première fois qu'elle lui eût jamais demandé quelque chose sauf moyennant rémunération, et c'était la seule chose qu'il ne voulait ni ne pouvait faire pour elle. Il voulait qu'elle reste en sécurité au *Goldener Hirsch*, avec la police sur les lieux et un bon verrou à sa porte.

— Si j'étais vous, je resterais à l'hôtel pour me reposer le plus possible. Avec tous ces problèmes, vous avez dû subir beaucoup de tension. Restez à l'hôtel, montrez-leur que vous êtes disponible, pas inquiète, pas impliquée.

— Je suppose que c'est sans doute une bonne idée, reconnut-elle.

— Attendez-moi ce soir. Je viendrai vous voir dès que possible. Par la véranda. Alors nous pourrons parler.

— *Oh oui !* dit-elle avec enthousiasme.

Elle posa sa tasse de café vide et le regarda soudain d'un air désemparé et plein d'espoir à la fois.

— *Vous viendrez ?*

— Oui, je viendrai.

— Comment allons-nous nous éclipser ? Vous

croyez que c'est après moi qu'il en a, ou après vous ? Est-ce qu'on part ensemble ?

— Non, vous d'abord, je veux voir s'il vous suit.

— Au moins, on lui a laissé le temps de déjeuner tranquille, dit Maggie dont l'entrain figé et tourmenté se fondit un instant en un vrai sourire, juvénile et ravissant.

Quelle perfection elle atteindrait, si seulement il pouvait la sortir saine et sauve de tout cela, rendue à une innocence immaculée !

— D'accord, vous me dites quand ! ajouta-t-elle.

Il aurait aimé qu'elle reste assise plus longtemps à lui sourire ainsi. Hélas, il avait beaucoup de choses à faire avant de pouvoir la retrouver ce soir par l'escalier de la véranda. Il voulait la savoir surveillée et protégée en son absence.

— Maintenant, dit-il, gémissant intérieurement en la voyant se lever.

Il fit de même, s'empressa de dégager sa chaise et de l'aider à enfiler son léger manteau gris.

— Ne sortez pour rien au monde, lui dit-il à l'oreille, nulle part !

Elle rassembla gants et sac à main, esquissa le geste tout féminin d'arranger ses cheveux sans réellement les toucher, et lui tendit la main.

— Merci, Francis, c'était un déjeuner très agréable. *Je suis impatiente de vous revoir.*

Elle s'en alla, se faufilant entre les tables de sa longue foulée retrouvée, pleine d'aisance. Il resta debout quelques instants à la regarder partir, puis se rassit lentement et alluma une cigarette tout en finissant son café. Il entendait encore résonner son propre prénom, prononcé par elle pour la première fois, une musique stupéfiante, pleine de sous-entendus cruels. La gratitude et la gentillesse peuvent faire beaucoup de mal, avec les meilleures intentions du monde. Il devrait se contenter de lui rendre service ; il n'avait rien d'autre à attendre.

L'homme de haute taille en complet gris payait sa note et se levait tranquillement pour reprendre son chapeau au porte-manteau. Il était agréable d'avoir eu raison sur un point au moins. Il garda la tête négligemment détournée en se dirigeant vers la porte, mais un miroir renvoya son reflet au passage et permit à Francis d'entrevoir un visage mince, légèrement étrange, pensif, aux traits profonds et généreux, mais plutôt maigre, les cheveux grisonnant aux tempes et des yeux profondément enfoncés et sereins.

Il ne s'agissait en aucun cas, même avec beaucoup d'imagination, d'un visage autrichien. Chapeau ou pas, il portait une veste sport anglaise et son expression l'était tout autant.

Que faisait donc la police anglaise par ici, dans le Vorarlberg, sur les talons de Maggie Tressider ?

Il s'inquiéta pour elle pendant tout le trajet jusqu'à Felsenbach. Mais tout bien considéré, c'est au *Goldener Hirsch* qu'elle se trouvait le plus en sécurité, avec la police autrichienne déployée autour d'elle sur la piste d'un meurtre. Il ne doutait nullement de la véracité de ce qu'elle avait réussi à lui dire. Friedl avait été, sinon étranglée, du moins à moitié étranglée et jetée dans le lac. Quelle que fût l'originalité du comportement de Maggie, on ne la soupçonnerait pas d'un acte pareil. Il est arrivé qu'une femme en pousse une autre dans l'eau, mais, en général, seuls les hommes sont capables d'étrangler une femme ; ils ont l'envergure de la main et la force nécessaires. Non, il pouvait l'abandonner quelques heures. Après quoi, ce qu'ils auraient de mieux à faire pouvait bien être d'aller ensemble raconter toute leur histoire aux enquêteurs et leur laisser faire le reste. La complexité grandissante de cette affaire venait le convaincre de l'innocence, totale et tragique, de Maggie ; une victime impuissante servant les plans d'un autre, par le hasard d'un accident de voiture qui l'avait déstabilisée et avait mis tous ses mécanismes de défense au point mort.

Ironie du sort, malgré sa conversation avec Maggie, il n'avait pu mettre le doigt sur ce qui clochait vraiment avec la tombe de Robin Aylwin. Tout cet anonymat gratuit ! La victime, bien sûr, ne pouvait être identifiée, personne ne connaissait ni n'admettait connaître son nom. Or, non seulement le donateur était aussi anonyme, mais — et c'était le plus étrange — il n'y avait ni nom, ni initiale, ni même la griffe du marbrier à aucun endroit sur la dalle pour identifier l'artiste qui avait construit le monument. Il semblait inouï que l'artisan spécialiste en monuments funéraires ne signe pas son travail ! Un marbrier est un homme d'affaires, un commerçant comme un autre, il veut que son excellence soit connue.

Pas celui-là. Pourquoi ?

Il existait un seul marbrier à Felsenbach, plus précisément un seul maçon tout court, entrepreneur installé depuis longtemps, n'employant que des membres de sa famille, dont les ramifications couvraient trois générations. Il contrôlait en patriarche tout ce qui concernait pierres tombales, bordures et caveaux. Il se souvenait du cadavre de la Rulenbach, il se souvenait des obsèques, mais il ne s'était pas occupé de cette affaire de tombe ou de monument funéraire. Un habitant fortuné de Regenheim, se rappelait-il, avait payé l'inhumation par simple bonté de cœur, et la petite municipalité de Felsenbach ne s'y était bien sûr pas opposée. On avait, sans doute, demandé à un maçon de Regenheim de fabriquer le mémorial. Le donateur avait de toute évidence voulu régler les choses lui-même.

Il fallait compter vingt kilomètres de plus pour aller à Regenheim, une route sinueuse et très fréquentée, celle-ci, en retrait des montagnes. Il constata en arrivant que l'endroit n'était pas plus grand que Felsenbach, mais ressemblait indubitablement davantage à une ville. Il y avait une place presque assez vaste pour y faire atterrir des avions, une surface de pavés occupée par une poignée de voitures. Quatre ou cinq rues exiguës en partaient de tous les côtés, surplombées de maisons noir et blanc, d'arcades chancelantes et d'étages en saillie. Des pavillons modernes s'étalaient au-delà. L'endroit méritait bien son nom, il pleuvait [1].

Il gara la Dodge sur la place et se mit en quête de tous les marbriers que la ville pouvait abriter. C'était déjà le soir, il avait perdu plus de temps qu'il ne s'y attendait pour atteindre cette ville. Il acheta des cigarettes dans une grosse boutique familiale encore ouverte, qui le serait sans doute jusqu'à dix heures à condition qu'un des membres de la famille passe la soirée à la maison. La femme qui le servit était âgée et prenait son temps, donnant l'impression qu'elle et ses aïeux étaient là depuis l'époque où Regenheim était une ville libre. Si quelqu'un savait où trouver tous les artisans de la ville, c'était bien elle.

Elle avait très envie de parler et ne se montra pas surprise qu'on lui demande l'adresse des marbriers. Il n'y en avait que deux de vraiment importants, expliqua-t-elle. L'un, établi depuis longtemps, avait son atelier derrière sa maison, et on pouvait toujours l'y trouver, lui ou l'un de ses fils. L'autre s'était bâti une maison neuve à la périphérie de la ville. Elle donna des indications abondantes pour la trouver. Puis il y

1. *Regen* signifie pluie. *(N.d.T.)*

avait, bien sûr, l'entreprise Klostermann, toujours en activité, bien qu'ils eussent peu de clients à présent, cette branche du commerce familial ayant été négligée depuis qu'ils s'étaient lancés dans les transports routiers. Elle lui procura des indications vagues pour trouver cette entreprise improbable, malgré son haussement d'épaules prononcé, qui sous-entendait clairement qu'elle-même ne songerait pas à leur confier le moindre travail.

Le chef de la première entreprise garait justement sa camionnette dans un coin de la cour. Il sortit une paire de lunettes cerclées d'or pour examiner les photographies que Francis lui tendait. Non, il n'avait jamais vu cette dalle auparavant. S'il était curieux, il n'en laissa rien paraître ; âgé de quelque soixante-dix ans, il avait appris à se concentrer sur ses propres affaires, et cette discipline lui avait bien réussi.

Le second, propriétaire de la nouvelle maison, était plus jeune, le genre d'homme dynamique qui a des ambitions sociales et un air de citadin. La villa était agressivement moderne et ostentatoire, l'épouse qui ouvrit la porte était, elle, décorative et bien en chair. Francis s'excusa de leur rendre visite à une heure pareille sans avoir prévenu et expliqua tout de suite qu'il ne leur prendrait que cinq minutes de leur temps. Il lui fallut, en fin de compte, même moins que cela.

— Il y a treize ans ! s'exclama le propriétaire, secouant la tête d'un ton catégorique. C'était avant qu'on vienne ici monter notre affaire. On vient de Munich, on n'est là que depuis sept ans. Je suis désolé !

Il ne restait donc que la famille Klostermann, dont la vieille femme du bureau de tabac avait une opinion si médiocre. Il commençait à faire nuit maintenant et Francis était partagé ; mais il n'allait pas rentrer sans profiter de cette dernière chance, aussi vague soit-elle.

Il suivit la lisière extérieure de la ville et revint vers la place, par des petites rues qui manquaient à la fois du charme noir et blanc du centre ville et de l'espace verdoyant des faubourgs, n'étant que des voies utilitaires du début du vingtième siècle, ni sordides ni distinguées. Et là, en effet, se trouvait une vitrine sombre et quasiment vide, qui avait dû servir un jour à exposer des articles, mais où ne subsistaient plus à présent qu'une urne poussiéreuse en faux marbre et une étagère de vases en granit avec des pique-fleurs en aluminium. À côté, le haut mur d'une cour se prolongeait sur quelques mètres, muni d'un portail. Les fenêtres de l'étage étaient sombres, la maison n'était pas occupée. Mais la peinture des grilles était récente.

L'endroit semblait entièrement abandonné et Francis était sur le point de s'en aller sans chercher plus avant lorsque, en regagnant sa voiture, un homme qui venait de la place s'avança sur le trottoir d'un bon pas, tourna une clé dans la serrure du portail de la cour et entra. Un homme assez jeune, trapu, vêtu d'une canadienne en cuir et d'un béret noir, un porte-documents très abîmé sous le bras. Francis lui donna une ou deux minutes, puis le suivit par la lourde porte d'entrée, qu'il avait laissée entrouverte. Les pas vifs de l'homme à la canadienne résonnaient sur les pavés, lui indiquant la diagonale à suivre. Au fond de la cour, dans un bâtiment à un étage visiblement ajouté à la maison d'origine, une lumière s'alluma.

Tout un côté de la cour était occupé par des portes de garage et plusieurs camions et fourgonnettes étaient alignés le long d'un autre mur. Derrière la vitre en verre dépoli de ce qui semblait être le bureau, on voyait vaguement bouger la silhouette sombre du jeune homme à la canadienne. Dans un coin de la cour, des vestiges de l'entreprise funéraire sur le déclin tombaient peu à peu en poussière : bordures en granit synthétique, pierre tombale à moitié sculptée, petit ange aux ailes tombantes adossé à une croix.

Francis frappa à la porte du bureau d'un coup sec et la poussa pour entrer. L'homme à la canadienne près du bureau sous la fenêtre se retourna, son porte-documents ouvert dans une main, un dossier rempli de papiers dans l'autre. Il le fit en silence, alerté et surpris, mais en aucun cas effrayé. Il avait un visage plein, glabre et sans relief, le teint très coloré, avec des yeux ronds d'un noir brillant et cependant opaque, comme du charbon.

— *Was wünschen Sie ?*

Sa voix, râpeuse et profonde, ne transmettait ni chaleur ni animosité.

— Herr Klostermann ?

Non, ce n'était pas un Klostermann, semblait-il. Il se détendit, néanmoins, en découvrant que ce visiteur tardif cherchait son patron. Francis fournit, pour la troisième fois, sa brève explication et sortit ses photographies. Le jeune homme, qui respirait bruyamment, pencha sa tête massive pour les examiner quelques instants avec une attention très courtoise. Puis il hocha négativement la tête.

— Je suis désolé ! Cela fait seulement deux ans que je travaille pour Herr Klostermann. Je suis coursier ; je passais prendre mon programme de livraisons pour demain. Je n'ai rien à voir avec l'entreprise funéraire. Je ne sais pas si c'est lui qui a fait cela ou pas. Si vous pouvez revenir demain, il sera là.

— J'aurais aimé le contacter maintenant, insista Francis, si c'est possible. Il faut que je rentre à Scheidenau ce soir, et j'aurais préféré ne pas avoir à refaire le trajet.

— Je suis désolé !

Il lui rendit ses photographies et ferma son porte-documents posément, ses yeux ronds plus noirs que jamais toujours fixés sur Francis.

— Est-ce qu'il y aurait ici par hasard des archives datant de 1956 ?

— Non, pas d'archives. C'est surtout maintenant une affaire de transports routiers. Il conserve tout le reste chez lui.

— Est-ce que je pourrais aller le voir maintenant ? Ça me rendrait un fier service.

— Je ne pense pas qu'il y soit, dit tranquillement la voix râpeuse. Attendez, je vais appeler chez lui, on va voir.

Il se dirigea dans le coin sombre de la pièce et ouvrit une étroite porte. Ses doigts pressèrent l'interrupteur pour allumer et Francis eut un aperçu d'un bureau, plus vaste, moins austère, pourvu de classeurs à tiroirs qui allaient du sol au plafond sur le mur visible et, au-delà, de beaux lambris. La porte de communication fut refermée d'une main ferme et il resta seul, libre de se déplacer sans bruit ensuite, et d'appliquer l'œil contre le minuscule trou de serrure, puis l'oreille contre le mince panneau de la porte. Il n'en tira pas grand-chose. Il y avait une longue table juste dans son champ de vision, le jeune homme y était accoudé, le récepteur du téléphone à l'oreille et composant un numéro ; mais la pièce était plus grande qu'elle ne paraissait et rien de plus qu'un murmure indistinct ne parvint à l'oreille de Francis. Il n'y avait rien à en tirer. Le jeune homme avait dit qu'il allait téléphoner, et c'est ce qu'il était en train de faire. Un numéro local, ou du moins le numéro d'un endroit qu'il pouvait joindre sans délai. Et il était déjà en train de replacer le combiné, autant dégager la porte avant qu'il ne revienne.

La porte s'ouvrit sans hâte, le jeune homme, sur le seuil, secoua tristement la tête, éteignant la lumière derrière lui.

— Je suis désolé, Herr Klostermann passe la soirée chez sa fille mariée. Je peux vous dire comment vous y rendre, si vous tenez à le voir ? C'est une ferme, à environ cinq kilomètres d'ici. Vous prenez la route qui part de la place jusqu'à Kempten, puis au bout de deux kilomètres, vous arrivez à une bifurcation sur votre droite, le panneau indique Maienbach. Suivez cette route pendant deux kilomètres et, sur la gauche, vous avez un chemin de terre qui conduit à la ferme. Ce n'est pas dur à trouver. À votre place, c'est là que j'irais parler avec Herr Klostermann. Il n'aura pas besoin de dossier pour se rappeler ce qu'il a fait.

— Non, dit Francis, je ne pense pas. Merci ! S'il n'y a que cinq kilomètres, c'est sans doute mieux que j'aille le voir maintenant et que j'aie une réponse.

— Si vous avez à demander votre route, le nom des gens, à la ferme, c'est Haimhofer.

— Merci beaucoup !

— *Bitte !*

Francis traversa la cour résolument, referma derrière lui le portail non verrouillé, monta en voiture et rejoignit la place avec assurance. Arrivé là, il contourna l'aire de parking au centre et ignora le panneau marqué Kempten. Que ce fût raisonnable ou non, il éprouvait une douloureuse sensation d'inquiétude. Il prit la route de Felsenbach et écrasa l'accélérateur dès qu'il fut sorti des limites étroites des rues. Il se dirigeait vers Scheidenau à toute vitesse.

Il avait dépassé Felsenbach et était déjà à mi-chemin de la frontière, muré entre des plantations de conifères envahissantes, quand il eut la certitude d'être suivi. Il ressentait comme la veille des fourmillements de malaise, des signes extérieurs infimes, mais exagérés par la pureté extrême de l'air. La pluie avait nettoyé l'atmosphère de toutes ses impuretés, les sons se répercutaient comme dans une chambre d'échos. Quand il arrêta le moteur un instant sous les arbres dans un virage prononcé, son oreille hypersensible perçut moins le bruit distinct d'un moteur qui le suivait que la vibration d'un moteur qu'on vient de couper, en accord avec le sien. Puis ce fut le silence, un silence incroyable. Ils étaient là, à ses trousses, tout près ; ils savaient où il était mais ne tenaient pas trop à le rattraper, tant qu'ils pouvaient le tenir à distance convenable et être sûrs de ne pas le perdre de vue. Il se demanda à quel endroit ils allaient décider de supprimer l'écart. Il regretta de n'avoir pas de revolver sur lui, mais il savait que ce n'était pas son arme ni son style, et qu'il ne lui aurait été d'aucune utilité s'il en avait eu un. Il y a les tueurs et les autres. Le revolver ne fait pas le tueur.

Il était à présent dans la partie ascendante, les virages se succédaient, plutôt serrés, les bords de la route non balisés longés de fossés peu profonds, étant donné la proximité touffue des arbres. Alentour, rien que le silence et l'obscurité, hormis les bruits de sa voiture et leur écho, et ses phares qui illuminaient d'un éclat doré les troncs des arbres ainsi que les facettes des bornes réfléchissantes, et les parois lisses des rochers. S'il tendait le cou, il ne distinguait pas la ligne d'horizon où terre et ciel se rejoignaient. Il avait plu tout le long par intermittence et il pleuvait encore. Le ciel était couvert, sans étoiles et sans lune.

Quelqu'un avait dû le guetter, pour s'assurer qu'il prenait bien la route de Kempten, prêt à se jeter dans le piège. Peut-être avaient-ils perdu du temps en le prenant en chasse quand il avait dépassé le panneau et tourné en direction de l'Autriche, mais il avait eu la sottise de mentionner Scheidenau et, rien à faire, ils étaient sur ses talons. Le jeune homme à la canadienne avait lâché la meute à ses trousses pour de bon, et s'il voulait les semer, il faudrait que ce soit maintenant, dans ce défilé tourmenté où les échos interceptés brouilleraient les pistes. Il appuya à fond sur l'accélérateur et fit donner son maximum à la voiture. Il négociait bien les virages, qu'il prenait en aveugle, tout à sa sourde exaltation, coupant le moteur et la lumière à chaque tournant, aussi sec que le couperet de la guillotine.

Tendu sous la menace qu'il sentait derrière lui, il était étrangement vulnérable à tous les risques qui se présentaient devant. Tout ce qui arrivait d'Autriche était ami et allié et il n'avait pas à s'en méfier. Tant qu'il y avait du monde sur la route, il était en sécurité. Qui aurait pu se jeter sur lui pour l'attaquer alors que des phares d'une neutralité bienveillante éclairaient la scène ?

Il prit à un train d'enfer un virage en épingle à cheveux très serré et fonça droit dans les phares éblouissants que le sombre rideau d'arbres avait brusquement masqués. Quelqu'un sur la route courait vers lui, la main tendue agitant une lampe de poche pour lui faire signe de s'arrêter. Il freina brutalement pour se garer sur la droite tandis que l'autre, abaissant sa lampe, fit demi-tour pour courir à côté de la voiture. Sur la gauche de la route, le faisceau des phares d'une voiture piquait du nez dans le fossé. Une voix essoufflée l'implorait :

— *Bitte... bitte, halt ! Unfall...*

L'accident de quelqu'un d'autre serait le salut assuré pour Francis Killian. Pourquoi ne pas retenir les poursuivants, par la même occasion — et se tenir en embuscade en toute sécurité au milieu des victimes —, leur faire signe de s'arrêter et les contraindre à un demi-tour pour qu'il trouvent une ambulance, si nécessaire, ou la police ? Quelle ironie du sort ! Francis s'arrêta complaisamment sur le bas-côté, à cheval sur la bordure d'herbe pelée, ouvrit la portière d'un geste décidé et sortit vivement de la voiture, se retournant pour faire face au jeune homme qui s'était approché de lui, haletant, avec sa lampe. Il distingua un visage juvénile, affolé et soulagé à la fois, qui l'accueillait à grands cris.

Il sentit un coup violent à la nuque. Il vit trente-six chandelles, qui finirent par se fondre en une obscurité absolue. Le sol vint à sa rencontre et le heurta en pleine figure, entaillant à vif sa joue et ses lèvres. Il rampa à tâtons dans l'herbe, et les mottes de terre étaient grosses comme des rochers. Son esprit essayait vaguement de suivre un fil logique, argumentait, lui lançant des reproches. Les ennemis étaient devant, pas derrière. *Qui donc était derrière ?* Quelqu'un d'autre, assidu dans sa poursuite, mais pas les ennemis. Les ennemis étaient ces ombres qui l'avaient terrassé. *L'ennemi des ennemis, peut-être ?* Il faut lui faire signe ! Un instant auparavant, il s'était demandé quand ils réduiraient l'écart. Les doigts de la main droite enfoncés profondément dans la poche intérieure gauche en tirèrent le portefeuille qui renfermait ses photographies : il en répandit le contenu sur la terre automnale, grasse et envahie d'herbe, du fossé en contrebas. Il se souleva péniblement du sol, comme allégé de son poids, la tête lui tournait et il se redressa avec difficulté sur ses jambes flageolantes, agitant un bras pour parer au premier assaut.

Ils étaient trois, il les voyait très nettement, les avait même photographiés dans sa mémoire, ses yeux ne se souvenant de rien. L'image disparut et il ne vit plus rien.

Deux d'entre eux le bousculèrent, un de chaque côté. Le troisième, le garçon à la torche, tourna autour de lui alors qu'il se remettait debout en chancelant et se jeta sur lui. Francis envoya d'un coup de poing le premier de ses attaquants au milieu de la route, mais le second lui tomba dessus au même moment, lui mettant un bras en crochet autour du cou, et le traînant en arrière jusque dans le fossé. Ils roulèrent ensemble confusément, l'herbe froide et mouillée leur cinglant le visage.

Francis entendit une portière claquer et vrombir un moteur ; il reconnut le bruit particulier de la Dodge qu'il avait louée à Zurich. La lumière de ses phares valsa en avant puis en arrière, à plusieurs reprises, sur la route, découpant des bandes jaunes dans l'obscurité tandis que la voiture faisait demi-tour, puis elle passa en trombe devant eux et disparut à toute allure dans un rugissement, en direction de Felsenbach. Ce fut la dernière chose dont il eut conscience. Son assaillant le saisit soudain à bras-le-corps et roula sous lui, le maintenant impuissant et exposé au second coup. Cette fois-ci, l'homme à la matraque ne fit pas d'erreur.

Le monde explosa en un éclair lumineux pour s'effondrer dans l'obscurité chaotique. Francis glissa lentement dans le fossé où il demeura inerte.

CHAPITRE IX

Sur les hauteurs, la couverture nuageuse s'était déchiquetée et avait commencé à se dissiper, juste avant que la voiture qui grimpait dans un ronron régulier ne fasse gémir les freins et que la confusion légère des voix, à peine audible, ne devienne malgré tout perceptible dans le silence environnant.

— Qu'est-ce qui se passe maintenant ? grogna George qui conduisait.

Il accéléra, désireux de réduire un peu l'écart ; personne n'allait les entendre arriver, avant ce virage à droite. Ils faisaient trop de bruit, eux, là-haut. *Eux !* Quelqu'un avait attendu Francis Killian, quelqu'un qu'il n'était pas préparé à rencontrer, tout le laissait entendre. George voulait savoir qui.

— J'en ai assez de tout ça, dit-il tout fort. Je me rapproche. Tenez bon, on y va !

Mais les choses ne se passèrent pas ainsi, ils n'allèrent pas plus loin que la vingtaine de mètres qu'il lui fallut pour freiner sec, tourner le volant, franchir le fossé boueux à l'endroit d'où partait une sente de bûcheron et prendre le risque de s'enfoncer soudain parmi les arbres sur leur droite. Car, à cet instant, lui et son passager avaient surpris le démarrage en trombe de la Dodge, l'alternance en dents de scie de ses manœuvres pour faire demi-tour et le vrombissement triomphant comme elle s'élançait à grande vitesse. Ses phares découpaient des ronds de lumière en bordure des arbres, alors que la petite Volkswagen noire de la police, malmenée par le sentier, hoquetait avant de s'arrêter au milieu des sapins. George coupa alors le moteur, éteignit les phares et pria pour qu'on ne les ait ni vus ni entendus.

Le jeune policier autrichien avait ouvert la portière du passager avant que la voiture s'arrête, et cherchait à tâtons, en trébuchant, à rejoindre la route quelques mètres en arrière. George, hésitant à lâcher le volant, se retourna en s'y cramponnant, pour regarder attentivement derrière lui. La voiture de Zurich passa comme une flèche, fonçant en sens inverse dans la direction par où elle était arrivée quelques minutes plus tôt, avec une agressivité et une témérité dans la façon de conduire suffisantes pour démontrer sans autres preuves qu'elle était désormais conduite par quelqu'un d'autre, une brute, jeune et violente. Ils avaient suivi Francis Killian la veille, ils connaissaient son style. George ne put distinguer le visage de l'homme au volant mais il savait que ce n'était pas celui de Francis Killian. Il commença à reculer pour regagner la route, en braquant légèrement d'un côté puis de l'autre, heureux de n'avoir rien éraflé quand il était entré, et soigneusement attentif aux obstacles pour sortir. Le policier autrichien arriva en courant, remonta à sa place et claqua la portière en évitant de peu le dernier arbre.

— Pas votre homme... le jeune type au volant... Pas vu de passager. Où on va, maintenant ?

— En avant ! dit George, qui n'attendit pas que sa décision soit approuvée.

La voiture parvint en cahotant jusqu'à la route.

George passa en feux de position et déboîta prudemment dans le sens de la montée, tournant le volant pour amorcer le virage.

Il y avait d'autres phares, à une centaine de mètres de l'épingle à cheveux, qui manœuvraient rapidement mais en douceur pour tourner dans une courbe, exactement comme l'avait fait la Dodge, mais cette fois-ci dans l'autre direction. Leurs faisceaux éclairèrent le haut des arbres et se stabilisèrent, comme si la voiture venait de s'extraire du fossé, puis ils dansèrent en avant, en arrière, puis de nouveau en avant, et l'arc déclinant de leur lumière tourna, suivit un instant la lisière des arbres, et recula tandis que la voiture prenait le virage, le plongeant ensuite dans l'obscurité durant un instant. La lune émergeait de lambeaux de nuages, déversant un lavis pâle sur les parois abruptes des rochers, donnant une lueur d'os blanchi à la courbe prononcée du virage. George accueillit le présage avec assurance et éteignit complètement ses phares. Il négocia la courbe avec confiance dans la clarté de la lune, rasant le côté sombre.

La voiture qui venait de s'extraire du fossé opposé pour prendre le virage était arrêtée maintenant, un peu plus loin que George l'avait pensé, le moteur tournant toujours, les roues à peine braquées, tout près de l'accotement herbeux. Sur l'accotement à proprement parler, se détachant légèrement contre la lumière de l'habitacle dont la portière était ouverte, un homme était penché, tenant à bout de bras un long ballot encombrant, qu'il était en train de fourrer sur la banquette arrière de la voiture. Il y avait déjà quelqu'un à l'intérieur qui le tirait vers lui. Un poids mort, tout mou, qui n'était que trop identifiable tandis que les pieds atteignaient le siège arrière et que la portière se refermait sur eux. La lumière intérieure s'éteignit, se ralluma lorsque la portière du passager avant s'ouvrit pour laisser le dernier monter d'un bond à bord, puis s'éteignit à nouveau tandis que la voiture, large et puissante, accélérait brusquement et partait à toute allure.

Trois contre un, en comptant l'homme au volant ; quatre, si on tenait compte du jeune type qui avait pour tâche d'emmener prestement la Dodge de location quelque part en Allemagne et, sans aucun doute, de lui donner un coup de peinture fraîche et changer l'immatriculation d'ici au lendemain avant l'aube. Francis Killian avait eu beaucoup de chance, se dit George avec amertume, ajustant sa conduite sur les feux arrière qui s'éloignaient, le pied au plancher et les phares toujours éteints. S'ils n'avaient pas encore été repérés, comme il l'espérait, ils feraient peut-être mieux de continuer ainsi le plus longtemps possible. La chaussée, Dieu merci, n'était pas mauvaise, et la clarté de la lune intermittente rendait l'accotement herbu aussi visible qu'une bordure. Il ne venait rien en face et, à cette heure de la nuit, avec de la chance, il se pouvait qu'il ne croise personne pendant tout le trajet jusqu'à la crête et la frontière. Les lumières de devant indiqueraient les virages et lui donneraient l'occasion d'utiliser ses feux de position sans être repéré. Avec de la chance !

Pour le moment, le problème majeur tenait à ce que la grosse voiture devant eux les distançait de plus en plus.

— Mercedes, j'ai l'impression ! lui hurla le jeune Autrichien à l'oreille, cherchant à ne pas perdre des yeux la forme massive qui les précédait.

Il s'appelait Werner Frankel, et il avait été affecté pour escorter et aider George, car il avait fait toute sa scolarité primaire et la majeure partie de ses études secondaires en Angleterre, où sa famille et lui avaient été réfugiés pendant et après la guerre.

— On ne va pas pouvoir *le* rattraper !

Il n'y avait pas à discuter là-dessus ; ils auraient de la chance s'ils parvenaient seulement à ne pas perdre de vue les feux arrière qui s'estompaient.

— On peut espérer trouver un téléphone, par ici ? demanda George, gardant le pied au plancher et l'œil sur l'étincelle lointaine.

— Oui, une auberge, à un kilomètre. Vous ne la verrez pas, mais je vous l'indiquerai.

Ils étaient sur la même longueur d'ondes, et il était agréable de constater que tous deux le savaient, sans perdre de temps en propos inutiles.

— Posez-moi là-bas, et tâchez de lui coller aux fesses.

— Sûr ? Vous connaissez mieux ces routes que moi.

— Mais vous ne parlez pas allemand, dit Werner, et c'était incontestable.

George se serait débrouillé pour se faire comprendre d'une façon ou d'une autre, mais Werner n'aurait même pas à essayer, et le retard était leur pire ennemi.

— Vous appellerez aussi la police allemande ? Elle pourrait cueillir la Dodge avant qu'ils ne la maquillent. Personne ensuite ne pourrait l'identifier, c'était clair.

— Et la frontière, au cas où. Encore que je doute qu'ils se risquent à passer la frontière... par la route.

— De nuit, ce pourrait être un contrôle purement symbolique... il n'est pas exclu qu'ils tentent le coup. S'ils essaient un autre passage, le terrain sera inégal. Vous aurez plus de chances de ne pas perdre sa trace.

— Et de l'autre côté ? Quel choix de routes ont-ils ?

— Après Scheidenau, c'est soit Bregenz, soit Langen. J'appellerai les deux. Dommage qu'on n'ait pas été suffisamment près pour relever un numéro, mais une Mercedes pressée, noire ou bleu foncé ?... Je dirais noire.

— Et la Dodge, vous la connaissez.

Un bout de cigarette incandescent dans l'obscurité, l'unique trace de la Mercedes, disparut au virage suivant. George alluma ses codes, profitant de la barre rocheuse qui les séparait pour regagner un peu du terrain perdu.

— La Dodge, je la connais. Ralentissez dans le virage, mon auberge est sur la droite. Vous allez voir un chemin qui monte à flanc de montagne.

George vit d'abord le poteau, le fil téléphonique qui s'écartait de la route. Il freina et s'arrêta à l'entrée du chemin et Werner bondit comme un lévrier.

— Bonne chance !

Il fit un signe de la main et fila comme une flèche dans l'obscurité. George enclencha toutes les vitesses de la Volkswagen les unes après les autres et partit, obstiné, à la poursuite de la Mercedes disparue.

À présent il était à lui-même son seul interlocuteur. Mais qu'il accorde seulement dix minutes à Werner au téléphone, et quantité d'alliés invisibles sortiraient pour lui venir en aide. Il pourrait utiliser tous ceux qu'il trouverait. L'organisation qui pouvait mobiliser quatre hommes et ce genre de voiture pour enlever Francis Killian avait beaucoup de ressources à sa disposition. L'affaire promettait de devenir très importante. Importante, compliquée, sensible à toute manifestation de curiosité. Laquelle des visites faites par Killian aujourd'hui à Regenheim avait bien pu *les* décider — quels qu'*ils* fussent — à tendre cette embûche radicale ?

Sans aucun doute maintenant Werner devait être en train de débiter toute la liste à la police allemande et les laisser s'occuper du reste. S'il était assez rapide, il se pouvait qu'ils réussissent à arrêter la Dodge à Felsenbach, avant qu'un garage discret ne referme ses portes sur elle quelque part — ce portail à Regenheim, peut-être ? — où trois ou quatre spécialistes qui l'attendaient allaient se jeter sur elle pour transformer tout ce qui était transformable à l'extérieur comme à l'intérieur, et la renvoyer ensuite pour la refiler à une bonne poire innocente à l'autre bout du pays. George avait connu un cas en Angleterre où tout le boulot avait été réalisé en l'espace de quatre heures, et en comparaison de ces gros bras qui avaient toute l'Europe pour eux, les Anglais étaient de simples amateurs.

Et si la voiture était destinée à disparaître sans laisser de trace, il pariait dix mille contre un que c'était aussi le cas de Francis Killian. Tel était le sort, dans ce coin complexe d'Europe centrale, réservé à quiconque fouinait un peu trop autour de tombes anonymes et de mystérieuses disparitions. Comme Robin Aylwin lui-même ? Comme Peter Bromwich ? Accroche-toi ferme à celui-là, se dit George, regagnant du terrain sur l'étincelle lointaine avec un soupir de soulagement, et tu risques de découvrir ce qui est arrivé aux autres.

Il aurait aimé savoir si les hommes dans la voiture savaient qu'il était à leurs trousses. Il avait l'impression que non, car ils avaient beau avancer à vive allure, et l'avoir laissé loin derrière, il n'en restait pas moins qu'avec une voiture aussi puissante, ils auraient pu, s'ils l'avaient voulu, prendre beaucoup plus d'avance sur lui. On aurait dit que la vitesse, aussi importante et souhaitable qu'elle fût, n'était pas leur souci premier. Ils ne désiraient pas prendre d'assaut le poste frontière comme s'ils fuyaient devant la loi. Et si, d'autre part, ils avaient l'intention d'échapper complètement à la douane, peut-être leur fallait-il chercher une route qui ne leur était pas familière. Le poste frontière entre Scheidenau et Felsenbach était tranquille tout le temps, et il ne passait sans doute pratiquement personne la nuit ; mais cela pourrait s'avérer n'être qu'une bénédiction mitigée. Des douaniers qui s'ennuient pouvaient s'intéresser davantage à une voiture qui passe que ne le feraient ceux qui voient défiler un flot de voitures ininterrompu. Non, George pariait plutôt qu'ils éviteraient le poste. Il y a plus de voies pour franchir une frontière montagneuse que n'en contrôlent les autorités.

Il restait désormais à peine un kilomètre avant d'atteindre la crête. S'ils se préparaient à quitter la route, ce devait être bientôt, car la descente sur l'autre versant traversait un paysage beaucoup plus dégagé. On eût dit que tout d'un coup il gagnait sur eux un peu de terrain ; il vit distinctement, de la portion de route droite où il se trouvait, l'étincelle rouge prendre le virage suivant en diagonale à droite, et à présent à une allure franchement plus posée. Il ralentit légèrement pour maintenir ses distances. L'arrivée à l'endroit où il avait vu sa proie changer de direction lui causa un choc, car il avait compté que la Mercedes le guiderait, et avait roulé à la clarté peu fiable de la lune ou avec ses feux de position, ce qui rendait sa progression dangereuse et les courbes de la route trompeuses.

Bien loin d'obliquer à droite, la route tournait un peu à gauche. Il freina, les yeux fixés sur le bas-côté herbeux, et prit le risque d'allumer ses pleins phares l'espace d'un instant. Il avait légèrement dépassé l'entrée d'une piste étroite et pierreuse qui bifurquait brusquement à droite.

Là où eux passaient, lui avait largement la place de passer. Il recula de quelques mètres et prit la piste pour les suivre. Il avait deviné juste, ils n'avaient nullement l'intention d'entrer en Autriche par la route.

Il dut alors se servir de ses phares, il n'aurait pas tenu le coup longtemps sans eux. Par chance, le conducteur de la Mercedes devait aussi avoir à se concentrer sérieusement et le bruit qu'il faisait là-haut noierait complètement celui qu'il faisait un peu plus bas. Une fois lancé sur cette piste, il n'y avait pas d'autre direction possible, car les arbres et les rochers empiétaient irrégulièrement de chaque côté. La surface était de terre battue, comme n'importe quel chemin de randonnée dans les montagnes, généreusement ponctuée d'affleurements de rochers et de cailloux détachés. Par endroits, on aurait dit davantage un cours d'eau à sec qu'une piste, et à d'autres, davantage un marais que l'un ou l'autre, où on aurait posé des bûches à moitié écorcées pour tracer un passage. Le chemin s'élevait rapidement, et George passa au pas deux ponts de bois étroits, averti par les grondements semblables à des tremblements de terre que sa proie avait provoqués en les franchissant. La plupart du temps, il perdait complètement de vue la Mercedes, mais il apercevait de loin en loin les feux arrière et savait qu'il se défendait bien. La prudence, et non la hâte, était ce qui comptait ici pour eux. Il aurait même pu les serrer de plus près, à ses risques et périls, mais lui n'était pas armé et ils étaient trois, très certainement pourvus en pistolets. Mieux valait rester en arrière, sans se faire repérer, comme il semblait que ce fût le cas, de façon assez surprenante, jusqu'à ce qu'il puisse entrer en contact avec les renforts appelés par Werner.

Il n'avait pas la moindre idée de l'endroit où on pénétrait en Autriche ; il ne vit pas de borne qui matérialisât le changement. Et il n'avait pas non plus idée de la distance qu'ils avaient parcourue sur ce succédané de route ; quatre kilomètres de conduite extrêmement tendue peuvent donner l'impression qu'on en a parcouru quarante. Mais soudain il se rendit compte qu'ils avaient cessé de monter et de part et d'autre de la ceinture d'arbres qui les enveloppait, il distinguait le ciel légèrement enflammé, où s'effilochaient encore des lambeaux de nuages. Puis ce fut la descente, par chance beaucoup plus progressive que ne l'avait été la montée, mais toujours assez éprouvante. La piste, s'accélérant soudain, les projeta sur un chemin bordé de murs de pierre, pas plus large que la voie qu'ils venaient d'emprunter, mais tout de suite moins cahotique, un vulgaire chemin de terre battue qui aurait pu mener à une ferme isolée — c'était vraisemblablement le cas. Le chemin, à son tour, les conduisit bientôt à une route bitumée, que longeaient des champs de chaque côté. George amena prudemment la Volkswagen jusqu'au virage et éteignit ses phares.

Il savait à présent où il était. Ils avaient retrouvé la route principale, à un bon kilomètre de la frontière sur le versant autrichien ; et assez loin sur la droite, solitaires sur la ligne dégagée, les feux arrière de la Mercedes s'éloignaient rapidement en direction de Scheidenau.

Sur cette route nationale, aucun conducteur n'était en droit de conclure qu'il était suivi, quel que fût le nombre de voitures qu'il voyait derrière lui. George alluma ses phares et se lança à toute allure à leur poursuite.

Ils contournèrent Scheidenau par l'extérieur et, au-delà des dernières lumières du village, réapparurent sur la route aux reflets métalliques qui menait à Bregenz. George était resté en arrière au virage et avait laissé la Mercedes prendre assez d'avance pour convaincre son conducteur qu'il n'était pas suivi. Peut-être lui accorda-t-il un peu trop de liberté. Il n'y en avait plus pour longtemps maintenant. Il y aurait soit un barrage routier et un contrôle de police, soit une patrouille venant à leur rencontre, en quête d'une

Mercedes sombre. C'est ainsi que George laissa passer avec optimisme une minute un rien trop longue.

Quand il déboucha sur la ligne droite qui épouse le fond de la vallée, il n'y avait plus les moindres feux arrière à l'horizon. Il poussa une pointe de vitesse pour se convaincre que sa proie était toujours dans les parages, mais la nuit restait vide, calme et claire. La lune était haut dans le ciel, le vent était tombé, les lambeaux de nuages s'étaient effilochés et avaient presque disparu. La route devant lui était totalement déserte dans le sens où il roulait, et la première chose qu'il rencontra fut une autre Volkswagen de police noire, venant à sa rencontre.

Quelque part entre la lisière de Scheidenau et cet endroit à un kilomètre sur la route, la Mercedes, les trois individus qui étaient à bord et leur otage avaient tous disparu sans laisser de trace.

CHAPITRE X

Depuis la mi-journée, l'*Alte Post* était envahi par une noce. Maggie entendait au-delà du lac le son des violons et des guitares et, lui parvenant par rafales, les chants de plus en plus chargés de bière et de plus en plus gais à mesure que la soirée s'avançait. À plusieurs reprises au crépuscule, les invités avaient risqué de brèves incursions aux abords du lac, les femmes semblables à de brillants pétales qui seraient chassés par un vent violent, mais chaque fois les averses les avaient renvoyés à la danse et à la boisson. Toute une batterie de lumières clignotaient à la surface du lac ; on avait fermé les fenêtres à cause de la pluie et seules des bribes de musique se faisaient entendre désormais quand une porte s'ouvrait. Chaque fois que cela se produisait, la nuit semblait secouée et tordue d'un gigantesque éclat de rire lointain.

Maggie quitta la véranda, quelques gouttes de pluie étincelaient dans ses cheveux et un faible rayon de lune, le premier à percer les nuages, la suivit. On aurait dit que de l'autre côté du lac ils avaient l'intention de prolonger la fête toute la nuit, elle pouvait sûrement se permettre de jouer encore une demi-heure avant de refermer le piano.

Sa joie ancienne était revenue, dans toute son authenticité, cette griserie dont elle avait été privée si longtemps. Elle revivait, elle pouvait chanter, elle détestait arrêter de chanter. Quand tout cela serait fini, il lui faudrait se remettre en voix sans tarder et reprendre le merveilleux fardeau. Quand tout cela serait fini !

Elle n'avait pas du tout regardé vers l'avenir jusqu'ici ; sa vision n'allait pas plus loin, sous l'emprise du charme et de l'exaltation, que le fait de se sentir délivrée. Peu importait que le déjeuner au restaurant se fût avéré pénible et frustrant. Ce ne serait pas toujours le cas. Francis avait promis de venir la voir ici, et il le ferait ; cette fois-ci, ils pourraient parler librement. Il leur fallait se respecter et se comprendre en tout honneur, ce que les circonstances avaient rendu impossible jusque-là. Il restait vrai, en dépit de tous leurs efforts pendant le déjeuner, qu'ils ne s'étaient jamais rencontrés. Maggie attendait maintenant cette rencontre avec passion et impatience ; elle désirait le connaître et être connue de lui. Le monde est trop plein de relations gâchées, partielles, qui n'aboutissent à rien, ne répondent à aucun besoin, ne rendent justice à personne. La leur devrait au moins se conclure sur une base meilleure que celle-là.

Elle avait sur le piano les arrangements des lieder de Mahler tirés du recueil *Des Knaben Wunderhorn* [1]. Les contraltos doivent s'attendre — Tom, dans un de ses accès de mauvaise humeur, lui avait fait remarquer un jour qu'il ne faisait pas de doute que c'était une corvée — à ce qu'on leur demande d'inclure une bonne quantité de Mahler dans leurs programmes de récital. Maggie, quant à elle, le faisait sans réserve. Ces arrangements romantiques en règle de ballades

1. *Le Cor merveilleux de l'enfant. (N.d.T.)*

populaires, vieilles de quatre siècles, restaient peut-être en travers du gosier de Tom, mais, pour elle, ils étaient très toniques.

« *Ich ging mit Lust durch einem grünen Wald,*
Ich hört die Vöglein singen. »

Elle chanta ces vers d'introduction et, comme toujours, ils lui firent l'effet d'être une chanson entière en miniature, avec un développement logique, un point culminant unique et une solution parfaite.

Plusieurs années auparavant, quand elle apprenait ces chants pour la première fois, elle avait écrit sous les mots allemands, à titre d'essai, une version dans sa propre langue. Elle avait déploré son manque de familiarité avec la langue d'origine, comme si elle s'interposait entre elle et la profondeur d'interprétation qu'elle désirait lui donner. Il était facile de trouver quelqu'un qui lui fournît une traduction littérale, mais le sens, qui ne correspondait pas au rythme et au sentiment de l'allemand, ne lui avait été d'aucun secours. Elle avait voulu une image véritable, et la seule façon de l'obtenir avait été d'en créer une bien à elle. Elle ne pensait plus à présent à ces chants dans sa propre version, elle n'avait plus besoin de ces tremplins pour pénétrer un monde qu'elle connaissait mieux que son propre cœur. Mais, en leur temps, ils avaient rempli leur office.

« *J'allai par la forêt allègre,*
Écoutant le chant des oiseaux... »

Elle le chanta tout entier dans sa langue, avec application et étonnement, parce que désormais c'était cette version qui lui paraissait étrangère.

Par curiosité, elle tourna les pages pour voir ce qu'elle avait fait de certains des plus beaux lieder. *Wo die schönen Trompeten blasen* [1] appartenait au dernier

1. *Là où sonnent les belles trompettes. (N.d.T.)*

recueil, conçu à l'origine avec un arrangement orchestral, dont le piano était un piètre succédané, quand il s'agissait d'évoquer ces appels de trompettes et ces roulements de tambours lointains et lancinants qui planaient comme des nuages d'orage de mauvais augure au-dessus de l'illusion de retrouvailles heureuses. L'introduction douce et rêveuse s'anima sous ses doigts de façon hésitante, et sa voix entonna l'interrogation pleine de doute et d'espoir qui ouvrait le chant :

« *Wer ist denn draussen, und wer klopfet an,*
Der mich so leise, so leise wecken kann ? »

« *Qui est là dehors, qui frappe à ma porte,*
Implorant de sa voix si douce : Réveille-toi ? »

Elle n'avait pas l'intention de dormir quand Francis arriverait...

« *Das ist der Herzallerliebste dein,*
Steh' auf und lass mich zu dir ein... »

« *C'est ton amour, ton véritable amour,*
Ma chérie, lève-toi et laisse-moi entrer !
Combien de temps devrai-je encore t'attendre et te pleurer ?
Je vois poindre à nouveau les feux de l'aurore... »

... ni de le faire attendre à la porte, frappant patiemment, comme la dernière fois. Cette rencontre devait payer beaucoup de dettes.

« *... Les feux de l'aurore, deux étoiles si brillantes.*
Puissé-je être auprès de celle qui est toute ma joie,
La bien-aimée de mon cœur !

La jeune fille se leva et le fit entrer.
Bienvenue à toi qui es plus mien que ma famille,
Bienvenue à toi, mon véritable amour... »

Elle ne pouvait s'empêcher de se remémorer un épisode qui s'était déroulé dans une autre chambre d'hôtel, les bras qui l'enserraient, les lèvres pressées contre les siennes, une voix brisée qui murmurait : « Maggie, pardonnez-moi, pardonnez-moi ! » Que cela lui plût ou non, il fallait aussi tenir compte de l'amour. On ne peut pas exiger la vérité, puis en garder la moitié et jeter le reste sous prétexte qu'il est encombrant. Il faudrait prendre une décision même quant à l'amour, s'ils voulaient être honnêtes l'un envers l'autre.

« *Ah, ne pleure pas, ne te languis pas,*
Dans moins d'un an tu seras mienne,
Avant longtemps, tu ne feras plus qu'un avec moi
Comme jamais aucune épouse sur terre,
Non, toi seule, mon amour !

Partant pour la guerre, je traverse la lande,
La vaste lande verte, immense et nue... »

Elle le chanta jusqu'au bout, jusqu'à l'ultime *diminuendo* affolant, perdu dans les fanfares lointaines.

« *Car, là où sonnent et tonnent les trompettes splendides,*
Là est ma demeure, ma demeure sous l'herbe verte. »

Il fallait vraiment qu'elle s'arrête là. Quand la dernière note du postlude se fut éteinte, le silence était si absolu qu'elle prit conscience de l'heure tardive et se sentit coupable. La plupart des clients devaient essayer de dormir. Il valait d'ailleurs beaucoup mieux qu'elle éteigne toutes les lampes et fasse semblant de se coucher ; il serait plus difficile à Killian de s'approcher si les arbres et l'escalier étaient éclairés par la lumière de sa chambre.

Elle resta un instant à écouter, après avoir éteint les lampes, mais tout était calme et silencieux, plus le moindre éclat de chanson ne lui parvenait d'en face.

Elle s'allongea sur le lit dans son déshabillé gris et blanc et attendit patiemment Francis.

Elle était sur le point de s'endormir, malgré sa résolution et son impatience, quand elle entendit frapper comme prévu à la porte-fenêtre de la véranda. Elle bondit sur ses pieds, tout heureuse, alluma la petite lampe de chevet et traversa le salon en courant pour écarter le rideau d'un geste rapide et ouvrir grand la porte-fenêtre.

La jeune fille se leva et le fit entrer...

La faible lumière du dehors illuminait une silhouette mouillée et luisante, celle d'un homme grand qui se détachait contre le ciel. La petite lueur provenant de la chambre éclaira la pierre noire de la bague de sinistre mémoire qui ornait la main pâle tapant contre la vitre.

Le souffle de Maggie se glaça dans sa gorge, et le sang dans ses veines.

Ce corps luisant d'humidité qui se glissait silencieusement dans la pièce et ce visage tendu et pâle, où des gouttes d'eau perlaient aux tempes et dont les cheveux étaient plaqués sur le front comme des algues, ce n'était pas Francis. Ce n'était pas Francis, mais un noyé sorti de sa tombe, du lac, du passé, juste au moment où elle avait pensé pouvoir se laisser abuser au point de s'en croire débarrassée à jamais. Les relents fétides des eaux du lac et de la mort avaient franchi le seuil avec lui et glissaient sur elle à lui donner le vertige et la nausée. Elle recula de quelques pas, puis se pétrifia, incapable de bouger ou de parler. Elle était froide, froide, froide comme la mort.

Puis tout se mit à l'abandonner doucement, comme la chair qui se décolle des os, tous ses fantasmes d'espoir, toute sa foi en l'avenir — n'importe quel avenir —, même sa passion pour son propre talent. Tout était illusoire, tout s'éloignait peu à peu comme la fumée qui se dissipe, la laissant pour finir nue, perdue et damnée. Le monde et le temps s'effondrèrent sur elle, se refermant jusqu'à ce qu'il ne reste plus rien que cet instant, son dernier instant.

Il s'approcha d'elle lentement, souriant de son pâle sourire de noyé, les mains tendues vers elle. Dans quel but avait-il resurgi de sa tombe sinon pour venir la chercher ? Les mains touchèrent sa poitrine, et toute froide qu'elle fût, elle sentit leur contact glacé la brûler jusqu'aux os. Des bras froids et mouillés l'enveloppèrent et l'entraînèrent au fond, tout au fond, de la verte demeure...

Elle remua les lèvres pour prononcer son nom : « Robin ! » mais aucun son ne sortit. Une voix douce et lointaine lui murmurait à l'oreille, dans l'obscurité qui commençait à l'envelopper tout entière :

« *Auf's Jahr sollst du mein Eigen sein,*
Mein Eigen sollst du werden gewiss
Wie's Keine sonst auf Erden ist,
O Lieb... auf grüner Erden... »

Dans moins d'un an, tu seras mienne, comme jamais aucune épouse sur terre... Non, personne sur cette terre verdoyante... Comment avait-elle pu faire si peu de cas de la fin ? Mienne dans ma maison sur la lande, la dernière demeure des noyés... *ta demeure sous l'herbe verte...*

Son visage, qui flottait dans l'obscurité grandissante, se rapprocha encore d'elle, souriant. Quand il devint flou, ses lèvres touchèrent les siennes, l'obscurité et le froid brûlant ne firent plus qu'un et l'engloutirent. Elle se laissa aller dans les bras qui l'enserraient. Elle eut l'impression de mourir ; et la mort la restituait au noyé.

Se penchant, le mort hissa son corps léger sur son épaule et l'emporta...

CHAPITRE XI

Bunty Felse était restée assise sur le balcon de l'*Alte Post* jusqu'à onze heures passées, observant les réjouissances du mariage et attendant le retour de George.

Depuis deux jours, depuis que le braconnier et la police avaient repêché le corps de Friedl Schiffer dans le lac, Bunty s'était trouvée seule. Que George mène ses modestes investigations en privé, passe encore, tant qu'il se bornait à surveiller deux Anglais apparemment mêlés à une affaire mystérieuse et peut-être dangereuse, sinon criminelle, mais le meurtre était une tout autre histoire ! George s'était donc rendu au bureau de police local avec ce qu'il savait de l'histoire, et depuis ce moment, Bunty s'était retrouvée livrée à elle-même. Ce qu'ils avaient décidé entre collègues, après avoir confronté leurs informations, Bunty ne pouvait le deviner. Mais George avait gagné en retour une voiture de fonction et l'aide d'un policier en civil parlant anglais. On lui donna aussi *carte blanche* [1] pour surveiller tous les déplacements de Francis Killian comme il le jugeait bon. Quant à la femme, elle

1. En français dans le texte.

était relativement en sécurité au *Goldener Hirsch* ; l'hôtel était sous surveillance policière et elle n'avait pas semblé vouloir se rendre nulle part, si ce n'est pour aller déjeuner en ville au *Zum Bären*, curieusement, avec son compatriote, une rencontre qui pouvait difficilement avoir été aussi peu préméditée qu'il y paraissait. Et même là, ils avaient déjeuné sous l'œil de George, qu'ils s'en soient ou non rendu compte. Bunty ne l'avait pas revu depuis qu'il avait pénétré dans le restaurant sur les talons de Maggie, la laissant rentrer discrètement, seule, à l'*Alte Post*, avant que Francis ou Maggie ne l'aperçoive.

Elle était arrivée juste à temps pour distraire, pendant le déjeuner, la solitude de la vieille Anglaise qui s'était par hasard trouvée, à la fin de la saison d'été, dans un groupe composé surtout de jeunes, et s'était sentie exclue impitoyablement de toutes leurs activités. À dire vrai, elle était casse-pieds, et Bunty avait plutôt de la sympathie pour les jeunes ; mais comme elle n'avait aucune occasion d'être utile à George le restant de la journée, elle s'était résignée gaiement à servir de bouche-trou auprès de quelqu'un d'autre.

La vieille Anglaise était à la fois fascinée et rebutée par les festivités de la noce, qui était de loin plus bruyante et plus arrosée que toutes celles auxquelles elle avait jamais été invitée. L'énergie considérable de ces jeunes gens et de leurs compagnes bien balancées lui semblait légèrement indécente, et même la musique lascive avait une saveur fortement primitive. Les garçons avaient beau porter leurs costumes sombres du dimanche et leurs chemises d'une blancheur éblouissante, ils n'en avaient pas moins l'air, dans leur exubérance, aussi charnels et musclés que dans leurs vêtements en cuir de tous les jours, et les chaussures de ville à bouts pointus martelaient le plancher aussi massivement que les brodequins dus à quelque artisan local. Quant à cet homme épouvantable qui semblait jouer le rôle de meneur de jeu et de maître de cérémonie, avec sa panse d'ivrogne et sa figure rougeaude, qui tenait toujours une fille d'une main et un bock de deux litres dans l'autre, un tel individu, dépourvu de toute inhibition, ne pouvait tout simplement pas exister en Angleterre. Bunty avait appris que la vieille Anglaise avait épuisé deux maris dont l'un avait été boucher et l'autre brasseur, ce qui rendait son point de vue encore plus surprenant. De deux choses l'une : soit la qualité des bouchers et des brasseurs anglais déclinait, soit la vieille dame se les rappelait davantage comme elle aurait aimé qu'ils fussent que comme ils avaient été en réalité.

Le meneur de jeu était en fait un personnage assez truculent, haut de plus d'un mètre quatre-vingt-dix et presque autant en largeur, doté d'un rire tonitruant et de la vraie basse des montagnards, sortie tout droit d'une profonde caverne. C'est lui qui conduisait les petites incursions à l'extérieur dans l'air doux du soir, pour voir s'il avait cessé de pleuvoir. Si le ciel se dégageait, il les ferait tous courir et se bousculer jusqu'à l'abri à bateaux de l'hôtel, les bras chargés de victuailles et de bouteilles, pour s'embarquer avec les musiciens, leurs instruments et leur énergie inépuisable sur la surface couleur d'étain du lac de Scheidenau.

Les jeunes mariés s'étaient retirés depuis longtemps, salués par l'assistance avec force bruit et plaisanteries traditionnelles. La vieille Anglaise avait dit bonsoir et était allée se coucher, mais la fête ne semblait pas devoir finir tant qu'il y aurait encore de la nourriture, de la boisson et du souffle. À présent, pour la cinquantième fois, Helmut se précipitait dehors par la porte du jardin, où une des filles hurlait que la pluie avait cessé et qu'il y avait clair de lune. Il y eut un conciliabule bruyant entrecoupé de rires, et les musiciens se mirent à emballer leurs musiques et leurs pupitres. Autant aller voir la cavalcade nautique se mettre en route, se dit Bunty, et elle regagna sa chambre qui donnait sur le lac.

Il allait leur falloir encore un peu de temps, ils voulaient emporter des lanternes pour transformer la nuit en carnaval. Bunty s'approcha de la fenêtre ouverte, sa brosse à cheveux à la main, et regarda la masse allongée et imposante du *Goldener Hirsch* qui dominait les arbres. Plusieurs lumières y étaient encore allumées, et plusieurs fenêtres n'avaient pas leurs rideaux tirés, de sorte qu'une brume éthérée et dorée planait au sommet de la colline, comme si une nuée de lucioles s'y était agglutinée. Elle était là à regarder quand une ou deux lumières s'éteignirent. Les deux fenêtres de Maggie étaient déjà obscures, pas tout à fait pourtant : à l'intérieur filtrait la lueur d'une probable lampe de chevet, semblable à un ver luisant. Une convalescente comme Maggie devait se coucher tôt et dormir longtemps.

Juste au-dessous de la fenêtre de Bunty, trois invités de la noce, l'avant-garde de la flottille, étaient en train d'ouvrir l'abri à bateaux. Cédant à une impulsion soudaine, Bunty alla chercher les jumelles de George. Elle n'avait pas sommeil et la nuit s'annonçait mouvementée. Si seulement elle avait réussi à attirer l'attention d'Helmut, si accueillant, en bas dans le hall, elle aurait sans doute été invitée à se joindre à la noce ; tous ceux qui le désiraient étaient les bienvenus. Traversée du lac gratuite jusqu'à cette plage délicieuse et sinistre où Friedl était morte, deux nuits auparavant. Non qu'il y ait quelque chose d'intéressant à y trouver, après que la police eut passé toute l'étendue de bois au peigne fin. Ils avaient simplement découvert plusieurs endroits piétinés, peu significatifs, puisque des touristes avaient l'habitude de s'y promener, s'asseoir et pique-niquer même en cette fin de saison, ainsi qu'une photographie à moitié ensevelie dans l'herbe haute parmi les arbres. Elle n'était pas restée là plus d'un jour ou deux, sans quoi les pluies précédentes l'auraient réduite en bouillie ; et les implications en étaient trop évidentes pour n'être pas comprises. Il s'agissait de Robin Aylwin, avait deviné George quand on lui avait montré la photo, encore qu'il ne pût savoir formellement s'il avait ou non raison. À sa demande, ils l'avaient montré à Bunty, qui l'avait bien reconnu. C'était déjà de l'histoire ancienne ; toutefois, pour s'être occupée tant des réservations que de la promotion de cette tournée, Bunty pouvait non seulement identifier les visages mais reconnaître aussi cette photo.

Les jumelles étaient puissantes et semblaient découvrir de la lumière où on n'en voyait pas à l'œil nu, bien qu'elle réalisât dès qu'elle eut regardé sans jumelles que la lune avait réapparu et déversait une pâle coulée argentée sur la surface du lac en direction de la rive opposée. En dessous d'elle, plusieurs bateaux se balançaient doucement sur l'eau, et toute la troupe entassait à bord, en poussant des hurlements et des éclats de rire, de la nourriture, des boissons, des lanternes, des guitares, les filles prêtes à tout et les garçons costauds. Les rames grinçaient sourdement dans les tolets, on se bagarrait et on se disputait les places. Bunty entendit crachoter un moteur qui démarrait à titre d'essai ; c'était sûrement Helmut, dont l'ambition ne connaissait pas de limites. Elle mit de nouveau les jumelles au point et les promena pensivement sur toute la rive opposée, juste au moment où le rayon de lune l'atteignait. On aurait presque pu la toucher tant elle semblait proche. Elle les dirigea alors sur le rai de lumière qui se déplaçait et balaya la rive au même rythme ; elle se sentit un instant comme un surfeur.

Elle cerna le creux d'obscurité en dessous du *Goldener Hirsch*, caressant la lumière mouvante sur les troncs très serrés, des arbres semblables aux doigts d'une main sur les cordes d'une harpe.

C'est ainsi qu'elle aperçut et fut la seule à apercevoir, par pur hasard, la silhouette qui bondit soudain en avant hors de l'abri des arbres en dessous de l'hôtel. Un homme de haute taille, bizarrement mal équilibré, jaillit tout droit de l'ombre en direction de l'eau. La langue de lumière qui léchait la zone d'ombre découvrit quelque chose de pâle à la hauteur de ses épaules, de sombre en dessous, une tête penchée en avant. La lumière fugitive n'eut pas le temps de lui laisser entrevoir des traits ni de lui révéler des détails, bien que ses yeux eussent à cet instant photographié plus qu'elle ne s'en était rendu compte ; car, au même moment, Helmut fit pétarader son canot à moteur, et dans un énorme hurlement de triomphe de sa voix de baryton-basse, il s'élança en trombe à travers le lac, transperçant l'air de sa torche, avec une lanterne qui rougeoyait vaillamment à la poupe, trois filles blondes traînant des foulards dans le sillage du canot, suivi laborieusement à la rame des trois ou quatre premières barques.

La silhouette en bordure des arbres eut un brusque mouvement de recul et disparut à couvert. Cette apparition avait duré l'espace d'un éclair. La tête s'était relevée, prête à réagir à toute agression, la vision fugitive d'un ovale régulier et pâle ne donna à Bunty aucune indication sur le visage sinon qu'il ne portait pas la barbe. Mais la véhémence de ses gestes disait qu'il était jeune et l'aplomb de ses réactions qu'il avait un flair de bête sauvage. Bunty couvrit avec ses jumelles toute cette zone du bord du lac et tenta de pénétrer la ceinture d'arbres, mais elle ne vit rien de plus de lui et ne décela aucun mouvement qui indiquât où il était passé.

Il ne s'agissait néanmoins absolument pas d'un produit de son imagination, pas même en y repensant. Bunty abaissa les jumelles et observa l'avancée joyeuse de la cavalcade nautique d'Helmut vers la courbe même du rivage où l'apparition avait surgi puis s'était volatilisée. Elle était excessivement troublée. Qui évitait ainsi de se faire remarquer par des gens détendus et inoffensifs qui ne pensaient qu'à s'amuser ? Des braconniers ? Dans un lieu où les braconniers avaient la sympathie de la plupart des gens, sauf des fonctionnaires, cette interprétation semblait tirée par les cheveux.

À dire vrai, maintenant qu'elle y réfléchissait, l'allure déséquilibrée de cet homme et son dos vaguement voûté, sa tête penchée, tous ces détails semblaient indiquer qu'il portait quelque chose. Quelque chose de pâle. Pourquoi, sinon, cette faible lueur à la hauteur de son épaule ? Il ne faisait pas assez chaud pour courir de nuit en bras de chemise. Oui, tout s'éclairait, il fonçait tête baissée, penché sous le poids d'un fardeau... Et dès qu'elle y eut réfléchi en ces termes, elle eut la quasi-certitude qu'il ne s'était pas agi d'un filet, même si les braconniers nocturnes en utilisaient par ici. Les filets, en nylon maintenant, ne pèsent presque rien, alors que cet homme portait un poids considérable. Pas excessif pour lui, car il se déplaçait malgré tout avec aisance et vigueur ; cependant plus lourd qu'un filet. La masse lourde et claire en équilibre sur une épaule donnait à sa silhouette une forme asymétrique.

Un petit noyau de glace sembla fondre dans le cœur de Bunty. Plus elle pensait à cette forme drapée sur l'épaule de l'étranger, plus cette forme devenait réelle et éloquente et, malgré son scepticisme solide et sensé, plus elle lui faisait songer à un corps inerte de jeune femme, vêtu d'un vêtement de couleur claire, long et ample comme un déshabillé ou un peignoir. Son corps gisait bien en équilibre sur l'épaule de l'homme, une main et un bras ballants. Les filets n'ont pas de mains, en tout cas ! Était-elle en train de laisser son imagination lui jouer des tours ?

Mais pourquoi avait-il cherché à se cacher de façon si instinctive, si ses gestes étaient innocents ? Où se dirigeait-il avec une telle hâte avant qu'Helmut ne le fasse fuir ? Il avait jailli des arbres à toute vitesse, se dirigeant droit vers le lac, alors qu'il n'y avait pas de bateau sur toute cette étendue de rivage, pas de débarcadère en dessous de l'hôtel, rien que la bande de graviers puis l'eau sombre.

Parvenue à ce point de réflexion, elle se sentit dans une impasse. Que pouvait-il bien faire près du lac à cette heure ? Sinon ce que quelqu'un avait fait avec Friedl ? Peut-être était-il toujours là, quelque part, caché dans les arbres, attendant que les fêtards finissent par se lasser et aillent se coucher.

Et alors ?

Même si tout cela n'était qu'un pur produit de son imagination et au risque de passer pour une idiote aux yeux du monde, elle ne pouvait oublier qu'une jeune fille avait été noyée, tout juste deux nuits plus tôt. Et il s'agissait vraisemblablement d'un meurtre.

Bunty prit une décision. Il y avait une autre femme au cœur de cette affaire, et quel mal pourrait-il y avoir à s'assurer qu'elle était en sécurité dans son lit ? Minuit ou pas, inutile d'attendre ; et après tout, elles s'étaient connues autrefois, même si la rencontre avait été brève et remontait à des années. Elle laissa tomber les jumelles de George sur le lit et courut tout droit à la cabine téléphonique du hall.

Gisela, réveillée en sursaut dans son premier sommeil par le téléphone à côté de son lit, fut scandalisée par cette simple supposition.

— Mais Miss Tressider est montée dans sa chambre à neuf heures, il y a sûrement longtemps qu'elle s'est endormie ! Je ne peux pas la déranger. Est-ce que ça ne peut pas attendre demain, si vous séjournez à Scheidenau ?

— Non, répondit Bunty d'un ton cassant, ou du moins, c'est exactement ce que je veux vérifier. Écoutez-moi, vous avez les clés, alors montez discrètement voir si tout va bien et, si oui, je l'appellerai demain.

Mais même dans ce cas, pensa-t-elle sceptique, d'autres filles pouvaient courir un danger, à supposer que le meurtrier de Friedl fût un psychopathe soudain déchaîné. L'important, c'était de savoir si elle avait réellement vu ce qu'elle croyait. Mais elle en revenait toujours à Maggie. Qui d'autre était aussi infortuné et aussi solitaire au cœur de la tourmente ?

— Je suis désolée, dit Gisela indignée, je ne peux pas faire une chose pareille.

— Très bien, alors, dans ces conditions, moi, je peux ! J'arrive.

Gisela l'attendait dans le vaste vestibule voûté du *Goldener Hirsch* quand elle entra, à bout de souffle, un quart d'heure plus tard. Il aurait été plus rapide de demander à Helmut de la faire traverser, mais Helmut dessinait des cercles inspirés autour des barques rassemblées au centre du lac et tous chantaient en chœur, de façon assez agréable mais très fort :

« *Heute blau und Morgen blau*
Und übermorgen wieder,
Ich bin dein, und du bist mein,
Und froh sind uns're Lieder[1]. »

---

1. Aujourd'hui saoul comme demain
Et après-demain encore

Gisela, emmitouflée dans une robe de chambre rouge, semblait désormais un peu moins indignée et beaucoup plus mal à l'aise. À quoi bon faire semblant de croire qu'il ne pouvait rien arriver de mal à qui que ce soit dans cette maison, après Friedl ?

— Je suis montée à sa chambre. Tout est en ordre, sa porte est verrouillée et sa lumière éteinte. Je suis sûre qu'elle dort. J'ai frappé doucement, mais elle n'a pas répondu, et je ne tiens pas à troubler son sommeil.

Mais elle roulait des yeux ronds, anxieux, effrayés même. Bunty comprit que malgré l'urgence Gisela refusait d'assumer la responsabilité d'aller plus loin. Si l'amie de Maggie Tressider voulait absolument le faire, ça la regardait.

— La petite lampe de chevet est toujours allumée, dit-elle avec douceur. Elle a une porte qui donne sur la véranda, n'est-ce pas ? Est-ce qu'on peut monter par l'extérieur ?

Gisela bondit à cette idée.

— Oh oui ! je vais vous montrer. On peut passer par la maison.

Et avec un peu de chance, si elles trouvaient la cliente de la chambre numéro un profondément endormie, elles pourraient alors tout fermer et aller se coucher, sans que personne sache rien de cette alarme nocturne.

Elles traversèrent le long couloir jusqu'à l'arrière de la maison, sortirent par un petit passage sur l'allée qui partait de la terrasse et parvinrent à la lisière des arbres. Un peu plus loin dans l'obscurité se trouvait l'escalier en bois qui montait à la véranda. Bunty avança à tâtons en se tenant à la rampe en bois grossière et, à mi-hauteur, ses doigts rencontrèrent un

---

Je suis à toi et tu es à moi
Et gaies sont nos chansons. *(N.d.T.)*

nœud du bois et un fragment d'une matière fine et soyeuse, comme de longues mèches de mohair, qui lui collèrent à la main avec la vive persistance des fibres synthétiques tordues sous l'action de l'électricité statique. Elle dégagea les mèches du nœud où elles s'étaient coincées et les serra dans le creux de sa main tout en continuant à monter.

Gisela s'arrêta, tremblante.

— La porte... elle est ouverte !

La porte-fenêtre était grande ouverte sur le salon de Maggie, plongé dans l'obscurité. Par la porte de la chambre plus loin, restée entrouverte, elles aperçurent à la faible lueur de la lampe de chevet un oreiller encore recouvert du couvre-lit au crochet. Quand elles allumèrent pour regarder dans la pièce, elles remarquèrent aussi un creux dans l'oreiller, laissé par une tête, ainsi qu'un autre, par un corps léger sur le lit. Mais il n'y avait plus personne. La porte de la véranda était sans doute ouverte depuis un certain temps, car la pluie était entrée... C'était pourtant impossible ; la véranda n'était pas complètement couverte, mais l'auvent en saillie en abritait une bonne moitié, et il n'y avait pratiquement pas eu de vent. Pourtant, il y avait une tache humide juste à l'intérieur, au-delà du seuil, qui fonçait légèrement le plancher ciré. Tout semblait en ordre et parfaitement normal, mais il n'y avait aucune trace de Maggie Tressider, si ce n'est la partition de Mahler, *Wo die schönen Trompeten blasen*, sur le piano, et dans la main de Bunty, un petit triangle d'étoffe tissée, provenant d'une matière synthétique coûteuse, portant un motif délicat de plumes grises et blanches, qui avait la finesse de la dentelle et d'où partait une frange de longues fibres de nylon soyeux.

Gisela le regarda et s'humecta les lèvres.

— Ça vient de la ceinture de son déshabillé. Je l'ai vue avec.

— Oui, confirma Bunty, c'est ce que je pensais. On n'a plus le choix maintenant. J'avais raison, mais ne vous inquiétez pas, vous n'y êtes pour rien. Descendez appeler la police, je leur parlerai, moi. Et il vaudrait mieux avertir Herr Waldmeister, il faut qu'il sache. Je vais attendre ici. Dites-leur que c'est un message de la part de l'épouse de l'inspecteur Felse. Ils comprendront.

Ils comprirent et arrivèrent d'autant plus vite qu'ils venaient de recevoir, dix minutes plus tôt, un appel de Werner Frankel d'une auberge de montagne à la frontière allemande. Quand ils rejoignirent Bunty, qui les attendait dans le salon de Maggie, des patrouilles de police circulaient en Allemagne pour contrôler tous les véhicules entre la frontière et Felsenbach, à la recherche d'une Dodge marron clair, assez ancienne, immatriculée en Suisse, tandis que des patrouilles autrichiennes convergeaient de Langen et Bregenz vers Scheidenau, guettant une Mercedes pressée bleu foncé ou noire.

Cela semblait déjà assez embrouillé sans qu'il y ait de nouvelles complications ; mais il était tout à fait clair qu'il s'agissait d'une seule et unique affaire, trop vaste pour qu'on puisse se permettre de prendre le moindre risque. Pour commencer, un détective au service de Miss Tressider tombait dans une embuscade et était enlevé sur la nationale ; et voilà que la jeune femme elle-même avait, semblait-il, disparu de sa chambre d'hôtel sans prévenir et sans explication !

Mais non sans laisser de trace pourtant : un lambeau de la ceinture de son déshabillé accroché à un nœud du bois de la rampe d'escalier, une tache d'humidité insignifiante et qui séchait rapidement à l'entrée de la véranda. En bas de la pente qui conduisait au bord du lac, sous ses fenêtres, les recherches permirent de découvrir un ruban de mousseline argentée, encore noué de façon assez lâche, portant un ou deux cheveux blond foncé emmêlés. Il s'était pris dans les branches de sapin où les jeunes arbres poussaient serré, juste à la hauteur des épaules d'une femme. Tout laissait penser qu'elle s'était enfuie de sa chambre en courant, laissant la porte ouverte, mue par une résolution frénétique, pour aller se jeter tout droit dans le lac dans un accès de désespoir.

— Oui, dit Bunty, droite comme un i sur le tabouret de piano, c'est ce que nous sommes censés croire.

Elle frappa d'un doigt énergique sur la partition posée sur le pupitre.

— Même ceci pourrait faire partie du tableau. Elle a été malade récemment et a commandé une enquête sur la disparition d'un homme qui avait séjourné ici avec elle à ses débuts. Il s'agit de l'homme sur la photographie. Il semble qu'il soit mort à présent. Étrangement, elle travaille ce chant qui parle du fantôme d'un amoureux sorti de sa tombe pour revenir chercher sa bien-aimée. Les gens seraient peut-être choqués si on la retrouvait noyée, mais je pense que personne ne trouverait cela incroyable.

Au bout d'un moment, elle ajouta :

— À part, peut-être, ce Killian. Il semble la connaître mieux que quiconque.

— Et on s'est occupé de lui en même temps, eh ? demanda sèchement le policier de service.

Elle n'avait jamais eu une notion très claire des grades de la police autrichienne, mais l'homme s'appelait, lui semblait-il, Oberkofler. C'était un montagnard d'une soixantaine d'années, de haute taille, élancé, le visage buriné et ridé et les cheveux gris en broussaille. Il avait enfilé le premier vêtement venu quand ses subordonnés l'avaient tiré du lit, toutefois cette absence d'uniforme n'entravait aucunement son autorité. Il était très représentatif de Scheidenau, où il était né et avait grandi. Si elle le trouvait impressionnant, Bunty était contente que ce fût lui entre tous qui parlât anglais, ce qui lui donnait une excuse pour rester à ses côtés.

— Quatre individus pour se charger de l'homme, commenta-t-il d'un air songeur, scrutant la tache humide maintenant à peine visible sur le plancher, et un pour la femme. Vous êtes sûre qu'il n'est pas revenu vers le lac plus tard ?

Bunty jeta un coup d'œil vers la fenêtre. Les accents pleins de vaillance de *Du kannst nicht treu sein* [1] leur parvenaient depuis l'autre côté du lac.

— Comment aurait-il pu ? répondit-elle simplement.

— Oui... Je crois d'abord que nous devons prendre contact avec nos amis là-bas et nous assurer qu'ils restent sur le qui-vive, toute la nuit si nécessaire. Cela rendra tout « accident » par noyade impossible, ainsi que toute retraite par le lac. D'après ce que vous me dites, il semble que cet homme soit toujours dans les parages, peut-être dans les bois. La femme aussi, espérons... Et à présent, Frau Felse, si vous souhaitez aller dormir...

— Je préfère rester, dit Bunty. Au moins jusqu'à ce que nous ayons un message de mon mari.

Mais elle voulait plutôt dire : jusqu'à ce que nous les retrouvions tous les deux vivants, et que nous découvrions à quoi rime toute cette histoire. Elle avait commencé à participer à cette quête, elle voulait la voir terminée. La police arrivait à Scheidenau de toutes les directions, passait les bois au peigne fin en bordure du lac, une petite armée qui se rassemblait à

1. *Tu ne sais pas être fidèle. (N.d.T.)*

la suite de ce que George et elle avaient déclenché dans ce village paisible.

— Bien sûr, vous pouvez rester. Où en serions-nous sans vous ? Vous pouvez vous reposer dans la chambre de votre amie, pourquoi pas ?

Mais il ne montra ni surprise ni désapprobation quand elle le suivit en bas dans le bureau où il avait établi son quartier général.

Le téléphone fut occupé presque toute l'heure qui suivit, mais ils ne trouvèrent rien de nouveau concernant Maggie Tressider. Les noceurs sur le lac continuaient inlassablement à chanter et à ramer, ce qui était aussi étonnant qu'admirable. Il aurait été plus humain de tomber de fatigue dès lors qu'on leur avait officiellement demandé de poursuivre les festivités. Dehors dans les arbres les recherches se poursuivaient, tandis qu'à l'intérieur Oberkofler donnait ses instructions et coordonnait le travail. Les parents Waldmeister, philosophes et flegmatiques, sans parler du fait que d'ici quelques heures ils devraient assumer leur journée habituelle de travail, furent entendus et retournèrent se coucher ; quant aux fils, ils proposèrent leurs services et participèrent à la traque. Bunty observait, écoutait, attendait, et fouillait dans sa mémoire pour retrouver quelque détail englouti ou une idée optimiste. Elle s'inquiétait désormais non seulement pour ces deux infortunés dont on avait perdu la trace, mais aussi pour George dont on était sans nouvelle.

Un coup de téléphone de Werner Frankel depuis Felsenbach les informa que la Dodge avait dû réussir à passer avant qu'ils aient installé des barrages efficaces. Ils avaient lancé un appel général pour l'intercepter et espéraient la cueillir quelque part près de Regenheim.

Nouvel appel de Werner, une demi-heure plus tard :

ils étaient retournés à présent sur les lieux de l'enlèvement et avaient trouvé dans le fossé où l'attaque s'était produite un portefeuille contenant les papiers de Francis Killian, ainsi que plusieurs photographies d'une tombe particulière dans le cimetière de Felsenbach.

— Dont vous avez peut-être entendu parler, dit Oberkofler, par Herr Inspektor ?

— Il m'en a parlé hier, acquiesça Bunty. Avant-hier, je veux dire.

Elle était un peu étourdie après tant d'attente et de réflexion et si peu de sommeil.

— Mais je n'ai pas vu la tombe. George n'avait pas d'appareil photo. C'est de notre faute !

Et enfin, juste avant une heure du matin, il y eut un nouvel appel téléphonique auquel Oberkofler répondit dans un allemand volubile, avant de passer soudain à l'anglais — un anglais somptueux.

— Oui... oui, bien, je vous envoie tous les hommes dont je dispose, et d'autres, à mesure qu'ils rentrent. Oui, votre femme est ici. S'il vous plaît, juste un mot...

Il tendit le récepteur à Bunty avec un grand sourire jusqu'aux oreilles.

— Votre époux, Frau Felse.

— George ? dit Bunty en poussant un profond soupir. Il t'a dit ? On a aussi perdu Maggie.

— Oui, je sais. On est quittes, maintenant, ma chérie, j'ai perdu la voiture qui a kidnappé Killian. Je suis tombé sur une patrouille de Bregenz qui venait à notre rencontre. On avait deux kilomètres de route à écumer pour découvrir le moindre trou où ils auraient pu se terrer, mais il s'est avéré qu'il n'y en avait qu'un, en dehors des chemins menant à des fermes. Celui-là est sans issue, également, il va vers le lac et s'arrête, à ce qu'on m'a dit. Il n'y a rien sur son trajet, à part les ruines du château de Scheidenau. Mais ils doivent nécessairement se cacher quelque part là-haut. Il n'y a pas d'autre possibilité. On se met à la recherche de la voiture maintenant.

— George, je ne peux rien faire pour aider ?

— D'après tout ce que j'ai appris, tu l'as déjà fait, dit George. Si on le trouve, lui, il y a de fortes chances qu'on la trouve aussi, elle. C'est une seule et même organisation. Continue d'espérer ! Excuse-moi, il faut que je libère la ligne, ils peuvent en avoir besoin.

— Oui, bien sûr. À bientôt, alors !

Elle tendit le récepteur à Oberkofler, mais il hocha négativement la tête et sourit. Elle raccrocha. Elle se mit soudain à trembler, a posteriori, et n'osait imaginer ce que la nuit leur réservait.

Au loin, infatigable, parvenait par la fenêtre, depuis l'autre côté du lac, le tonnerre des pétards lancés par la flotte d'Helmut :

« *Es war einmal ein treuer Hussar,*
Der liebt sein Mädchen ein ganzes Jahr,
Ein ganzes Jahr, und noch viel mehr[1]... »

---

1. Il était une fois un fidèle hussard
Qui aima sa douce amie
Durant toute une année,
Toute une année et plus encore... *(N.d.T.)*

CHAPITRE XII

Deux voix discutaient au-dessus de sa tête. Elles ne savaient pas que les morts entendent. Des voix totalement objectives, froides, calmes et lentes, qui parlaient d'elle en termes de vie et de mort. Soit elles n'avaient pas de corps, soit les morts ne voient pas. Elle flottait juste en dessous du niveau de la conscience, se cramponnant à la surface comme la nymphe de l'air d'une créature aquatique.

— *So schön auch*, dit la première voix, critique.

— Personne n'est beau, quand il se met en travers de mon chemin, dit la seconde voix dans un anglais simple et sans sous-entendu ; une voix de ténor légère, agréable, sereine et totalement insouciante.

— *Aber schön*, insista la première voix d'un ton détaché. Elle a vraiment tout pour elle !

— Sauf l'immortalité.

— Qu'est-ce que tu vas faire d'elle ?

La seconde voix garda un silence assez long pour correspondre à un haussement d'épaules.

— Est-ce moi qui l'ai attirée si loin de ses repères en profondeur ? Elle avait un désir de mort.

— Quel gâchis, une femme pareille ! dit la première voix, impersonnelle, nuancée d'un vague regret.

— Il y en a d'autres. Certaines même ont l'oreille absolue.

Et la seconde voix se mit à fredonner rêveusement dans une tonalité moyenne tout à fait insouciante, comme pour elle-même :

« *Mein Eigen sollst du werden gewiss,*
Wie's Keine sonst auf Erden ist,
O Lieb... auf grüner Erden... »

D'une minute à l'autre, elle allait sentir la piqûre de l'aiguille dans sa cuisse et sombrerait à nouveau. C'était donc ça, l'enfer. Quel enfer plus absolu que d'avoir à continuer à vivre et à revivre ces quelques semaines pour l'éternité ? Elle avait essayé d'échapper à ses griffes, et, comme elle croyait réussir, se retrouvait finalement à la case départ, plus piégée que jamais. Tout était à recommencer : subir et perdre de nouveau. Les circonstances étaient différentes maintenant ; le dialogue avait changé : il ne s'agissait plus de décider en faveur de la vie mais, cette fois-ci, de la mort.

Alors, au moment où elle refit surface et se sentit consciente, le fardeau avait miraculeusement disparu. La dernière fois, elle s'était réveillée seule, oppressée et horrifiée par une terrifiante culpabilité sans cause connue. À présent que le verdict était la mort, elle se réveillait légère et sereine, libérée. Elle n'avait pas été trompée, après tout, sa culpabilité n'avait été qu'une illusion, une maladie dont elle était enfin guérie. Même si elle mourait maintenant, ce serait comme un être accompli et sain d'esprit.

Car elle connaissait très bien cette seconde voix, qui appartenait nettement à ce monde et à aucun autre. Ce n'était pas un pauvre fantôme blessé qui était venu la chercher et l'enlever, mais un homme de chair et de sang, dangereux, et il était venu non pas parce qu'elle était responsable de sa mort, mais parce qu'elle représentait une menace pour lui, vivant. Les recherches qu'elle avait entreprises l'avaient privé peu à peu de l'invisibilité qu'il cultivait depuis des années ; il ne pouvait pas se permettre de la laisser continuer. Avec ou sans tombe, avec ou sans monument funéraire, Robert Aylwin était vivant. Elle n'était pas responsable de sa mort et ne lui avait pas non plus causé le moindre mal. S'il la tuait, elle échapperait totalement à son pouvoir, ne serait plus jamais sa victime comme elle l'avait été toutes ces années. Vivant ou mort, Robin ne s'interposerait plus jamais entre elle et l'amour.

Elle ouvrit les yeux sur des voûtes de pierre peu élevées, à la majesté usée et monumentale, semblables à la salle d'un château féodal avant que le luxe ne devienne à la mode. Elle était étendue sur une grossière couverture grise, posée sur une banquette de pierre qui courait sur tout un mur et, dans la paroi, elle voyait les creux chantournés laissés par l'extrémité des canons. Le sol dallé était saupoudré de sable fin, poussière accumulée par le vent, l'érosion et le temps. L'air sentait le frais et l'humidité. Une ampoule électrique munie d'un abat-jour épais diffusait une faible lumière qui ne lui laissait entrevoir que la partie de la pièce où elle se trouvait et, dans le coin, une porte d'apparence plutôt récente et très solide.

— *Achtung !* dit la première voix, à peine audible. Elle revient à elle. Est-ce que je... ?

— Non, laisse-la ! Un peu de compagnie nous aidera à passer le temps jusqu'à ce que ces idiots rentrent chez eux.

Elle ne les voyait tous les deux que jusqu'aux épaules, car l'abat-jour épais masquait leurs visages. L'un d'eux, conciliant, recula dans l'ombre, l'autre s'approcha et se posa sur une fesse au bord de la banquette à ses pieds. Il vit ses yeux grands ouverts qui le fixaient et orienta la lampe d'un geste délibéré pour laisser son visage apparaître en pleine lumière.

— C'est mieux comme ça ?

La masse de ses cheveux ondulés était presque sèche, seule la façon indisciplinée dont ils bouclaient sur le front montrait qu'ils avaient été exposés à la pluie. Il avait dû rester dehors devant sa chambre sous les arbres ruisselants pendant tout le temps où elle avait chanté, attendant le moment approprié. Il avait dû, pensa-t-elle, être amusé par le lied de Mahler ; une petite horreur gothique aurait dû aiguiser son sens de l'humour. Il était vêtu de façon à rester invisible dans l'obscurité : un pantalon gris anthracite et un épais pull-over noir à col polo ; celui, peut-être, avec lequel il avait rôdé dans les bois la nuit où il avait étranglé et noyé Friedl.

En le regardant maintenant, elle ne trouvait rien de surprenant à cela. Il était assis et lui souriait, tenant une cigarette délicatement entre le pouce et l'index, plissant un peu les yeux pour se protéger de la fumée poussée dans sa direction par un léger courant d'air. Les mêmes traits adolescents, réguliers, les mêmes lèvres pleines, mobiles, fortement retroussées, toujours prêtes à rire. Il riait beaucoup, toujours, de tout. Depuis des années, elle avait oublié la couleur de ses yeux, ces yeux baissés sur la photo de Friedl et fermés dans ce visage de faune représenté sur sa tombe. Oublier ce regard lui avait peut-être coûté un effort supplémentaire et elle était parvenue à le faire seulement parce que c'était essentiel. Il l'observait à présent sans se détourner, avec curiosité, de ces yeux d'un vert doré plutôt pâle, ronds et téméraires, intelligents, énigmatiques et méchants. Les yeux aussi riaient, presque continûment, d'une plaisanterie réservée aux initiés et non au commun des mortels. Il semblait à peine plus âgé que lorsqu'elle l'avait vu pour la dernière fois, treize ans plus tôt. Pourquoi aurait-il vieilli puisqu'il vivait — cela se voyait à son air débonnaire et à ses yeux froids et brillants — à l'abri de tout sentiment et de toute responsabilité ?

Elle se redressa péniblement et s'adossa au mur sans que ses yeux quittent son visage une seule seconde.

— C'est toi, finit-elle par dire, c'est toi qui étais derrière tous ces événements ?

Elle appuya fermement ses mains contre la pierre froide pour mieux cerner la réalité. Elle mesurait dans quelle situation elle se trouvait désormais, et connaissait son ennemi. Elle n'avait miraculeusement retrouvé la plénitude de la vie qu'au moment de la perdre à nouveau, et d'éprouver doublement cette perte. Mais elle avait aussi un double enjeu pour lequel se battre.

— Ainsi, tu es bel et bien vivant, dit-elle.

— Chère Maggie, répondit-il avec un sourire paresseux, j'en ai bien l'impression.

— Alors, qu'ai-je entendu cette nuit-là ? *Qu'est-ce qui a plongé dans le lac ?*

Elle pensa un instant qu'il ne lui répondrait pas, mais avec un auditoire prisonnier, toutes les cartes et toutes les ficelles en main, et du temps à tuer... *mais comment pouvait-il avoir du temps à tuer ?* ... pourquoi ne pas parler ? Après tout, elle n'allait répéter nulle part, n'est-ce pas, des choses qu'il pourrait laisser échapper. Il pouvait donner libre cours à sa fantaisie sans prendre aucun risque.

— Une simple bûche du vieux Waldmeister, dit-il avec sérénité. Il y en avait tout un tas dans la clairière près de l'eau ; on ne pourrait pas m'en vouloir d'en voler une pour la bonne cause.

— Mais pourquoi ? insista-t-elle d'une voix presque inaudible, arrachant la flèche injustifiée qui s'était brisée net dans son esprit comme dans sa chair blessée, et n'avait cessé de lui faire mal depuis. Pourquoi m'avoir joué un tel tour ? Pourquoi fallait-il que tu meures ? Et même si tu avais eu tes raisons de vouloir disparaître, pourquoi monter une telle mise en scène avec moi pour commencer ? Pourquoi avoir fait semblant de m'aimer ? Pourquoi m'avoir demandé... ?

Elle reprit lentement sa respiration et plaqua ses épaules avec précaution contre le mur. Ce simple geste la transperça comme une bouffée d'air glacé, chaque contact brutal et ténu avec la réalité l'aidait à apaiser ses sens et à garder l'esprit clair. Elle aussi pouvait parler : les mots servaient ses propres objectifs autant que les siens. Plus il lui prêtait attention, pour l'impressionner et la soumettre, voire pour s'amuser avec elle, moins il lui en restait pour imaginer la moindre contre-attaque.

— Imagine juste une chose, dit-elle en le scrutant à travers ses cheveux dénoués qui lui tombaient sur le front, j'aurais pu te dire oui ! Qu'est-ce que tu aurais fait dans ce cas ?

Il trouvait le souvenir de cette nuit plutôt flatteur, se dit-elle ; peut-être même sa mémoire l'avait-elle embelli. Mais, prudence, méfions-nous de croire une chose pareille. La vanité, pour un homme dépourvu de sensibilité, n'est qu'un jouet à rejeter.

— Je t'aurais épousée, évidemment, déclara-t-il, radieux. Ce n'aurait pas été une épreuve trop pénible. Tu te serais révélée un investissement tout à fait profitable, étant donné la façon dont les choses ont tourné. De plus, étant ma femme, tu n'aurais pas eu à témoigner contre moi, n'est-ce pas ?

Un morceau supplémentaire du puzzle se mettait ainsi en place. Il le lui avait jeté à la figure par calcul ;

elle en avait conscience. Pourtant, souviens-toi, Maggie ! Il se croit en toute sécurité, mais il ne sait pas tout. Il pourrait regretter d'avoir laissé tomber ces petites pommes dorées pour te forcer à courir dans tous les sens.

— Je vois, dit-elle d'un air pensif. Mais qu'est-ce que j'aurais pu dire ? Je n'ai jamais su qu'il y avait des choses à dire contre toi.

Il appuya contre le mur une seule épaule, large et maigre, et la regarda en riant à travers la fumée de sa cigarette.

— Tu te rappelles ce voyage de printemps qu'on a fait avec le Circus cette année-là ?

— Oh oui ! Tu as encore en tête les dates exactes, après tout ce temps !

— Chère Maggie, je me souviens de tout comme si c'était hier. Je me rappelle l'organisation branlante, et toi si enthousiaste et sérieuse, et prête à te laisser berner. Tu te souviens d'avoir passé pour moi à la douane des cosmétiques coûteux, ce printemps-là ? Une fille peut déclarer ce genre d'objets, alors qu'un homme serait automatiquement suspecté. Et c'est comme ça que ça s'est fait, n'est-ce pas ? Un de mes amis nous attendait au train, et je lui ai tendu tout le paquet comme si c'était un cadeau pour sa sœur. Chère Maggie, tu ne peux pas avoir oublié ce service rendu ? Après tout, qu'avais-tu jamais à déclarer, à part des partitions et des disques ?

Avait-elle jamais eu de l'argent, à cette époque, pour s'acheter quoi que ce soit en dehors des choses indispensables, qui toutes concernaient la musique ? Mais elle se borna à dire :

— Je me souviens.

— Eh bien, ils ont arrêté mon ami anonyme, plus tard cette année-là, avec pas mal d'héroïne sur lui. Oui, c'était ce que contenaient les pots, hermétiquement cachée sous quelques millimètres de crème et autres produits de beauté. On était à Bâle pendant le voyage d'automne quand j'ai appris ce qu'il lui était arrivé, alors il m'a fallu décider très vite ce que j'allais faire. Impossible d'être sûr qu'il tiendrait sa langue à mon sujet, et même s'il le faisait, on risquait quand même de me mettre autre chose sur le dos. Et si jamais ils étaient remontés jusqu'au Circus, tu te serais empressée de leur dire comment ces cosmétiques avaient pénétré en Angleterre, n'est-ce pas ? Tout se réduisait à un choix entre t'épouser pour te faire taire et rentrer en Angleterre tenter ma chance, ou rester ici et devenir un professionnel. On m'invitait à le faire depuis plus d'un an.

— On ? demanda Maggie doucement.

— À quoi bon te donner des noms, ma chère ? Toute l'affaire a changé depuis. Ce n'était qu'une organisation parmi d'autres, avant que je l'aie transformée à ma convenance. Appelle-la comme tu voudras. *Cosa mia...*

Oui, il était clair que tout ce à quoi il participait devait vite devenir « *sa chose* » ; ça ne l'intéressait pas d'être un subordonné. C'était peut-être la raison pour laquelle il ne s'était jamais donné la peine de travailler la musique, car même la discipline nécessaire pour percer n'allait lui permettre d'accéder qu'au troisième rang, ou au mieux au second.

— Donc tu faisais de la contrebande pour eux depuis quelque temps, dit-elle, en profitant du nom respecté de Freddy.

— À chaque voyage. Tu m'avais aidé déjà une fois, auparavant. Oh, pas toujours des drogues dures, en fait très rarement. Des trucs légers et dont on pouvait tirer profit : pierres précieuses, objectifs, passeports, médicaments, même des montres quand les autres domaines étaient médiocres. Une fois, je suis rentré en

Angleterre avec deux manuscrits du Moyen Âge parmi mes partitions. On avait un client qui les attendait, bien entendu. Des miniatures, des pièces de monnaie rares, des timbres, de petits objets d'art — tout ce qui peut se transporter facilement et a une certaine valeur. Nous approvisionnons le monde entier, acheminant les marchandises là où la demande est forte. Même avant la crise, j'avais songé à laisser tomber le Circus de peur que lui ne me laisse tomber, et à me lancer à plein temps dans cette affaire. De toute façon, ma carrière avec Freddy touchait à sa fin. Je *t*'ai laissée décider à ma place. *Tu* m'as rejeté, *ils* m'ont récupéré. Tu m'as même fourni une raison de me suicider, si les gens se mettaient à trop fouiner, encore que je reconnaisse que l'idée de la bûche me soit venue après coup. Je me rappelle avoir filé en dévalant la colline, et il y avait ces tas de bois prêts à être charriés, c'était trop tentant pour ne pas en profiter. Tu étais sacrément confiante et sûre de toi, ça semblait être un geste approprié pour te donner un autre sujet de réflexion que ton grand avenir.

— Tu as dû être déçu, intervint-elle sèchement, quand je n'ai rien dit à personne de l'histoire que tu avais préparée avec tant de soin précisément pour que je la raconte.

Il pencha la tête en arrière contre le mur et éclata de rire.

— J'ai été choqué de découvrir que tu étais capable d'une telle duplicité. Tu ne voulais d'aucun scandale, ni d'aucun autre petit obstacle qui puisse entraver ta carrière, n'est-ce pas ? Mais après tout, ça a très bien marché. Friedl me tenait informé. Si tout le monde s'était rangé aux sombres suppositions de Freddy, et en était arrivé à la conclusion que je m'étais simplement tiré pour éviter des désagréments mineurs, ça me convenait. Du moins tant que personne ne se mettait en quête de me retrouver *vivant*.

— Friedl était ta créature ? Elle faisait partie de l'organisation ?

— Pas vraiment. Disons que Friedl est devenue une sympathisante utile. L'une de nos antennes dans le monde. Une de nos porte-parole aussi ; cela dit, ajouta-t-il franchement, j'aurais dû me méfier davantage.

— Alors, tu l'as incitée à raconter tous ces mensonges à Francis et à moi, pour prouver que tu étais mort ?

— À Killian, oui. Mais à toi ? Là, elle a outrepassé les ordres, elle avait un compte à régler avec toi. Friedl...

Il haussa une épaule d'un geste calme et éloquent.

— Elle a toujours préféré mentir que de dire la vérité, par nécessité ou pour le plaisir. Son talent a été utile dans certaines occasions, mais quand la jalousie a pris le dessus — oh oui, tu ne t'en étais pas rendu compte ? — elle est devenue une menace. Elle parlait trop ! Quand elle t'a mise sur la piste de la tombe, ç'a été la fin. Il fallait qu'elle disparaisse. L'idée de la tombe, c'était sans doute depuis le début une erreur, que j'aurais bien dû laisser de côté. Mais à l'époque, ça semblait être une occasion bénie de bénéficier d'une seconde ligne de défense toute prête, au cas où. Et ensuite, il a fallu que tu t'y intéresses de trop près, et tu n'allais jamais gober ça. Elle aurait pu le dire à n'importe qui d'autre, mais à *toi*...

— J'ai vu les photos. Comment as-tu réussi à inventer cette supercherie ? C'est toi qui as fourni le corps ? S'il y en a vraiment un ?

— Oh oui, il y a un corps, elle t'a dit vrai. Il est descendu avec les eaux de la fonte des neiges, au moment du dégel. Non, ce n'était pas du tout un coup de maître de ma part ; c'était un pur hasard. Je ne crois pas qu'on sache jamais qui il était en réalité. Non, j'ai seulement saisi l'occasion qui se présentait. Ensuite, il y aurait toujours une tombe vers laquelle faire dévier les recherches, si le besoin de rappeler ma mort se faisait sentir. C'était un cadavre d'homme, qui avait à peu près ma taille, ma stature et mon âge, et qui n'était plus identifiable. Tout ce dont j'avais besoin, c'était de faire passer l'offre anonyme de payer l'enterrement pour un acte de piété, et de m'assurer que la mort d'un jeune inconnu était enregistrée et datée. Rien d'aussi sommaire qu'une fausse identification ou un nom, évidemment. Le portrait, j'y ai pensé après coup, c'était un *jeu d'esprit*[1]. Peut-être trop insolent, mais ça m'amusait.

— Alors tu as aussi un marbrier à ta solde, dit Maggie admirative.

— On a quelqu'un pour tout, reconnut-il tranquillement.

— Tu as dû grimper rapidement dans la hiérarchie de l'organisation ?

— Jusqu'au sommet. Ça fait quelques années maintenant. La classe, ça paie ! dit-il avec une fausse modestie évidente.

Ses lèvres s'ourlèrent du même rire muet qu'il avait autorisé le marbrier à graver sur la pierre tombale, démentant le front dépersonnalisé et les paupières de marbre, transformant le masque de mort en un démon vivant.

— Et puis, il a fallu que tu viennes par ici, dit-il d'un ton réprobateur, et que tu commences à me rechercher — toi, qui n'allais pas gober cette histoire de tombe sans sourciller. Si tu ne t'étais pas montrée

1. En français dans le texte.

si curieuse, après tout ce temps, rien de tout cela ne serait arrivé. Pourquoi diable *l'as-tu fait* ?

Elle le regarda en retour sans dire un mot pendant une minute, s'étonnant de découvrir le paysage de son âme si miraculeusement changé.

— Je t'avais sur la conscience, avoua-t-elle posément. Je pensais avoir une dette envers toi.

Il acquiesça, avec beaucoup de douceur et un sourire absolument ensorcelant :

— *Et c'est bien vrai.*

Elle ne fut pas vraiment surprise. Elle savait depuis le début qu'elle était allée trop loin pour rester en vie. Lui parlerait-il comme cela, sinon ? Depuis le début elle savait, au fond d'elle-même, qu'elle parlait principalement pour retenir son attention, pour lui faire oublier le temps qui passait, pour gagner des minutes du mieux qu'elle pouvait. Il ignorait toujours qu'elle avait interprété Mahler, cette nuit-là, pour le visiteur qu'elle attendait.

Qu'importait que Francis ait tardé à venir ? Il viendrait. Et quoi que d'autres puissent imaginer en trouvant sa chambre vide — qu'elle était partie de son plein gré, à quelque rendez-vous dans les bois, ou pour rejoindre le lit d'un autre, ou au fond du lac — Francis, lui, saurait. Francis saurait qu'elle l'avait attendu, et que rien n'aurait pu lui faire quitter l'endroit fixé pour leur rendez-vous avant son arrivée. Et avec ou sans la police, il la chercherait jusqu'au moment où il la trouverait.

Elle accrochait son espoir à cette seule chance et constatait que c'était toujours un espoir considérable. Inutile de le surestimer, malgré tout. Robin ne tuerait pas le temps avec elle sans rien faire, même s'il y prenait plaisir, si de son côté il n'attendait pas quelque chose.

Du moins, continue à parler, se dit-elle. Du moins, empêche-le de renoncer à attendre, après tout.

— Comment as-tu l'intention de te débarrasser de moi ? demanda-t-elle pour entretenir la conversation.

Le regard doré lumineux, pénétrant et énigmatique de Robin était fixé sur son visage et l'aveuglait, et pour une fois il ne souriait pas.

— Ma chère, c'est toi qui as monté toute la scène. Tu te retrouves convalescente, et adoptes un comportement étrange, avec apparemment une sorte d'obsession à mon sujet, un épisode insignifiant et triste de ta vie passée. Ta maison de repos est alors foudroyée par une tragédie — une femme est trouvée noyée dans le lac. Le suicide est contagieux. À présent, ils vont découvrir la porte de ta véranda restée ouverte, et une jolie petite piste qui descend jusqu'au rivage. J'ai veillé à cela. Et sur ton piano, comme tu l'as laissé, ce chant merveilleusement approprié de Mahler, qui parle de l'amant mort qui revient de nuit rendre visite à sa bien-aimée... Oh oui, quelqu'un sera capable d'établir le lien. Dans un tel contexte, qui va être surpris que tu aies complètement déraillé et décidé de mettre fin à tes jours ?

— Alors pourquoi ne m'as-tu pas tout de suite jetée dans le lac, pendant que tu en avais l'occasion ?

Il rit de bon cœur.

— Parce qu'il y a une invasion de fêtards ivres qui font une régate sur le lac. Ils ont sacrément mal choisi leur moment pour embarquer.

— C'est un point de vue, rétorqua Maggie d'un ton acerbe.

— Soit, mais ils vont bientôt se lasser et aller se coucher. Ne t'inquiète pas, demain la police recherchera ton corps.

— Et bien entendu, ils le trouveront.

— Oh oui, sûr ! Une mort, par noyade sans aucun doute, il n'y aura pas de blessures pour abîmer le tableau, pas même une meurtrissure. Dommage que j'aie laissé Friedl me mettre en colère, mais qu'y faire ? Non, ma chère, pour une Maggie Tressider ils pourraient peut-être continuer à chercher trop longtemps et trop bien, si je ne leur faisais pas cadeau de toi. Ils risquent de trouver d'autres choses, sait-on jamais. Non, ils t'auront gratis.

Pour rendre plausible un suicide de ce genre, se dit-elle en raisonnant froidement, et pour être sûr qu'on la retrouve rapidement, il faudrait qu'elle soit jetée dans l'eau à proximité de l'hôtel. Aussi devaient-ils être vraiment tout près. Pourquoi ne pas continuer à poser des questions directes ? Il avait déjà répondu à d'autres, très indiscrètes, certain qu'il était en sécurité dans cet endroit. Mais si cette attente se poursuivait assez longtemps, et chaque instant comptait, ce qu'elle avait obtenu de lui pourrait cependant s'avérer utile pour le confondre.

— Où m'as-tu amenée ?

Elle regarda tout autour de la pièce sombre comme si elle venait de la découvrir. Il y avait une autre porte dans le mur du fond, exactement en face de la première, comme si cet endroit n'était qu'une pièce parmi d'autres. Des caves ? Sûrement pas dans l'hôtel ? Pourtant, il n'avait pas pu l'amener bien loin. L'autre individu était assis en silence, loin de la lampe unique, décapité par l'arête aiguë de l'abat-jour noir, ouvrant, nettoyant et chargeant son pistolet d'un air imperturbable, avec de grandes mains adroites sans tête pour les commander, mais remarquablement agiles et compétentes par elles-mêmes.

— Nous sommes dans le cellier du vieux château. Il y en avait à l'origine tout un labyrinthe, mais la plupart des caves sont obstruées par des décombres. Nous avons isolé la partie la plus sûre du réseau pour en faire un dépôt. Un parmi d'autres. Avec trois frontières si rapprochées, nous avons besoin d'un endroit sûr facilement accessible dans chaque pays, où les hommes et la marchandise peuvent être soustraits à la vue rapidement jusqu'à ce que la pression se relâche. Non, dit-il en grimaçant, ne cherche pas un trésor, nous avons tout vidé. Après ce soir, nous n'utiliserons plus cet endroit, il devient un peu trop précaire pour nos objectifs.

— Et toi, où passes-tu la partie — faut-il dire, « non enterrée » — de ta vie ? Je suppose que tu as conservé une identité parmi les vivants ?

— Oh, plusieurs, l'assura-t-il avec insouciance. Des identités tout à fait respectables et dans plus d'un pays. Quand une frontière se ferme, une autre s'ouvre. Pour un homme nouveau, bien entendu. Tu sais, Maggie...

Elle attendit, l'observant sans détourner les yeux. Il l'observait d'un air pensif et intéressé, comme un commerçant retors envisage un marché qui l'inspire.

— En un sens, c'est dommage que je ne puisse pas avoir les deux, toi *et* le reste. Qui aurait cru que tu serais restée à me pleurer tout ce temps ?

Elle se rappela l'angoisse qu'il lui avait causée, l'emprise obsessionnelle qu'il avait eue sur elle, et soudain elle s'avisa que Francis avait commis la même erreur à son sujet que celle que cet homme commettait à présent. Parce qu'elle avait failli ruiner sa vie pour lui, ils croyaient qu'elle l'avait aimé, même si c'était seulement après coup, une fois qu'il eut disparu. Elle ouvrit grand les yeux et lui rit au nez. C'était peut-être le seul luxe qu'il lui restait, ce n'était pas à son honneur, mais elle ne put s'en empêcher.

— *À te pleurer ?* Sais-tu ce que tu as été pour moi ? Un cauchemar, une malédiction, c'est tout...

L'homme au pistolet s'écria : *Achtung !* d'un ton clair et sec, et se leva.

Le rire de Maggie s'enraya dans sa gorge. Elle se tapit contre le mur la tête dressée, l'oreille tendue vers ces petits bruits rocailleux qui se rapprochaient, de l'autre côté de la porte. Robin remarqua que de petites étincelles d'espoir s'animaient doucement dans ses yeux, et le sourire brisé par son rire lui revint aux lèvres comme un reflet dans un étang qui reprend forme après qu'on y a lancé un caillou. Il se laissa glisser de la banquette et s'étira avec satisfaction.

— Dommage, ma chère, ce n'est pas ce que tu pensais.

Elle avait déjà compris que cela ne pouvait être. Il y avait là quelqu'un qui connaissait le chemin et s'approchait tranquillement mais sans discrétion particulière. Pas ce qu'elle avait espéré ; simplement ce que Robin attendait.

L'homme au pistolet se dirigea vers la porte et tira les verrous. Maggie posa rapidement les pieds sur le sol et se leva, rassemblant les plis de son déshabillé autour d'elle, car il semblait que l'heure était venue.

Quatre hommes pénétrèrent dans la pièce, apportant avec eux des bouffées de l'air froid de la nuit et l'odeur verte des bois mouillés. Deux d'entre eux étaient grands, des montagnards décharnés, venus d'on ne savait quel côté de la frontière. Le troisième était mince, léger et jeune, ceinturé d'un imperméable à taille de guêpe. Le quatrième, qui fut projeté à l'intérieur et boitait fortement, le visage ensanglanté et un revolver pointé dans le dos, n'était autre que Francis.

Maggie ne poussa pas un cri, mais, comme si elle l'avait appelé à haute voix, le regard de Francis vola vers elle et s'attacha à elle avec tant de désarroi et de désespoir que son cœur chavira ; et ce qu'il lut sur son visage était le reflet de sa propre angoisse. La seule once de consolation qu'il avait gardée était de la savoir en sécurité dans son lit ; tandis qu'elle se raccrochait à l'espoir qu'il lancerait à temps les recherches pour la retrouver. Le rêve s'était envolé, pour l'un comme pour l'autre.

Maggie remarqua à peine que sa maigre chance de survie s'était réduite, à cause de la montée soudaine de rage et de douleur qu'elle ressentit pour lui. Elle avait bien cherché ce qui lui arrivait, mais lui, qu'avait-il fait ? Elle l'avait entraîné là-dedans, seul et sans armes contre une bande impitoyable et puissamment organisée, et c'était à cause d'elle qu'ils allaient tous deux mourir. Elle était condamnée à être noyée, parce qu'ils voulaient qu'on la trouve et qu'on justifie sa mort. Mais Francis... Non, ils devaient souhaiter le faire disparaître tout à fait. À quoi bon se voiler les yeux ? Puisqu'ils l'avaient fait enlever quelque part sur la route, peut-être assez loin de Scheidenau, pourquoi le ramener à cet endroit s'il devait jamais le quitter à nouveau ?

Robin et ses hommes parlaient dans un allemand rapide et familier, Robin posant les questions, les autres répondant. Elle fut rapidement incapable de comprendre toute la conversation, mais les implications étaient bien claires. Des ennuis ? Non, pas d'ennuis, ils maîtrisaient tout, comme prévu. Il était question d'une voiture — celle de Francis ? — qui devrait être à l'heure actuelle dans la cour de Klostermann. Ils étaient contents et détendus, non pas au comble de l'allégresse, mais retirant de leur efficacité une certaine satisfaction de professionnels. Maggie était là, presque oubliée, tentant de comprendre, concentrant toute son attention au cas où elle surprendrait un détail, n'importe lequel, auquel l'espoir pourrait s'accrocher en passant et trouver une prise. Pour l'un d'eux au moins. Pour Francis ! Elle savait pourtant qu'il ne leur restait plus désormais que quelques heures de sursis ; ils avaient perdu à jamais toute chance de s'en tirer.

Ses ravisseurs avaient relâché Francis dès qu'ils l'eurent fait entrer et que la porte eut été fermée et verrouillée. Pourquoi pas ? Il était blessé et sans armes, et ils possédaient à eux tous plusieurs pistolets. Même Robin tenait à présent un pistolet dans la main, une petite chose noire au nez retroussé qu'il balançait sur son index comme un jouet.

On avait dit quelque chose au sujet de Maggie, une question dans l'autre direction. Les trois hommes de Robin la dévisageaient avec inquiétude ; nul doute qu'ils s'étaient attendus à ce qu'elle fût au fond du lac à ce moment-là.

— Oh, Maggie ! concéda Robin négligemment, lui lançant un coup d'œil par-dessus son épaule. Il y a eu un petit pépin.

Il était revenu à l'anglais, se dit-elle, non par hasard, mais pour qu'elle comprenne.

— Il va nous falloir la garder jusqu'à ce que les bateliers de la Volga rentrent chez eux cuver leur vin. Ils finiront bien par se lasser, tôt ou tard. Roker les surveille d'en haut, il nous filera le tuyau quand ils partiront.

Il regarda Francis, fit pirouetter le pistolet dans sa main, et la crosse vint nicher dans sa paume comme un oiseau qui rentre au nid.

— Mais on ferait mieux d'envoyer celui-là sous terre, ajouta-t-il.

Francis avait sorti un mouchoir et essuyait tranquillement le sang sur sa joue. Son visage gris, les traits tirés, gardait un silence contenu, absolu. Même lorsqu'il levait les yeux un instant pour regarder Maggie à nouveau, ils ne révélaient rien si ce n'est une sorte de salut lointain et plein de regrets. En présence de ces gens, il n'avait rien à lui dire, même pas avec les yeux. Son fardeau fait d'amertume, d'auto-accusation et d'amour n'était pas quelque chose qu'il voulait étaler devant eux, ni dont il voulait l'accabler en ce dernier instant. Tant qu'il avait une carte à jouer — et il en avait une, la dernière — il valait mieux qu'il la joue et parle de l'essentiel. Le reste, il pouvait le taire. Elle ne serait pas plus malheureuse ni plus infortunée si elle finissait sa vie sans la moindre déclaration de Francis Killian.

— Il y a une chose que vous ignorez... Aylwin, commença-t-il d'une voix rauque et malaisée à cause de sa gorge meurtrie. Je présume que vous *êtes* Aylwin ? Qui d'autre ? Vos gars ne le savent pas non plus, mais pendant toute l'ascension de cette portion de route de montagne, une voiture m'a suivi cette nuit. Elle était à mes trousses hier déjà, je n'en étais pas sûr alors, mais maintenant je le sais. Je croyais qu'il s'agissait de votre bande jusqu'à ce que je tombe sur votre embuscade. Alors ce ne peut être que... vous le savez, n'est-ce pas ? Une voiture de police gardant un œil sur moi. Ils n'étaient pas très loin derrière quand cette bande m'a fait signe de m'arrêter. Vous pensez qu'ils sont aveugles et sourds ? Ou vous croyez qu'ils ont abandonné leur mission juste quand elle devenait intéressante ? Ils doivent sérieusement nous talonner à l'heure qu'il est, et il y aura des renforts en chemin. Vous croyez que vous allez jamais sortir de là sans vous faire remarquer ?

— Je crois, dit Robin avec un sourire nonchalant, plissant ses yeux dorés, que vous êtes un menteur courageux, mais aux abois, qui joue sa dernière carte. Pour être simplement serviable...

Il se tourna vers ses trois acolytes qui observaient et écoutaient, et s'adressa à eux dans un allemand très rapide. Ils secouèrent vigoureusement la tête en signe de dénégation, très sûrs d'eux, et balayant l'histoire d'un grand rire.

— Vous voyez ? Pas de filature, pas de police, pas de contes de fées. Si on vous a suivi, on s'est volatilisé *en route* [1]. Mais je crois que ça n'a jamais été le cas.

— Votre problème, dit Francis d'un ton égal, c'est que vous êtes obligé d'avoir une confiance illimitée dans vos sous-fifres. Le problème classique des affaires qui prennent trop d'ampleur. Cette Dodge n'arrivera pas jusque chez Klostermann. S'ils la ratent à Felsenbach, ils la cueilleront avant qu'elle atteigne Regenheim. Et au cas où il y aurait le moindre doute quant à l'endroit où j'ai été attaqué, et quant à *votre* lien personnel avec cette affaire, laissez-moi vous dire que je leur ai laissé mon portefeuille et mes papiers sur place ; avec l'ensemble des photos de *votre* tombe.

L'ombre d'un doute, pour la première fois, effleura mais ne put ébranler la certitude de Robin qui continuait à sourire. Il tourna à nouveau la tête pour lancer des ordres à ses subordonnés qui s'emparèrent brutalement de Francis, fouillèrent ses poches, tout en continuant à déverser des propos méprisants sur son histoire. Il leva les mains pour leur laisser le champ libre, tressaillant de douleur à cause de leur brutalité.

— Pas de portefeuille, pas de passeport, pas de permis de conduire. Vous croyez que j'étais parti sans, Aylwin ? Ne vous donnez pas la peine d'envoyer un homme les ramasser dans le fossé, il y a longtemps que la police s'en est chargée. Savez-vous d'autre part qu'un inspecteur anglais se trouve à Scheidenau et coopère avec la police locale ? Il m'a suivi depuis l'Angleterre. C'est peut-être lui aussi qui m'a suivi toute la journée.

1. En français dans le texte.

— Très bien, donc vous avez laissé votre portefeuille dans le fossé. Grand bien vous fasse ! Un quidam dépensera votre argent et jettera le reste. Je croirai en votre inspecteur anglais quand je le verrai. Quant à votre filature policière, Max, au volant de votre voiture de location, l'aurait heurtée de plein fouet dans le virage et me l'aurait signalée depuis belle lurette.

— Il lui est peut-être rentré dedans et ils l'ont peut-être arrêté sur-le-champ. Vous n'avez jamais réfléchi à ça ? Vous feriez mieux de ne pas les enterrer si facilement, Aylwin, ils étaient bel et bien là.

C'était sa bouée de sauvetage, elle était fragile, mais pas illusoire. Ils étaient passés là. Dieu savait ce qu'il était advenu d'eux maintenant, mais ils pouvaient très bien débarquer au moment opportun.

— Vous n'avez aucun espoir de sortir d'ici sans être vu. Pourquoi ajouter d'autres meurtres à la liste ? Elle est déjà assez longue. Vous pouviez peut-être vous en tirer pour Friedl. Mais touchez à Maggie Tressider et ils vous poursuivront jusqu'à l'autre bout de la terre.

Il gaspillait son énergie. Même s'il avait été sensible à l'intimidation, même s'il l'avait cru, Aylwin était allé trop loin maintenant pour faire marche arrière. Il bâilla longuement sous le nez de Francis et sourit, tendant la main pour tourner l'abat-jour de la lampe de façon à diriger la lumière vers le coin le plus sombre de la cave. Le cercle pâle glissa sur les dalles en une marée silencieuse. Contre le mur, un tas de terre sombre émergea de l'obscurité et le bord de deux pierres apparut, noir et fin comme un trait de pinceau.

— Soulevez-les !

Il y avait des leviers et des pelles dans un coin. La lumière qui tombait en oblique projetait les ombres monstrueuses des épaules et des têtes penchées des deux montagnards, alors qu'ils appuyaient de tout leur poids sur les leviers, non sans une certaine nonchalance, et la fine ligne noire à une extrémité de la pierre la plus proche s'élargit en une entaille, un rectangle béant d'obscurité.

Pour moi, se dit Francis, pas pour Maggie ; il a dit qu'il faudrait qu'ils la gardent jusqu'à ce que les bateliers de la Volga rentrent chez eux... Les bateliers ! Oui... ainsi quelqu'un gêne leur projet de s'approcher du lac. *À cette heure !* Une lueur d'espoir, en lui, s'accrochait obstinément à la vie, car la police pouvait encore justifier ses propos et venir à temps pour Maggie, sinon pour lui. Négocier était hors de question, avec quoi pouvait-il négocier ? Sûrement pas sa propre vie, qui était déjà perdue. Aucun moyen même de gagner du temps. S'il se mettait à vendre sa vie le plus cher possible, des balles se mettraient à siffler et Aylwin pourrait choisir d'arrêter les dégâts et de changer de plans, et se dépêcher d'envoyer ses deux prisonniers dans l'autre monde et de les enterrer ensemble. Non, il ne restait rien d'autre à faire que de compter sur les bateliers de la Volga — peu importe qui ils étaient, ils existaient ! —, de se soumettre sans provocation, et de prier que les patrouilles de police ne rentreraient pas tant qu'elles ne l'auraient pas trouvée vivante.

Robin Aylwin balançait négligemment une de ses longues jambes au bord de la banquette, jouant avec son petit pistolet en observant ses hommes travailler. Un travail comme un autre. Il n'accordait plus la moindre attention à Francis et ce dernier avait sombré dans le mutisme, arrivé à la conclusion sinistre qu'il ne pouvait rien pour Maggie sinon mourir docilement. Ce fut Maggie qui brisa le silence.

— Francis !

Jamais de sa vie il n'avait entendu son nom prononcé de la sorte. Un son léger, subtil, doré, intime, comme la merveilleuse *mezza voce* qu'elle pouvait faire parvenir jusqu'à la toute dernière rangée de la galerie la plus éloignée de n'importe quel opéra dans le monde, pour transpercer le cœur de l'auditeur le plus en retrait, comme si personne n'existait que lui et la chanteuse. De l'intimité d'un être, en visant pile celle d'un autre. Personne n'existait plus ici, hormis Francis et Maggie. Elle avait chassé les autres de sa conscience et elle les bannissait de celle de Francis. Il lui restait une seule chose à faire pour Francis et elle l'accomplissait aussi bien qu'elle le pouvait.

— Francis, je suis désolée de vous avoir entraîné là-dedans. Pardonnez-moi ! Mais je tiens à vous dire qu'en ce qui me concerne, je suis heureuse de vous avoir rencontré, même dans ces conditions. Merci pour tout ce que vous avez fait pour moi. Je n'ai même pas besoin de vous dire adieu. Je vous suivrai de peu.

Robin avait tourné la tête pour la regarder. Les hommes qui ouvraient la tombe se figèrent, suspendus à ce qu'ils entendaient et voyaient. Alors, Robin rejeta brusquement la tête en arrière comme un cheval furieux qui se cabre et éclata d'un rire bref et violent. Quelque chose dans son intonation renvoya les hommes à leur travail et ils se précipitèrent sur la deuxième pierre. Maggie ne l'avait jamais regardé ainsi, n'avait jamais prononcé son nom avec cette conscience particulière qui lui conférait soudain une identité formidablement agrandie. Elle n'avait jamais tourné vers lui ce visage émerveillé, aux yeux brûlants de reconnaissance et grands ouverts à l'amour. Il s'était donné la peine un jour de mettre en scène pour elle une belle déclaration d'amour et elle ne l'avait même pas entendu. Un amour simulé, bien sûr ! Et pourtant, selon toutes les règles éprouvées, elle aurait dû succomber.

Les dalles furent délicatement redressées contre le

mur, découvrant la terre grisâtre et compacte, et le long trou étroit déjà creusé en prévision d'un nouvel occupant. L'obscurité cruelle et une sinistre et maigre lumière déformaient les silhouettes penchées au-dessus d'une tombe ouverte. L'esprit de Maggie dérivait, refusant un présent insupportable et un avenir inexistant. C'était la scène du cachot dans *Fidelio*. Mais Leonora avait eu au moins un pistolet, alors qu'ici tous les pistolets étaient dans le même camp. Elle n'avait rien pour se battre, rien pour se défendre ni pour attaquer l'ennemi. *Ich bin sein Weib*[1] *!* Non, ce serait un *Fidelio* sans le moindre duo d'amour extatique, sans que triomphe à la fin la justice...

Robin se laissa glisser de la banquette et se tint solidement sur ses pieds. Elle vit son pouce tirer le cran d'arrêt du revolver. Il l'avait à nouveau oubliée ; son attention restait fixée sur la tombe ouverte. Les affaires, comme d'habitude, il lui fallait s'occuper de ses affaires, où l'émotion ni même la vanité offensée ne jouaient aucun rôle.

— Vous ne serez pas tout seul, dit-il plaisamment, ses yeux de braise jaugeant Francis, vous allez rejoindre l'occupant qui s'y trouve déjà. Un de vos compatriotes, qui lui aussi était un peu trop fouineur. Le garçon de course s'imagine toujours qu'il peut diriger l'affaire mieux que le directeur général.

Il leva lentement la main et braqua le revolver. Les fossoyeurs et leurs collègues s'éloignèrent de Francis et se tinrent à l'écart, attendant avec flegme le moment de remplir à nouveau le trou et de remettre les pierres en place. Le doigt allongé sur la gâchette se crispa légèrement.

Maggie retrouva ses esprits avant qu'il ne se tende pour faire feu. Rien pour se battre ? Mais si ! Elle avait

1. *Je suis sa femme. (N.d.T.)*

une arme, la dernière, inutile pour échapper à la mort, mais une véritable grenade qui exploserait dans les plans bien réglés de Robin Aylwin. Elle avait un corps, qu'il avait besoin de garder intact pour réaliser ses propres objectifs, avec des poumons toujours à même de respirer dans les eaux du lac. Elle rassembla son énergie en une convulsion vengeresse et se jeta entre Francis et le revolver.

CHAPITRE XIII

Le coup partit, une détonation brutale, violente et sifflante, perdue dans le cri de surprise de Robin. Maggie se retrouva en équilibre, bras écartés, devant Francis, elle sentit qu'il vacillait et se redressait derrière elle, en s'écartant du mur. Il n'y avait eu ni douleur, ni impact, rien. Elle avait sous-estimé la rapidité des réactions sauvages de Robin. Au moment même où elle avait bougé, il avait deviné son intention et, méthodique dans tout ce qu'il entreprenait, s'en était obstinément tenu à son propre dessein. La balle devait être en mouvement quand il leva le poignet pour la faire ricocher en sifflant sur la voûte et s'encastrer dans la paroi. Il ne pouvait éviter Maggie sans éviter Francis. D'un geste désespéré, elle tendit la main pour toucher Francis, pour s'assurer qu'il n'avait rien, ne fût-ce que pour un bref instant de communion, et pour s'attacher à lui de façon indivisible, afin qu'il ne puisse être tué sans qu'elle le soit également. Son bras chercha sa taille et il la souleva. Elle sentit la rudesse de son corps et elle entendit sa respiration lourde, entrecoupée de douloureux gémissements.

Mais tout ce qu'elle vit fut la tête de Robin, et cela, elle ne l'oublierait jamais, aussi longtemps qu'elle dût se souvenir. Au moment précis où il avait fait dévier son tir, pour garder son trésor suicidé présentable pour une autopsie et un jury d'enquête, tout en lui s'était soudain figé et métamorphosé. C'était un homme dont la vive intelligence travaillait à la vitesse de la lumière. Le sifflement de la balle voletait encore sous la voûte comme une chauve-souris affolée quand l'horreur, dans toute sa vérité, le frappa — la chose qui le détruisit complètement. Il comprit en une vision aveuglante toute la signification du geste de Maggie, et, pour la première fois dans sa vie de froide indifférence, il réagit sans calcul pris d'une jalousie irrationnelle. Il ne s'était jamais soucié d'elle, pas plus aujourd'hui qu'à l'avenir, d'elle ou de n'importe quelle autre femme. Pourtant, il ressentait comme un outrage intolérable qu'elle, qui n'éprouvait rien pour lui, puisse risquer sa vie volontairement pour un autre homme. Comment cela pouvait-il l'atteindre ? Il avait vécu très heureux sans éprouver ni besoin ni respect ni considération aucune pour l'amour, pourtant toute cette construction impressionnante s'effondrait soudain, réduite à une poignée de cendres amères. Cela l'atteignait, oui ! Cela l'atteignait jusqu'au cœur, jusqu'à l'os, jusqu'à la moelle de ses os. Elle l'avait trompé, elle avait triché avec lui en l'empêchant de parachever sa réussite. Elle avait fait ce que personne d'autre n'avait jamais fait, elle l'avait rendu capable d'éprouver des sentiments.

Il poussa un hurlement de douleur et de rage, incroyable de la part de cet homme calme et imperturbable, et le beau masque explosa sous les yeux de Maggie, vola en éclats hideux. Les yeux dorés, grands ouverts et flamboyants de colère, se braquèrent en un chaos de haine grimaçant sur leur cible, pour une fois non pas avec froideur mais avec une rage bouillonnante. La bombe qui l'avait démoli avait anéanti en même temps ses projets. La seule chose qui lui importait maintenant était de tuer Maggie Tressider. Le petit pistolet noir se leva vivement et avec précision. Il tira sur elle à bout portant.

Elle s'était cramponnée au bras dont Francis lui avait entouré la taille, sa main agrippant la sienne, il ne pouvait pas la repousser tout à fait, elle ne se laisserait pas séparer de lui. Il ne pouvait que la tenir serrée et se retourner avec elle dans les bras, la mettant entre lui et le mur.

La balle l'atteignit au bas de l'épaule gauche, un peu plus haut que là où aurait dû se trouver le cœur de Maggie. L'impact les projeta tous deux en avant contre le mur. Ils glissèrent le long de la paroi, toujours enlacés, s'accrochant l'un à l'autre, et sur les dalles glacées et couvertes de terre. Maggie s'écarta de lui, à moitié assommée par la chute et son poids sur elle, puis l'attira jalousement dans ses bras. La chaleur du sang de Francis gicla dans les plis de sa manche. Sa tête, étonnée, reposait dans le creux de son coude, il lui sourit à demi l'espace d'un instant, avant que toute la netteté de ses traits ne s'évanouisse dans un rêve.

Il n'y eut plus de coups de feu, et pourtant la voûte au-dessus d'eux résonna de vibrations discordantes, incompréhensibles et inattendues. Francis et Maggie étaient seuls au centre d'un tourbillon, dans un cône de calme qui tenait à la fois du choc et de la paix qui suit l'épuisement. Un instant, elle ne réalisa même pas qu'il était blessé, elle le tenait simplement comme un trophée, comme la palme qui vient couronner une course longue et difficile.

Puis elle reprit un peu conscience, suffisamment pour distinguer un martèlement à la porte, hystérique à force d'inquiétude, et le claquement des verrous lorsque l'homme à l'imperméable ouvrit. Elle vit clairement l'homme qui bondit dans la cave et claqua la porte dans son dos. Elle le vit repousser les verrous, et refermer à clé. Robin l'avait appelé Roker, il parlait anglais, sans doute *était-il* anglais. Pourquoi pas ? Ils prospèrent partout. Si jamais on avait besoin d'une description de cet homme-là, elle pourrait la donner, une description qui permettrait de le retrouver quel que soit l'endroit où il se cacherait. Sa vision semblait démesurément claire, comme en une sorte de rêve. C'était un homme petit, serein, qui se déplaçait avec vivacité, qui pouvait même crier dans un murmure ; quelconque, la quarantaine, un début de calvitie, dur comme une corde de nylon et presque aussi synthétique, pur produit de son époque. Il émettait des phrases destructrices d'une voix de crécelle, monocorde et venimeuse ; et à cause de lui, Maggie et l'homme qu'elle tenait dans ses bras étaient oubliés.

— Les flics... des tas, je vous dis ! Vous saviez bien que la trappe était ouverte, sacré bon Dieu, il le fallait ! À tout instant, je pouvais avoir à me planquer ici vite fait. Ce n'est pas tellement la détonation... quelqu'un a crié comme une foutue bonne femme. Comment aurais-je pu savoir qu'ils étaient si près ? Ne me demandez pas ce qui les a amenés par ici pour venir nous espionner... Ils sont là ! Ils se sont rués sur ce cri comme sur une position radar. Ne vous faites pas d'illusions, ils m'ont vu débouler ici, ils savent où est la pierre. Rien ne va les empêcher de rentrer maintenant. J'ai fermé à clé et verrouillé la porte là-haut, ça oui. Vous croyez que deux portes vont les retenir longtemps ?

La voix de Robin, haute et autoritaire au-dessus de cette préfiguration du désastre, énonça clairement :

— Dehors, par-derrière !

Tous ses atomes désintégrés s'étaient ressoudés en un être efficace à la première pression venue de l'extérieur. Il laissa tomber ses victimes sans hésiter, sans leur accorder une pensée supplémentaire. S'il restait pour les réduire au silence, il perdrait un temps précieux et laisserait à la police deux corps identifiables et deux meurtres beaucoup trop faciles à prouver, à supposer qu'il fût jamais capturé pour en répondre. Si la police d'ici le pourchassait, alors fini son petit jeu dans les parages ! Ramasser les gains, réduire les pertes, et sortir de là sans laisser de trace. Il y avait d'autres continents que l'Europe et de l'argent soigneusement réparti ailleurs.

— Ils ont dû trouver la voiture dans le taillis, ils venaient de par là-bas... Non, je vous assure qu'il n'y a pas eu le moindre signe... pas avant que cet idiot hurle comme une sorcière. Qui donc a crié, bon Dieu ? Vous saviez pourtant que je laisserais la trappe ouverte ! Ils arrivaient de partout, comme des lévriers sur un lièvre...

— D'accord, on a compris le message. Ouvrez cette porte et sortez. Dispersez-vous et allez à Dornbirn.

Une voix brusque, froide et impérieuse, bien loin du cri d'une sorcière maintenant. Tous lui obéissaient avec l'énergie du désespoir. L'autre porte fut ouverte, Maggie sentit la fraîcheur de l'air du dehors comme de fines gouttelettes sur sa joue et son épaule. Bien sûr, une sortie dérobée était une précaution élémentaire et facile dans ce labyrinthe des caves du château. Ils disparaissaient tous comme des fantômes furtifs, l'homme taciturne qui avait nettoyé le revolver, les deux grands Autrichiens décharnés, le jeune homme mince à l'imperméable, la sentinelle bouleversée, tous se volatilisèrent, s'éloignant à petits pas pressés engloutis par les rochers.

Qu'on lui accorde cela au moins, Robin fut le dernier à partir. Il fit sortir tous ses hommes avant de retirer la clé de la porte par où ils s'étaient enfuis, puis la ferma brusquement derrière lui. En traversant la pièce, il avait posé le pied dans le petit ruisseau de sang qui s'écoulait lentement, suintant entre les pierres. Maggie entendit la clé tourner dans la serrure, puis la longue foulée légère qui s'éloignait rapidement.

Tout fut très calme dans le cellier, quelques instants où rien ne se passa, pendant lesquels elle faillit s'évanouir, puis elle se ressaisit pour appuyer désespérément sa main contre le trou de l'épaule de Francis, d'où le sang s'écoulait régulièrement, faisant jaillir entre ses doigts de minces jets d'un rouge brillant. Elle remarqua à peine que de nouveaux bruits se faisaient entendre, les coups de feu qui brisaient la serrure de la porte extérieure, les pas précipités qui se rapprochaient. Ce n'est que lorsque le martèlement à la porte la plus proche commença qu'elle prit conscience que la police avait franchi un premier obstacle et qu'elle n'était plus séparée d'elle maintenant que par cette ultime barrière. Elle déposa doucement Francis sur le sol et traversa la pièce en trébuchant pour tirer les verrous. Des voix l'appelaient depuis l'autre côté, la rassurant et l'implorant de répondre. Elle était presque trop épuisée pour comprendre ou répondre, mais si elle ne le faisait pas, Francis allait mourir. Elle ne connaissait rien des soins de première urgence, elle savait par contre reconnaître une hémorragie artérielle quand elle en voyait une.

— Ils sont partis... une autre entrée quelque part...

Chaque mot lui réclamait un effort surhumain, tout le poids du monde sur ses épaules.

— Il a emporté les clés...

— Miss Tressider, tout va bien ?

Ce n'était pas simplement quelqu'un du coin qui avait parlé anglais, mais une voix anglaise qui parvenait jusqu'aux centres vitaux de son esprit épuisé et lui redonnait un nouveau souffle de vie.

— Oui, moi, ça va, mais Francis... il est gravement

blessé... on lui a tiré dessus... Vite, j'ai peur qu'il perde tout son sang...

— On arrive. On vous rejoint le plus vite possible. Maggie... est-il à l'écart de la porte ? Il se peut que nous ayons à faire sauter la serrure.

— Oui, à l'autre bout de la pièce... dix mètres... à votre gauche...

— Restez là-bas avec lui et baissez-vous. Maggie... Maggie, vous m'entendez ? *À quel endroit est-il blessé ?*

George Felse était sur un genou, la bouche aussi près du trou de serrure que possible, criant pour couvrir, au milieu des grincements et des jurons, les tentatives du professionnel aux prises avec la serrure.

— À l'épaule gauche... une artère, je crois... il saigne énormément...

— Savez-vous où se trouve le point de compression à l'épaule ?

Il lui expliqua en aussi peu de mots que possible comment situer et comprimer l'artère sous la clavicule.

— Vous allez devoir maintenir la pression... Vous allez vous fatiguer...

— Non.

Non, elle ne se fatiguerait pas, elle savait maintenant ce qu'elle devait faire. Elle lui parlait, de plus loin cette fois-ci, elle était déjà agenouillée, soulevant Francis dans ses bras et l'adossant au mur pour dégager le col et la chemise de son cou et chercher la pompe qui le vidait de son sang sous ses yeux.

— Mais dépêchez-vous... !

— Bravo ! on va arriver sous peu pour vous aider...

La porte était celle d'une forteresse.

Depuis le moment où ils avaient découvert la Mercedes, enfouie dans un taillis en contrebas sur le flanc de la colline du château, du côté de Bregenz, Oberkofler n'avait pris aucun risque. Il disposait d'un cordon d'hommes armés qui encerclait la colline de tous côtés, rétrécissant méthodiquement leur cercle à mesure qu'ils convergeaient vers les ruines disgracieuses dénuées d'intérêt. Les hommes postés sur le versant de Scheidenau n'avaient rien vu ni entendu de particulier, depuis la découverte de la voiture, et continuaient simplement d'exécuter leurs ordres avec l'attention requise, ne s'attendant pas à un incident immédiat, quand leurs collègues du versant de Bregenz étaient déjà en dessous des dalles de la cour abandonnée et tambourinaient à la première porte verrouillée. Ce fut leur tour, néanmoins, quelques minutes plus tard.

Les contours crénelés de ce qui avait été autrefois un rempart, réduit désormais à un mur de pierre déchiqueté ne dépassant deux mètres en aucun point, et envahi de mauvaises herbes, se détachaient devant eux sur le côté sombre et lisse de la colline. Et, de là, sautant par-dessus le mur à un endroit peu élevé, jaillit soudain la silhouette d'un homme, qui courut tête baissée jusqu'au ravin envahi d'arbres plus bas. Après lui, un autre surgit, puis un autre.

Satisfaite, la police les cerna. La première sommation fit faire un écart au premier fugitif en direction du lac, où des volontaires le cueillirent sans qu'il opposât de résistance, et fit hésiter les autres qui s'égaillèrent dans plusieurs directions et ouvrirent le feu. La police fit feu à son tour, cueillit les fuyards un par un en évitant, dans la mesure du possible, de les blesser et abattant les irréductibles. Ils en dénombrèrent cinq en tout. Le cinquième se tenait en équilibre sur le mur quand la salve de coups de feu éclata mais il fut remarquablement rapide et prompt à se décider. La balle dont il atteignit le policier le plus proche au bras gauche était censée faire plus de mal qu'une simple blessure, si la position du tireur d'élite n'avait pas été si instable. Le policier, répliquant presque au même instant, vit son adversaire tomber à la renverse dans les décombres et le sous-bois, à l'intérieur de l'enceinte. Avait-il basculé sous l'impact de la balle ou simplement parce qu'il avait perdu l'équilibre, personne ne le sut alors clairement.

Quand ils eurent maîtrisé les quatre autres et qu'ils vinrent chercher le cinquième, il avait disparu, bien que tout le monde eût la certitude qu'il n'avait resurgi nulle part dans ce périmètre. Il avait sans doute rebroussé chemin.

Au milieu de la végétation envahissante de ce début d'automne, ils mirent quelque temps à repérer l'endroit défoncé dans le sol, ainsi que les marches qui conduisaient à la porte neuve, solide et verrouillée en dessous.

Il resta étendu un instant, la clé toujours à la main, sentant des vagues de faiblesse s'approcher puis s'éloigner, et le lent écoulement de son sang. De là, il entendait à peine les coups de feu à l'extérieur et n'avait aucune idée de la durée de l'escarmouche ; mais il savait qu'ils étaient tous perdus, tous. Et lui l'était sans doute tout autant, bien que destiné à un autre vainqueur. Alentour, dans la colline, les attendait la loi. Ici, dans le creux des rochers, l'attendait...

Comment cela avait-il pu se produire, de façon si inattendue et si définitive ?

Soudain, il n'existait plus aucun continent en dehors de l'Europe et l'Europe se désagrégeait sous ses pieds. Le royaume bâti avec soin, établi si solidement, si longtemps protégé, s'anéantit en une nuit.

Et tout cela à cause d'*elle*. C'est *elle* qui lui avait fait ça.

Il ne savait pas où la balle était logée dans son corps, mais il sentait que c'était assez haut dans la poitrine, probablement dans les poumons. Du sang d'un rouge brillant s'écoulait de sa bouche, lui tachant la main, et le monde glissait loin de lui, irrévocablement. Soudain, cette douleur bourgeonnante et proliférante, insensible auparavant, l'envahissait totalement jusqu'à le noyer dans son sang.

Il avait toujours vécu pour son propre intérêt, pour son plaisir et son amusement, et les autres avaient été sacrifiés à ce triple but ; maintenant que tout cela se réduisait de façon si catastrophique à un ultime plaisir, minuscule mais délicieux, il pouvait aussi bien rester cohérent jusqu'au bout, et se juger lui-même également sacrifiable. De toute façon, il était pratiquement perdu. Il savait qu'il ne lui restait pas beaucoup de temps, mais assez pour tuer la femme qui l'avait détruit.

Il se mit en route le long du passage en rassemblant ses dernières forces, pour ramper sur la centaine de mètres qui le séparait de Maggie Tressider.

Maggie, raidie et gelée sur le sol dallé près de la tombe ouverte, maintenait la tête de Francis soigneusement inclinée contre sa poitrine, le pouce fortement pressé dans le creux de la clavicule. Elle entendit le grincement de la clé qui tournait maladroitement, sans succès pendant quelques secondes, dans la serrure de la porte de derrière. Elle tourna la tête comme dans un rêve, sans y croire, et regarda la porte s'ouvrir, sans que personne entrât. Plus rien n'était tout à fait réel, sauf Francis et la nécessité pour elle de garder le pouce enfoncé dans sa chair meurtrie et enrayer l'affreux jaillissement. Elle ne bougea pas, même lorsqu'elle baissa les yeux, depuis l'endroit où le visage du visiteur aurait dû apparaître, jusqu'au sol. Gisant en travers du seuil, la face détruite, la créature noire et rouge ne montrait plus aucun signe de vie ou d'humanité, sinon les yeux d'un vert doré qui se tendaient inexorablement vers elle. Sa main droite était toujours crispée sur le revolver.

Sans panique, elle éleva la voix pour que son message soit entendu de l'autre côté de la porte, où le serrurier travaillait depuis de nombreuses minutes :

— Il revient !

Quelqu'un à l'extérieur poussa un formidable juron. On ébranla la porte. George Felse hurla à l'intention de ses hommes :

— Pour l'amour de Dieu, essayez de faire exploser la serrure...

— Il est venu me tuer ! cria-t-elle d'une voix claire et calme.

C'était écrit sur le visage de Robin. Elle le regardait, tout en tenant Francis contre elle, empêchant doucement l'hémorragie, sans bouger.

À l'extérieur, ils devenaient fous. Le bois massif vibrait, tremblait et craquait, mais tenait bon. La première explosion, qui provenait sûrement d'une arme plus puissante qu'un pistolet, fendit le chambranle et balafra le mur de pierre, mais la serrure résistait toujours. À l'intérieur de la cave, tout semblait extrêmement calme et paisible. C'étaient deux mondes séparés. Maggie effaça de sa conscience celui qui lui était inutile et resta immobile, se bornant à suivre des yeux les efforts de la créature à l'entrée.

Les yeux dorés ne la quittaient pas. Sa main gauche, libre, se hissa laborieusement, avec cette patience — elle s'en rendait compte à présent — qui n'appartient pas aux anges mais aux démons, jusqu'à ce qu'elle pût s'agripper au verrou de la porte et s'y maintenir. La main droite qui tenait le revolver si précautionneusement, si tendrement, parce que c'était le seul trésor qui lui restait, l'aida avec obstination à se mettre sur les genoux. Il déplaça ensuite la main avec des gestes lents et concentrés d'homme ivre jusqu'à l'encadrement de la porte, où elle reposa sur le tranchant de la paume, collée au bois par l'effort glacé de sa volonté. Plus rien ne vivait en lui maintenant, sinon le nerf profond et secret qui réagissait uniquement à la haine.

Avec un effort infini, il avait réussi à poser un pied à plat sur le sol et, se cramponnant, transpirant sous l'effet de la douleur, il essayait de se lever. C'était impossible. Sans la détermination brûlante qu'il avait de la tuer comme elle l'avait tué, il se serait écroulé depuis longtemps, incapable de se relever, et il serait mort sur place. Au lieu de cela, il parvint à se mettre debout centimètre après centimètre et, alors même qu'elle le regardait, il fit un pas pour se dégager du mur.

Doucement et à regret elle déposa Francis à plat ventre, afin que la blessure saigne moins. Se levant, elle enjamba son corps et se tint entre lui et leur ennemi. Dans cette dernière rencontre, elle se devait d'affronter Robin d'égal à égal. Ils étaient tous deux à l'origine de cette affaire, ils devaient la clore ensemble.

Ni l'un ni l'autre n'entendaient le grincement renouvelé du métal contre la serrure, l'ébranlement du coup de feu, l'impact des corps massés contre l'obstacle. Il n'y avait plus personne au monde que Maggie, droite et immobile au centre de la cave, et Robin Aylwin, se propulsant obstinément malgré la douleur atroce jusqu'à elle, au point de presque la toucher. Le revolver, qui semblait porter tout le poids du monde, se hissa en vacillant, avec une lenteur infinie, jusqu'à la hauteur du cœur de Maggie, retomba impuissant par deux fois, et par deux fois se tendit vers l'avant, vers le cœur, droit au cœur.

Avec une lucidité exacerbée, elle vit le doigt crispé sur la gâchette, cherchant à rassembler la force d'appuyer pour la tuer. Un instant qui lui parut une éternité, le canon vacilla de haut en bas, confusément, tentant de l'atteindre avec férocité.

La flamme s'éteignit tout à coup. Le revolver et la main tremblante qui le tenait malgré la rage presque désincarnée s'effondrèrent et touchèrent les dalles, pour s'anéantir dans la nuit. Il fut projeté en avant à ses pieds et s'immobilisa. Le sang vif qui s'échappait de ses lèvres tacha sa pantoufle blanche. La main armée demeura prisonnière sous son corps.

La serrure céda, les policiers envahirent la pièce. Ils l'aperçurent droite telle une statue de sang et de glace, le visage aussi blanc que le fond de son déshabillé, maculé de sang à la poitrine et sur la manche. À ses pieds ensanglantés gisait son ennemi, à plat ventre comme en état d'adoration, ses lèvres ourlées embrassant son cou-de-pied. George Felse l'entoura de son bras et elle se laissa aller avec un gros soupir d'épuisement. Il la prit dans ses bras pour la conduire dehors, à l'air libre, dans la nuit vidée de ses ennemis.

Derrière lui, d'autres, tout aussi experts, convergèrent vers Francis Killian et s'occupèrent de lui jusqu'à ce que l'ambulance arrive pour l'emmener d'urgence à l'hôpital de Bregenz, où on allait lui transfuser des litres de sang et arrêter son hémorragie. Mais ce n'était pas d'un hôpital qu'avait besoin Maggie. George pensa à Bunty, comme il le faisait toujours quand le monde se refermait. Il se dirigea vers la voiture la plus proche et la réquisitionna sans scrupule, chauffeur inclus. Pendant le voyage de retour jusqu'à Scheidenau, il tint Maggie dans ses bras comme la fille que Bunty et lui n'avaient jamais eue, lui promit et la vie et Francis, et ne la lâcha que pour la confier à Bunty, une fois arrivé au *Goldener Hirsch*.

Ainsi, il clôtura provisoirement sa propre affaire le lendemain, à la mi-journée. Ils avaient alors exhumé le locataire du cellier, le garçon de course qui savait mieux diriger l'affaire que ne le faisait son directeur général : un homme nu, jeune, réduit à l'état de quasi-squelette. Maggie donnerait des précisions plus tard, mais en attendant c'était une convalescente sans forces, émerveillée de revenir à la vie sous la garde de Bunty. Elle survivait grâce aux bulletins de santé qui lui parvenaient de Bregenz et n'était pas suffisamment en forme pour subir un interrogatoire. Le cadavre du jeune homme exhumé, dont la dentition, fort bien conservée, présentait certaines caractéristiques uniques importantes, avait pu être identifié sans le moindre doute comme étant Peter Bromwich, l'étudiant en arts plastiques de Comerbourne.

Et ce fait, associé à l'arrestation de quatre des membres du gang international qui empoisonnait ce coin d'Europe depuis si longtemps, faisait du siège nocturne du château de Scheidenau une opération hautement fructueuse. D'autant plus que trois des quatre individus semblaient vouloir parler dans leur propre intérêt, et vraisemblablement faire arrêter, indirectement, au moins une demi-douzaine d'autres personnes appartenant à la confrérie démantelée.

Sans parler, bien sûr, de leur seigneur et maître, Robin Aylwin, naguère violoncelliste au Freddy's Circus, et enregistré par l'hôpital de Bregenz comme « mort à son arrivée ».

CHAPITRE XIV

— Je comprends parfaitement, dit Maggie, pianotant d'un air absent sur les touches et fronçant les sourcils en regardant la partition placée devant elle, qu'il ne veuille pas me voir, après tout ce qui s'est passé. Qu'ai-je jamais fait pour lui, si ce n'est l'utiliser, l'obliger à s'impliquer, tout en sachant qu'il faisait une erreur... dans tout ce cauchemar... et manquer de le tuer ? Je ne lui en voudrais pas s'il ne souhaitait jamais me revoir. Je n'ai aucun droit de m'imposer à lui. Êtes-vous *certaine* qu'il se porte bien ?

— Il se porte comme un charme.

Bunty se tenait à la fenêtre, regardant la surface calme du lac, pâle en ce paisible milieu de journée, lumineux mais sans soleil. Neuf jours étaient passés depuis le carnaval nocturne d'Helmut, et la paix automnale, claire et fraîche, s'étendait sur Scheidenau.

— Ils ne le laisseraient pas sortir dans deux jours s'ils n'étaient pas satisfaits, spécialement après toute cette agitation et tous ces journalistes. Ils lui ont transfusé trois litres de sang, ils ne vont pas gaspiller leurs efforts, croyez-moi.

— Bunty, je vous dois tant, à vous et à George. *Bunty, aidez-moi.*

— Ai-je jamais dit, s'étonna Bunty, qu'il ne voulait pas vous voir ? J'ai seulement évoqué ce qu'il avait *dit*. En fait, je lui ai plutôt laissé entendre que vous rentriez en Angleterre avec George et moi demain. Il est prévu qu'il quitte l'hôpital seul, exactement comme il l'a demandé. Il a déjà réservé un taxi pour le ramener au *Weisses Kreuz* où se trouvent encore la plupart de ses affaires. Il va y passer une nuit, puis organiser son départ. Il pensera qu'il est libéré de nous tous. *Vous aussi !*

— Bunty, pourriez-vous vous débrouiller pour découvrir à quelle heure ?

— Déjà fait : le taxi est réservé pour dix heures du matin. *Maggie, êtes-vous absolument sûre de savoir ce que vous voulez ?*

— Oui, tout à fait. Oui, tout à fait sûre ! Oh, Bunty, priez pour moi !

— Nous le ferons tous les deux, naturellement. Pour vous deux.

— Votre voiture vous attend, lui annoncèrent-ils, non sans lui dire au revoir d'un ton chaleureux et cérémonieux, car il avait été leur patient privilégié pendant dix jours.

Quand seraient-ils susceptibles d'éprouver une nouvelle fois pareille sensation ? Il rangea ses affaires de toilette dans le porte-documents que George Felse lui avait apporté de Scheidenau, ainsi que le costume fraîchement repassé, la chemise et les sous-vêtements propres pour remplacer les lambeaux qu'ils lui avaient retirés et qu'ils avaient brûlés à son entrée. Il descendit l'escalier aux côtés d'une petite infirmière gaie et bavarde, et récupéra à la réception son portefeuille et ses papiers, assortis d'un mot laissé pour lui par George et Bunty, lui souhaitant bonne chance et espérant le voir chez eux en Angleterre. Oui, peut-être. Des gens charmants ! Ils étaient venus plusieurs fois à l'hôpital lui rendre visite et lui avaient donné des nouvelles de Maggie. Aucun signe de Maggie, bien entendu. Bon, c'était bien ce qu'il avait souhaité, n'est-ce pas ?

C'était comme ça. Elle avait respecté son désir d'être laissé seul, peut-être même lui avait-elle été reconnaissante de la dispenser de décider. Retournez sur votre orbite, Miss Tressider, et je me glisserai jusqu'à la mienne. Je vous verrai parfois, se dit-il, de mon fauteuil au balcon, je vous entendrai à la radio et vous en serai reconnaissant, mais c'est tout ce que j'aurai jamais le droit d'avoir ou d'attendre de vous.

Il sortit dans l'air frais, automnal, et frissonna. Il se sentait léger, vide et sans but. Le monde était immense, mais sans saveur. Il chercha son taxi le long du trottoir ; il n'y avait pas grand intérêt à se dépêcher de partir, mais pas non plus à rester ici.

Une seule voiture était arrêtée près de l'entrée, et ce n'était pas un taxi. C'était une vieille Dodge brun clair, avec une femme au volant.

Elle ne sortit pas de la voiture en le voyant, mais se pencha pour ouvrir la portière du passager, et attendit qu'il montât. Elle avait les cheveux nattés en deux grandes tresses enroulées sur le sommet de la tête, et toutes ces couleurs subtiles qui s'y rassemblaient et s'y fondaient étaient assorties au feuillage du chêne à l'automne comme au printemps. Elle était pâle mais radieuse ; les traits de son visage étaient moins creusés et plus sereins qu'il ne les avait jamais vus auparavant, et ses yeux gentiane ne faisaient plus l'effort de percevoir les menaces et les bouleversements des lointains. Au contraire, ils se fixèrent de façon très vive et résolue sur lui.

— J'ai payé votre taxi et l'ai renvoyé, dit-elle. Ça

ne vous embête pas, n'est-ce pas ? Je vous reconduis à Scheidenau.

Il n'y avait rien d'autre à faire que de monter à côté d'elle.

— Je croyais que vous étiez rentrée en Angleterre, dit-il, se penchant avec précaution pour mettre son porte-documents sur le siège arrière.

— Non, pas encore.

Elle fit démarrer la voiture, prudemment parce qu'elle n'y était pas habituée, et sortit lentement pour rejoindre le trafic, longeant la rive du lac de Constance.

— Je vous attendais.

— C'est gentil, mais vous n'auriez pas dû remettre votre départ à cause de moi.

— Pour être honnête, dit-elle, je l'ai remis à cause de moi. Vous croyez vraiment que j'aurais pu partir en vous laissant seul ici, après tout ce qui s'est passé ?

— Je ne vois pas pourquoi. Vous en avez déjà fait plus qu'assez pour moi. Vous saviez qu'on s'occupait parfaitement de moi et que je récupérais très bien. Et vous devez être impatiente de rentrer vous remettre au travail. Je vois, dit-il, changeant résolument de sujet, qu'ils ont retrouvé la Dodge à temps.

— Dans la cour de ce marbrier de Regenheim. Et quantité d'articles de contrebande et d'objets volés aussi, dont personne n'avait eu le temps de se débarrasser. Quand ils en ont eu fini avec la voiture, je leur ai demandé si je pouvais la reprendre. J'ai pensé que vous seriez soulagé de la voir.

— Ce n'aurait certainement pas été très drôle d'avoir à la remplacer. C'était gentil à vous de penser à me rassurer.

Ils s'enlisaient dans la déférence, la gentillesse et la gratitude, elle le voyait bien, quelles que soient les tensions qui pouvaient ronger leur cœur. Elle attendit qu'ils soient sortis de la ville, emprunta la route de montagne en lacet, puis adopta une allure de croisière de quarante kilomètres heure et lui jeta un long regard de côté.

— Vous conduisez très bien, dit-il. Je ne vous avais jamais vue en action, jusque-là.

— Vous allez avoir quantité d'occasions. C'est moi qui vous conduirai à Zurich quand nous partirons.

— Maggie... écoutez-moi maintenant...

— Eh bien, naturellement ! Avec cette épaule, vous n'êtes certainement pas en mesure de faire de longs trajets au volant. Bien entendu, nous pourrions rester à Scheidenau une semaine ou deux de plus, si vous voulez. C'est peut-être la meilleure solution, en fait.

— Maggie, écoutez-moi, vous n'auriez pas dû faire cela. Je ne peux pas vous laisser...

— Vous ne pouvez pas m'en empêcher, dit-elle avec douceur, tournant la tête pour lui sourire.

Il lui faudrait prendre grand soin de lui, elle s'en rendait bien compte, il était encore très facilement bouleversé. Elle sentait le corps de Francis se contracter et se recroqueviller à côté d'elle et voyait ses sourcils se froncer douloureusement au-dessus de ses yeux attristés.

— Oh non ! dit-il, secouant la tête de façon décidée. Pas question de cela ! Je vous connais maintenant. Vous êtes passée une fois à côté d'une offre d'amour, comme vous le croyiez, sans vous en apercevoir avant qu'il soit trop tard, et vous avez passé des années de votre vie à vous épuiser pour payer ce que vous considériez comme une dette. À présent, vous avez si terriblement peur de renouveler cette erreur que vous vous apprêtez à faire tout le contraire pour l'éviter. Mais pas avec moi ! Je suis trop raisonnable, si vous ne l'êtes pas, pour laisser pareille chose se produire. Vous ne m'aimez pas, vous vous sentez juste responsable de moi. Vous ne me devez rien et je ne vous demanderai rien. Rentrez chez vous, demoiselle, chantez, ayez du succès, soyez heureuse... vous avez même du temps pour cela, maintenant.

— Cela dépend de vous, répondit-elle avec patience. C'est ce que j'essaie de vous dire.

Ils étaient très haut au milieu des prés, les collines se déroulaient devant eux en des pâturages vert pâle et des conifères bleu nuit. Elle obliqua vers le large bas-côté herbeux et arrêta la voiture, tournant vers lui un visage incandescent et diaphane à force de solennité.

— Francis, cette fois-ci, je ne commets aucune erreur, et je ne vous laisserai pas, de toute façon. Je n'ai jamais aimé personne auparavant, peut-être ne le pouvais-je pas à cause de lui. Mais, à présent, je vous aime, et si vous m'ignorez, j'aurai tout perdu. Peut-être ne voulez-vous pas de moi, et cela, je pourrais l'accepter, mais je ne me risquerai pas à vous laisser partir tant que je ne saurai pas si c'est vraiment la raison pour laquelle vous voulez que je m'en aille. Si vous ne m'aimez pas, dites-le-moi, et je vous laisserai tranquille. Mais, par pitié, ne me mentez pas ; cela ne serait pas juste, cela serait vraiment ignoble et nous condamnerait à passer le reste de nos vies à le payer. Et si vous m'aimez, alors commencez à vous habituer à ma présence à vos côtés, parce que je ne vous quitterai plus.

Il entrouvrit les lèvres pour lui répondre et découvrit qu'elle ne lui avait rien laissé à dire. Elle avait prévu tous les subterfuges qu'il aurait pu inventer ; il ne pouvait plus lui mentir désormais, même s'il avait pensé un instant qu'il y parviendrait avec succès. Comment pourrait-il se regarder en face par la suite, s'il venait à imaginer qu'elle avait eu raison ? La renvoyer à son propre monde et à ses semblables aurait pu paraître presque supportable, s'il avait eu la conviction qu'elle serait plus heureuse ainsi, et Dieu sait si tout homme sensé considérerait que cela allait de soi. Mais que se passerait-il si l'incroyable se révélait vrai et si c'était lui qui se faisait des illusions, pas elle ?

Il s'était mis à trembler et transpirer, entre l'espoir fou et la peur lâche ; cette discussion n'était pas encore pour lui, il n'était pas capable d'y faire face. Il détacha son regard d'elle avec effort, enfonçant les doigts dans ses joues creuses pour refouler les mots inappropriés jusqu'à ce qu'il pût trouver les bons et les dire d'une façon ou d'une autre. Il est des obstacles que même l'amour ne peut négocier sans se rompre le cou ; seule l'obstination naturelle que les tensions récentes avaient fait surgir en elle pouvait lui permettre de s'attaquer à ces obstacles, et quand les tensions seraient dissipées, et que leur souvenir même se serait estompé, elle regretterait d'avoir jamais tenté de les franchir. C'était quelqu'un de raisonnable, elle écouterait. Et ce ne serait pas lui mentir.

— Maggie, commença-t-il laborieusement, avez-vous vraiment réfléchi à ce que vous suggérez ? Vous savez qui vous êtes, et ce que vous êtes, personne ne le sait mieux que vous. Une figure de renommée mondiale, et qui va devenir plus sublime même...

— Peut-être, reconnut-elle avec calme, si les circonstances sont favorables.

— Et c'est moi, les circonstances favorables ? Réveillez-vous, demoiselle, pour l'amour de Dieu ! Je n'ai pas à entrer dans les détails en ce qui me concerne et je ne vais pas le faire. Ne faites pas semblant de ne pas savoir calculer assez bien pour connaître ce que je vaux.

— Je sais mieux calculer que vous, dit-elle farouchement.

— Bon, d'accord. Mais vous savez très bien ce que je veux dire. Vous appartenez à un monde dont j'ignore tout, vous vivez au milieu de gens avec qui je n'ai rien de commun, si ce n'est, peut-être, un goût pour la musique, et ça ne me mènerait pas très loin. C'est un monde vivant, actif, important, où il n'y a pas de place pour les parasites. Vous savez de quoi je parle aussi bien que moi. Pensez-vous que ce serait un mariage facile ?

— Bon, dit-elle après un long silence, les yeux immenses fixés sur son visage, je sais très bien de quoi vous parlez, non, ce ne sera pas facile. Avez-vous jamais entendu parler d'un mariage qui le soit ? Celui-ci sera plus difficile encore que la plupart des autres, je le sais, mais infiniment plus profond ! Je ne dissimule rien. Je ne connais aucune des réponses, il nous faudra les trouver en chemin. Je vous dis simplement qu'il n'y a pas d'alternative ! Le mariage sera peut-être difficile, mais la séparation est impossible. Après ce que nous avons vécu ensemble, après ce que nous avons appris l'un de l'autre, croyez-vous que les coups d'épingle ordinaires puissent nous atteindre ? Croyez-vous que deux personnes aient jamais été aussi proches l'une de l'autre et se soient séparées ensuite sans saigner à mort ?

Il ne savait pas si cet argument était né d'une inspiration heureuse ou d'une réflexion sérieuse, mais dès qu'elle eut prononcé ces paroles, il comprit que c'était indubitable, Dieu merci d'ailleurs, car la résistance était en train de devenir intolérable. Pour le meilleur ou pour le pire, ils avaient vécu ces moments ensemble au point que la séparation aurait été une mutilation extrême, une mort avant la mort.

Qu'elle l'eût convaincu, ou qu'il eût cédé à son seul terrible désir de l'être, quelle que soit la façon dont cela se produisit, elle se retrouva soudain dans ses bras. Ils n'avaient, après tout, d'autre choix que de définir leurs propres règles, s'étant égarés si loin de l'éventail des autres. Peut-être n'aurait-elle jamais pu désormais épouser quelqu'un pour les raisons habituelles, respectées d'un point de vue social. Peut-être se révélerait-il vraiment ce qu'elle voulait qu'il soit, et ce qu'elle continuerait à vouloir toute sa vie. Mon Dieu, je vous en prie ! se dit-il. Que Dieu nous aide tous les deux, parce que nous allons en avoir besoin ! Mais quand il l'embrassa, ses derniers pressentiments disparurent comme les brumes qui se dissolvaient au-dessus du lac de Constance, et il ne restait plus de place en lui que pour une gratitude et une joie incrédules.

Au bout d'un moment, ils se détachèrent l'un de l'autre en silence et avec solennité, et reprirent la route de Scheidenau, muets et étourdis.

Achevé d'imprimer par Elsnerdruck
à Berlin
en mai 1997

N° d'édition : 2789
Dépôt légal : juin 1997
Imprimé en Allemagne